ダブルバインド

城山真一

Shiroyama Shinichi

双葉社

Double Bind

目次

装丁　泉沢光雄
カバー写真　松本コウシ
「続・眠らない風景」より

ダブルバインド

第一章　事件

「いい眺めですね」


窓からまばゆい光が差し込んでくる。

男が手をかざして目を細めていると、首筋に視線を感じて振り返った。

椅子に座る人物が男を見上げていた。

――考えを聞かせてほしい。

口調こそ強気だが、はったりだとすぐにわかった。すがるような眼差しが向けられている。

早く結論をいってもよかった。だが、あっさり口にすれば、その思いを秘めていたことが見透かされてしまう。

男は、はやる気持ちを抑えて、わざと少しだけ表情を曇らせた。

そして、仕方ないふうを装ってこう告げた。


「殺すしかないです」

椅子に座る人物は、何もいわなかった。

じれったくなって、もう一度、諭すように口にした。

「殺すしかないです」

やはり言葉は返ってこなかった。

「もしかして、我々が失敗するとでもお思いですか」

「そうは思っていない。だけど、殺すなんて……」

「前にも殺《や》ったことがあるのはご存じでしょう？　失敗なんてしませんよ。それに――」

わずかに歪んだその顔を見据えた。

「これは、やらなきゃいけないことでしょう。違いますか？　あなたのためです」

元から殺意があったと悟らせてはいけない。あなたのため。そう思わせなければならない。

男が一歩前に出ると、歪んだ顔が縦に振れた。承諾の意――。

ぞくりと快感とも悪寒ともつかない感覚が突き上げてきた。

――アイツは、さぞかし喜ぶだろう。

男は口元が綻びそうになるのをこらえながら、重いドアを押して部屋を出て行った。

++

昨夜の大雨は嘘のように過ぎ去っていた。

午前五時五十分。広い刑事部屋にはファンヒーターの音だけが聞こえてくる。この時間、署の暖房はまだ稼働していない。

ここは、石川県警金沢東部警察署――通称「東部署」の四階。ドアは締め切っているが、どこからともなく冷えた空気が入り込んでくる。ファンヒーターが一台動いていたところで気休めにすらならない。だが、今は寒さなど感じていなかった。緊張感がそれを上まわっている。

部屋には一人。刑事課長の比留公介《ひるこうすけ》は、固唾を呑んで無線の声を待っていた。

ふと見上げると、窓が白く光っている。この時間、外は薄明るい。いつまでも冬だと思っていたが、もう三月の中旬だ。季節の変化を感じる余裕などなかった。

昨冬の事件発生から今日まで、比留率いる刑事課はアポ電強盗事件の犯人逮捕に全力を挙げていた。

アポ電強盗――強盗と詐欺を融合させた新手の犯罪だ。

還付金の支払いの件でお電話いたしました――。犯人は、巧みな言葉で役所や金融機関の職員などを装い、高齢者に接触を図る。家に大金があるとわかると、その宅へ押し入り、住人の身体を拘束して金を奪う。

近年、こうしたアポ電強盗事件が増えている。振り込め詐欺などいわゆる特殊詐欺への防犯意識の高まりが、皮肉にも事件増加の原因になったといわれている。高齢者も簡単にはだませない。それなら力ずくが手っ取り早い。犯行グループにそうした意識の変化をもたらしたという。

ここ東部署管内でも昨年の十一月にアポ電強盗事件が起きた。黒ずくめの三人組が深夜に八十代の夫婦宅に押し入り二人を拘束、現金六百万円を奪った。事件の前日、被害者宅には銀行を装って現金のありかを聞き出す電話がかかっていた。

刑事課の強行犯係が中心となって三人組の行方を追った。事件から一週間後、容疑者のうち二人が逮捕され、残る主犯格を指名手配した。新藤達也《しんどうたつや》。住所不定、三十一歳。窃盗と恐喝の前科ありという肩書つきだ。

比留にとって新藤は因縁浅からぬ相手だった。十年前、東部署の強行犯係長だった頃、二十歳そこそこの新藤を恐喝の容疑で逮捕した。身に着けていたアクセサリー、体に刻んだタトゥーの模様……新藤の特徴は、その姿から性格まですぐに思い出せる。何より、比留の脳に深く刻まれていたのは新藤の人間性だった。

刑事をしていれば、性根が腐った救いようのない輩とも幾度となく遭遇する。世間を憎んで生きるチンピラ。犯罪を繰り返しては刑務所とシャバを行き来する。新藤もその一人だった。

新藤は十年たっても変わっていない。このまま、のさばらせておくわけにはいかない。年内の事件解決を目指して、刑事たちは全力を挙げた。だが、有力な手がかりは得られず、東京へ逃げたという嫌な噂まで耳にした。

年越しまであと二日。そこで事態は動き出した。新藤らしき人物が、石川県随一の繁華街、片町の飲食店で白昼堂々酒を飲んでいるという情報が飛び込んできた。

指名手配犯の大胆な行動にまさかという思いはあったが、刑事たちは通報のあった場所へと急行した。だが、たどり着いた飲み屋に新藤の姿はなかった。不穏な空気を察知した新藤は、すんでのところで店から逃げ出していた。

刑事たちは新藤を追った。新藤を発見したのは、盗犯刑事一年生の山羽《やまはね》だった。片町からおよそ一キロ離れた近江町市場の裏あたりで新藤を見つけた。コソ泥を捕まえるのが本業なだけあって、山羽は若いながらも捕り物の経路は熟知していた。

新藤の動きを予想した山羽は、先まわりをした。道をふさがれたと気づいた新藤は、細い路地に入り込み、ベビーカーを押していた母親と接触した。新藤は転倒した母親を飛び越えて走り去った。山羽は母親のけがの程度を確認した。再び追いかけようとしたときに、すでに新藤の姿はなく、追跡劇はここで終わった。

乳児は無傷。しかし母親は転んで右手首を骨折する大けがをした。刑事課は、年内に事件を解決するどころか大失態を演じて年を越す羽目となった。比留は、大晦日、けがをした女性の家を訪れて謝罪した。

年が明けた。恒例の署長訓示のあと、比留は署長に進言した。新藤取り逃がしの件について、本部への報告とマスコミへの自主的な公表をしたほうがいいでしょう。

だが――。

「必要ない。正月早々、嫌な話をするな」

甘い判断としか思えなかった。煙たがられても、もっと強く促すべきだった。案の定というべきか、大波が東部署を襲った。全国紙T新聞の記者が情報を摑んだらしく、比留へ年末の追跡劇の裏取りの取材があった。ノーコメントを貫いたが、翌日、T新聞の社会面には『年の瀬　犯人逮捕に失敗』の大きな文字が躍った。小見出しには『市民負傷　県警の隠ぺいか』と掲載された。事細かに書かれたのには、相応の理由があった。T新聞の記者は負傷した女性の親類だった。

テレビやネットのニュースでも大きく取り上げられ、〝鬼ごっこ事件〟というありがたくないネーミングまで頂戴した。東部署は大慌ての事態に陥り、署長は緊急の謝罪会見を行った。普段はおとなしい地元紙をはじめ、マスコミ各社からの質問は辛辣だった。後追いの記事にも厳しい論調が相次いだ。

石川県警はかつてない批判にさらされた。鎮静化を図るには、幹部が責任をとるしかなかった。県警は、一月末に金沢東部警察署の署長を更迭する措置に踏み切った。

だが、これは対外的なポーズに過ぎなかった。三月末で退職予定だった署長は辞めるのが少し早まっただけで、実際には痛手を負ったわけではなかった。むしろ、処分されなかった比留のほうが目に見えない傷を負った。昇任を目指すうえでの明らかな失点だった。

比留は長く刑事部門で生きてきた。凶悪事件で何度も犯人を逮捕し実績を上げた。プライベートな時間など皆無に等しい激務の合間を縫って勉強し、昇任試験にも早いペースで合格していった。将来の捜査一課長候補という声が、最近、比留の耳に聞こえてくるようになった。

刑事課長の次は本部ポストを二、三経て、捜査一課長。ルートも現実味を帯びてきた。そんな比留にとって、鬼ごっこ事件は将来の道を阻む大きな失点だった。

失点を挽回するには、一日でも早く新藤を逮捕し、地域住民の信頼を取り戻す。今日、その最大のチャンスを迎えていた。

〈五分前〉

無線連絡が入った。現場の捜査員たちがいよいよ動き出す。

〈車から降りて、マンションに向かいます〉

声の主は、強行犯係長の赤塚《あかつか》だ。三十五歳、東部署の前は金沢中央署の刑事課に所属。警部補に昇任すると同時に東部署刑事課で係長の座に就いた。フットワークが軽く、何より刑事としての情熱に溢れている。この一年、一緒に仕事をした比留の評だ。

赤塚が中心となってずっと新藤を追って来た。赤塚に手錠をかけさせてやりたかった。

今日は三月十四日。刑事課の現メンバーにとってのラストチャンスといってもよかった。明日は県警の人事異動の内示日。今日でこのヤマをなんとしても片付けてしまいたい。

強行犯係は、新藤の交際相手、南日奈子《みなみひなこ》の行動確認をずっと続けていた。金が尽きれば新藤は必ず日奈子のところへ逃げ込むと踏んでいた。

ここ二か月、日奈子に目立った動きはなかったが、一週間前、行動に変化が現れた。自宅とは別のマンションに出入りするようになった。車でスーパーマーケットに行き、買い物をする。移動してコインパーキングに車を停めると、すぐ近くのモルタルづくりの古い三階建てのマンションに入って行く。

調べたところ、マンションは築四十二年の分譲で、日奈子の父親の名義になっていた。場所は金沢市寺町三丁目。名前のとおり寺がいくつもあり、古い家と新しい家が混在している住宅街だ。かなり古いマンションなので防犯カメラもなければ常駐の管理人もいない。新藤が出入りしたことを確認する手段はなかった。刑事たちはマンション周辺で集中的な聞き込みをし、やがて決定的な情報を得た。日奈子がマンションに通い始める前日、付近のコンビニエンスストアに新藤が買い物に訪れていた。店の防犯カメラにもその姿が映っていた。

三百メートルほど離れた古い空き家からマンションの監視を始め、カーテン越しに新藤と思われる男の人影を数回確認した。

裁判所に請求して捜査令状をとった。ガサ入れは今日の朝六時と決まった。

〈非常階段、待機〉

〈建物裏、待機〉

立て続けに無線が入る。

開始の六時まで一分を切った。比留は背筋を伸ばして一呼吸した。

〈部屋に向かいます〉

赤塚の声。その後ろで階段を上る足音が響き渡る。

逃走防止のため、非常階段もバルコニー下も押さえたとはいえ、安心はできない。逮捕のときは、何が起きるかわからない。容疑者が暴れたり、あるいは無理やり逃走を図ったりすることもある。

失敗は許されない。もしまた、新藤の逃走を許すようなことになれば、今度は本気の処分——自分の首が飛ぶかもしれない。

無線の足音が消えた。

〈ピンポーン〉

反応はない。もう一度、赤塚がチャイムを鳴らす。少し間があってから、インターフォン越しに、〈どなた?〉と眠たげな女の声がした。

〈警察です。朝早くにすみません。少しいいですか〉

静寂。短い時間がとても長く感じられる。

カタン。短い金属音。ドアの鍵が開いた。

〈なんでしょうか〉

不機嫌そうな女の声。

〈失礼ですが、南日奈子さんですか〉

〈……はい〉

〈つかぬことをおうかがいしますが、こちらに新藤達也さんはいらっしゃいますか〉

〈……〉

日奈子はこたえようとしない。驚いている顔が目に浮かぶ。

間違いなく新藤はいる。逮捕まであと少し。焦るな、焦るなと比留は自分にいい聞かせた。

〈達也ですか？　いませんよ〉

思いのほか堂々とした声だった。

〈お部屋を拝見させてもらえないでしょうか。ここに家宅捜索の令状もあります〉

赤塚は丁寧な態度を崩さなかった。まるで紳士的なセールスマンである。令状は出しても、よほどのことがない限り強引に押し入ることはしない。

〈部屋に入るってこと？〉

日奈子の不満そうな声が聞こえてくる。

〈お願いします〉

〈ちょっと部屋を片付けたいから、待ってもらえないかしら〉

ガンッと鈍い音がした。閉めようとしたドアに赤塚が靴を挟んだようだ。

〈何すんのよ！　いいじゃない、少しくらい〉

〈申し訳ありませんが、すぐになかを確認させていただけないでしょうか〉

日奈子の舌打ちが聞こえた。おそらくドアの前に立ちはだかって赤塚と対峙している。時間稼ぎのつもりだろう。日奈子とのやり取りは、マンションの外で待機する捜査員にも聞こえている。全員、新藤の逃走に備えている。

またも沈黙が流れた。赤塚は何もいわない。これも駆け引きの一つだ。プレッシャーをかけ続ける。もしも部屋に新藤がいるなら焦りを感じているはず。逃げようとして、バルコニーに姿を現すかもしれない。

無線から大げさなため息が聞こえた。日奈子だった。

〈じゃあ、いいですよ〉

ドアがきしむ音がして、次々と足音が重なっていく。服のすれる音、ふすまを開ける音、おのずと緊張が高まってくる。

――早く、確保しろ。

人が行き交う音が続く。ただし、声はない。

――遅い。どうしたんだ。

〈マル被、いませんっ〉

胃袋がキュッと縮みあがった。

〈非常階段、異常なし〉

〈建物裏、異常なし〉

無線からはいくつもの足音だけが聞こえてくる。

――新藤はどこに行った？　誰か見つけろ。早く。

しかし、聞こえてきたのは、赤塚の声ではなく、日奈子のものだった。

〈ねえ、もういいかしら〉

どこか勝ち誇った声を耳にしながら、比留は天を仰いだ。

窓から差し込む光がひどく目に沁みた。


強行犯係の捜査員たちが刑事部屋に戻ってきた。皆、疲れた顔をしている。

赤塚の話によると、室内には、スーパーで買った食材、使った皿の様子から、日奈子のほかに誰かがいた形跡はあったという。

「日奈子は認めませんでしたが、新藤がいたことは間違いないと思います」

「いつ、どこから逃げたんだ」

各所に捜査員は待機していた。

「我々が部屋に入る直前に逃げたのではなく、昨晩のうちに逃げたのではないかと」

昨晩の段階では、二名の捜査員がマンション近くで車のなかから監視をしていた。そのときに玄関から出て行ったのであれば、気づかないはずがない。

「バルコニーから裏の民家の屋根に飛び移って逃げたと思われます」

「どしゃ降りのなか、屋根をつたってか？」

疑問を呈しつつも、可能性としてはあると思った。

「マンションの裏側に住む六十代の男性の話だと、夜中に、何かが屋根にぶつかるような音を聞いたとのことです。強い雨が降っていたので、雷かと思って気にしなかったそうですが、その時間、雷は鳴っていません。さらに、新聞配達員への聞き込みで、午前四時三十分頃にマンション近くの路上で傘もささずに走り去る男を目撃したとの証言を得ました」

「配達員が目撃したのは、新藤で間違いないのか」

「写真を見せましたら、視界が悪かったので間違いないとまではいえないが、こんな感じだったと」

またしてもあと一歩。おのずとため息が漏れた。悔しさはあるが、それ以上に妙な違和感が残った。どうして――。

そのとき、刑事部屋の出入り口が急に騒がしくなった。

「なんだか辛気くせえな」

太い声に思考が遮断された。大きな影がぬっと現れた。分厚い体軀《たいく》、ぐるりと首をまわす仕草。今では見かけなくなった角刈り――こんな人物は一人しか知らない。石川県警刑事部捜査第一課長の冨島有成《とみしまゆうせい》だ。その背後には、捜査一課の取り巻きが五人ほど控えている。

反射的に立ち上がりながら、どうして冨島がここに？　と比留は疑問に思った。

「中央署の捜査会議が終わったんで、ついでにこっちに寄った。あっちは今日で手じまいだ」

先月、片町でクラブホステスの殺人事件が発生した。管轄する中央署には、捜査本部が設置された。事件から十日後、同僚ホステスとその交際相手の男を逮捕し、起訴に至った。

「比留。また下手を打ったらしいな」

冨島があごを上げた。その様子はどこか楽しげだ。

「申し訳ありません」

「早朝のガサ入れなら、空振りでも一般人には迷惑をかけないし、マスコミにも気づかれない。そこんとこだけは、年末の反省が生かされたようだな」

比留は目を伏せた。嫌味を連発されても、いい返す言葉はない。刑事の世界は結果がすべてだ。短い金属音がした。冨島が愛用のライターをもてあそんでいた。いつのまにか煙草をくわえている。東部署は二年前から建物内は全面禁煙である。

冨島は自然な動作で火をつけた。しんと静まる空間に白い煙が立ち昇る。ゆっくりと広がっては消える煙とは対照的に、空気は張りつめていく。

比留は、遠目でこっちを見ている庶務係の女性に、灰皿の準備を頼むと小さく目くばせをした。冨島が盛大に煙を吐き出した。唇の端をつり上げて東部署の捜査員を睨《ね》めまわす。

「大人っていうのはガキの頃にしたくてもできなかったことをやるらしい。お勉強ばかりしていたせいで遊び足りなかったんだろ」

捜査員は誰も反応しない。いやできない。まるで雷に打たれたように硬直している。

冨島が続ける。

「念仏聞いたような顔してるが、俺のいってること、わかんねえか？　比留。長い付き合いのおまえなら、わかるよな？」

「――はい」

「じゃあ、いえ。おまえの部下たちに説明してやれ」

「いつまで……鬼ごっこを続けるのか……ってことです」

「もっと大きな声でっ！」

「いつまで鬼ごっこを続けるのか、ってことです」

こたえながら腹のなかで思う。なぶられている。相変わらずのラスボスぶりだ。

ラスボス――冨島のあだ名。誰がつけたのか、たしかにうまいネーミングである。戦いの最後に出てくるボスキャラという意味だけではない。古い時代の警察気質そのままの存在。最低の上司。だからラストボス。略してラスボス。

捜査一課長は、体力、知性、仁徳そのすべてを兼ね備えた特別な警察官が就くポストといわれている。実際、歴代そうした人物が名前を連ねてきた。だが冨島は仁徳という点で異質だ。

捜査一課長に就任して丸一年になるが、パワハラの犠牲者は二名。能登地区の署の刑事課長が年度の途中で配置替えとなり、捜査一課でも課長補佐の一人が心疾患で休職に追い込まれた。

冨島が捜査一課の次席だったときに、比留はその下で仕えていた。当時、冨島の口から聞いたことがある。警察は理不尽な組織でなければいけない。警察官が無菌状態の温室で仕事をするようになったら、終わりだ。まともではない犯罪者の思考に到達できるわけがないし、追い詰めることなんてできない。

そんな旧時代の象徴のような冨島が評価される理由。それは抜群の実績だ。昨年も、着任早々、長年未解決だった殺人事件の犯人を逮捕した。

冨島がすぐれているのか、あるいは部下たちの力なのかはわからない。ただこれだけはいえる。冨島が捜査一課長でいる間、一課に敗北は許されない。そうした圧力が捜査員たちに極度の緊張感を与え、それが結果につながっている。

比留自身、冨島に心酔していた時期もあった。一緒に仕事をしていた頃は、冨島の課す理不尽な仕事の指示にもこたえ続けた。刑事の仕事とはそういうもの。平然とこなしてこそ自分も上に行けると思っていた。

それが今では、冨島と比留の間に隙間風が吹いている。冨島が比留を遠ざけた。その理由もわかっている。

「今朝の現場の状況を詳しく聞かせろ」

冨島が勢いよく白い煙を吐く。

赤塚が説明した。黙って聞いていた冨島は、赤塚の説明を聞き終えると、フンと鼻で笑った。

「ガサ入れの前の晩に逃げたってか。なあ比留。おまえ、どう思う？　そんな都合のいい話があるのか」

比留も疑問だった。マンションへの張り込みが気づかれたのかとも考えた。だが、それはありえない。現場の捜査員たちは、普段以上に慎重を期していた。

こたえに詰まった比留は「申し訳ありません」と再び頭を下げた。

冨島は用意された灰皿に煙草を押しつけ、宙に目を向けた。

緊張感が再び漂った。何を考えている？　新藤の行方か。それとも、また俺を責める材料か。

数秒の時間がとてつもなく長く感じられ、ようやく冨島が口を開いた。

「ここに帳場を立てろ。上は了解済みだ」

比留は息を呑んだ。アポ電強盗事件の捜査本部ができる。つまり、捜査一課が出張る。

「わかったな」

冨島の言葉に、比留は、「はい」というしかなかった。

各課の若手職員が駆り出されて捜査本部設置の準備が進められていた。

ホワイトボード、パソコン、ファックス、無線機、長机が三階の講堂に次々と運び込まれていく。その様子を眺めながら、今さらではあるが、冨島が東部署を訪れた意味を悟った。

中央署のヤマが片付いてふらりと立ち寄ったわけではなかった。東部署の刑事課が犯人をまたも取り逃したとの情報が入った。東部署の刑事課長は比留。殺人事件でもないのに捜査本部を設けるのは、自分の力を見せつけて、比留のプライドを踏みにじるつもりなのだ。

捜査本部の設置をいい渡されたときは、視界が歪むほどの屈辱を覚えた。だが、それもつかの間だった。捜査本部ができたからといって、刑事課の仕事が減るわけでもない。本部の捜査一課から派遣されてくる刑事たちと一緒に、今度こそ、失敗の許されない捜査が始まる。

講堂の出入り口に「山の上アポ電強盗事件」の戒名が掲げられ、捜査本部ができあがった。

「殺しでもないのに、帳場ですか」

女の声がした。振り返ると南雲《なぐも》芽衣《めい》がいた。

「捜査本部ができるから、露払いに行けと指示されました」

すまし顔の南雲が、メタルフレームのブリッジを指先で押し上げた。

「さっそくですが本部から何人ほど必要ですか」

そんなもん、いらん、といいたいのを我慢していると、南雲は「比留課長にお聞きすることじゃなかったですね」といって、唇の端に皮肉な笑みを浮かべた。

南雲は、捜査一課唯一の女性警部。四十六歳、未婚。比留と同い年とはいえ、年次では高卒の比留のほうが大卒の南雲より四年先輩だ。

刑事畑一本の比留に対して、南雲は、刑事部、警備部、警務部と広く経験している。殺人や強盗などの凶悪犯罪を専門とする捜査一課で、女性の管理職は珍しい。実際、南雲が第一号だ。昨年四月に捜査一課の事件担当の課長補佐に就いたときは周囲を驚かせた。噂では女性登用の目玉として、本部長指示のもとに断行された人事だという。

南雲は黒いパンツスーツ。一見地味に見えるが、左手首にはカルティエの高級時計をつけている。車もよく買い替えるらしい。

ライバル登場かもな――。いつか、他署の刑事課長が比留に囁いた言葉だった。あのときは気にも留めなかったが、今は案外そうかもしれないと思う。南雲が捜査一課長を目指しているという噂も耳にした。女性の登用――外向けのＰＲにはちょうどいい。その成功例が、ここ東部署にいる新署長の中池久美子《なかいけくみこ》だ。

比留と南雲。同い年の二人のうち、どちらかが捜査一課長の座に就けば、もう一方はその座を逃す。現時点では〝鬼ごっこ〟の失点で南雲にリードを許している。だが、それだけではない。比留には別の問題もあった。

「一つ訊いていいですか」南雲が物怖じしない声でいった。「冨島課長と比留さんって何かあるんですか」

「どうしてだ」

「なんだか比留さんへのあたりがキツいような気がして」

「冨島課長は誰に対してもあんなふうだ」

「そっか、そうですよね」

比留が捜査一課にいた頃、南雲はいなかった。当時、一緒に仕事をした一部の刑事だけが、冨島と比留の関係を知っている。しかし、この女警部はよく見ている。侮れないと思った。

「捜査本部はいつから動くんだ？」比留はさりげなく話題を変えた。

「明日は人事の内示なので、早くても明後日ですね。それだと困ります？」

「いや。面倒をかけるが、よろしく頼む」

比留は、南雲から離れて廊下を進んだ。自然とため息が出た。いい表せないが、何か違う。刑事部における南雲は異分子だ。カイシャの幹部は、アイツが刑事部に必要だと思っているのか？

刑事部屋に戻って事務仕事をしていると、内線電話がかかってきた。署長の中池だった。

「ちょっと、こっちに来てくれないかしら」

何だろう。今朝のガサ入れの結果は、すでにメールで報告してあった。

署長室へ向かう途中、廊下で出入りの花屋とすれ違った。デニム地のエプロンを着けた男は軽く頭を下げた。中池が署長になってからときどき見る顔だ。花のことで中池とよく話し込んでいると警務課長がいっていた。

扉をノックして署長室に入った。濃厚な花の香が鼻腔を刺激する。目隠しの棚の前に大ぶりの花を挿した花瓶が置いてある。花に詳しくない比留でもわかる。今週はユリだ。

前はレンタルの観葉植物しか置いてなかったが、中池が署長に就任してから生花が生けられるようになった。花は週ごとに入れ替わる。聞いた話によると、中池が自腹で置いているらしい。

署長室を飾るのは、客をもてなすための演出だと中池はいう。焼き物や絵画は元々あったものを撤去し、自分が選んだものを持ち込んでいる。壁のクロスも張り替えたいといったらしいが、警務課長がなんとか説得してクロスだけは前のままだ。

「どうぞ、座って」

比留は中池とソファのテーブルを挟んで向き合った。どんな手入れをしているのか知らないが、顔にしわはほとんど見当たらない。肌のつやもいい。昨年、県警発刊の広報誌に、サーフボードを抱きかかえてウェットスーツを着た姿の中池が大きな写真で載っていた。長くミス石川県警といわれた美貌は変わらず、細身の体型も昔のままだった。知らない人間なら、四十代にしか見えないだろう。

中池は、五十五歳、独身。一月に更迭された前署長の後任として、金沢東部警察署長の座に就いた。前職は、県警本部の交通部ナンバー2にあたる首席参事官だった。

中池の人事異動には、必ず女性初がついてまわる。石川県警本部で女性初の課長、今回も女性初の署長である。県警は女性登用の広告塔として、中池を活用している。ルックスのよさも武器ではあったが、配置されるポストにおいても手堅い成果を上げていた。

今回の署長就任は、警察の不手際でマスコミや市民から浴びたバッシングを、女性署長の就任でやわらげようとする狙いがあるのは明らかだった。実際、中池の就任後、警察への批判は減った。中池は県警の広告塔として長年メディアに露出しているので、地元マスコミの幹部にもコネがあった。

中池は、部屋の片隅に設置した自慢のウォーターサーバーからグラスに水を注いだ。テーブルに置いた一つを丁寧な動作で比留にすすめる。いつもの中池ペースだ。

「今朝は残念だったわね」

「申し訳ありませんでした」

「ウチにアポ電の捜査本部が立つのは、冨島クンの発案らしいわね」

比留は黙ってうなずいた。冨島クン——中池と冨島は同期採用だ。

「今後の仕事のこともあるから、比留課長には早めに伝えておこうと思って」

「なんでしょうか」グラスを手に取りながら尋ねる。

「次の課長に仕事を引き継ぐ準備をしておいてもらえる？」

グラスを口に運ぼうとした手が止まった。

内示前の非公式な人事異動の知らせ——いわゆる内々示というやつだ。

「私は刑事課から離れるってことですか」

「そうよ。不満？」

「……いいえ」

感情を押し殺して、それ以上の言葉を呑み込んだ。〝鬼ごっこ〟の後始末は署長更迭だけでは終わらなかった。自分も責任をとらされるのだ。

「比留課長の人事は本部の意向だから私は関わっていないし、狙いもわからない。だけど、この一年、比留課長は公私とも大変だったから、職場を変えて気分を一新するのもいいと思うの」

公私とも大変だったから——。署長である中池は、東部署の課長全員の身上書に目を通している。いや、それだけじゃない。女性警察官のネットワークを駆使して身上書の枠外の情報まで集めているに違いない。

「そういうわけだから、刑事課が抱えている未解決事件の進み具合をあとで教えてくれる？　地域の会合で、事件はどうなっているのかってよく訊かれるの。署長が何も知らないってわけにもいかないでしょう」

「はい」

生返事をしながら頭のなかでは次のポストはどこだろうかと考えた。一年での異動。本部行きはまずない。中堅警察署の警務課長あたりか。いや、そんな甘い人事はないだろう。マイナス評価が大きく響いているなら小さな警察署の刑事課長へ左遷か。

その後もしばらく中池の世間話に付き合ったが、異動先の具体的な明示はなかった。

比留はグラスの水を一気に飲み干して「そろそろ戻ります」といって席を立った。

「奥さん……千夏《ちなつ》ちゃん。かわいい人だったわね」中池が同情を含んだ目をしていった。

「昔ね、一緒に仕事をしたことがあるの」

知っていた。千夏も中池の話題を口にしていた。

――ミス県警っていわれるだけあって、とてもきれいな人で仕事もできるのよ。面倒見もよくて、まわりへの気配りもできて。憧れるわ。

中池はどうして急にこんな話をするのか。どこか居心地の悪さを感じた。

俺の何を知っている？　ネットワークを活用して、我が家の事情は把握済みか？　だが、中池に相談したいとは思わない。どうせ、どこかでまたネタにされるだけだ。

扉のところで「比留課長」と呼び止められた。

「なんでしょうか」

中池が真剣な表情であごをあげている。にわかに警戒心が芽生えた。

「この部屋の電灯。省電力設計はいいんだけど、形が平板なの。もっと華やかな感じのものに替えたいんだけど、どう思う」

「……悪くないと思います」

比留は署長室を出ると、長い息を吐いた。

――あんなのでも署長だ。

署長室で嗅いだユリの香は、鼻腔の粘膜にこびりついて、ずっと離れなかった。


早朝のガサ入れに始まって、冨島の登場、捜査本部の立ち上げと、気の抜けない時間が続いていた。さらには、中池からありがたくない異動の内々示まであった。

夕方、比留の身体は、どっしりとした疲労感に侵されていた。刑事部屋の部下たちも同じように疲れているはずだが、皆どこかさっぱりした顔をしていた。

理由は、明日、人事異動の内示があるからだ。現体制での仕事は一区切り。今宵、警察官はなじみの飲み屋で、これまでの憂さを晴らす。酒の肴は人事の予想だ。

この時期になると、比留も当たり前のように杯を酌み交わしていたが、今年はそんな気にはなれないし、誰からも誘いの声はかからなかった。みな、家庭の事情は薄々気づいている。

午後六時過ぎ、東部署を出た。東部署から百メートルほど離れたところにある月ぎめの駐車場に、自車のインプレッサを停めていた。

携帯電話に着信履歴が残っていた。ほんの数分前だ。比留の仕事を知っているから、夕方この時間に連絡してきたのだろう。

車に乗り込んでボタンを押した。着信の番号は娘の美香《みか》が通う高校だ。

担任の教師を呼び出してもらった。担任は北原《きたはら》という三十代後半の女性で、美香のことではいろいろと世話になっている。

一分ほど待って北原が出た。あいさつを交わすと、〈美香さんの今後のことを学年主任と話し合いまして〉とさっそく本題に入ってきた。

仕事とは別の緊張感が体内で膨らんでいく。ずっと学校に行っていない美香は三年生に進級するための単位が不足している。このままでは進級は危ういと、先月、北原と面談したときにいわれた。

「やっぱり留年、ということでしょうか」

〈欠席日数については理由をつけてどうにでもできます〉

「では、進級できるのですか」

〈美香さんに学ぶ意思があればできます。でも〉北原の口調は重い。〈もし、ないようでしたら留年も難しいかと……〉

退学——予想だにしなかった二文字が急に脳裏に浮かんだ。

「退学になるってことですか？　なんとかできないでしょうか。まだ精神的に立ち直っていないんです。もう少し時間をいただければ」

〈こちらとしても、美香さんのためにカウンセリングなどいろいろ提案してきたはずです〉

「それは時間切れという意味でしょうか」

電話の向こうでは北原からの返事はなかった。

北原はいろいろと骨を折ってくれた。おそらく、比留の知らないところでもかなり尽力してくれたはずである。高校側も義務教育でないとはいえ、退学者は出したくないのが本音だ。

「退学だけは。先生、なんとかなりませんか」

〈年度の変わり目が近いので時間的にも厳しくなっています。でも……美香さんから前向きな気持ちが確認できるなら、学校に残って欲しいと思います。とりあえずは、お父さんと美香さんのお二人で学校へ足を運んでいただけませんか。できれば明日にでも〉

「明日ですか」

〈本当にもう時間がありません。こちらも教頭か学年主任に同席してもらいますので〉

手帳のページをめくって明日の予定を確かめた。人事異動の内示は午前中だ。ほかは何もない。

「明日の午後一時に娘を連れて学校へうかがいます。いかがでしょうか」

〈ではそうしてください。もし、明日、お会いできないようであれば……〉

そのときは退学ということか。

電話を切ってフロントガラスの向こう側を眺めた。夕陽は沈み、周囲は薄暗くなっていた。高校を中退させるわけにはいかない。今日こそは美香と話し合わなければ。だが、話すとなれば、学校に行く、行かないだけの話では収まらないだろう。

フロントガラスには美香の虚ろな表情が浮かんでいた。

――私、普通の子供じゃないんだよね。

エンジンをかけようとした。キーをまわす指先がひどく重かった。

仕事の帰りは二十四時間営業のスーパーに立ち寄って総菜を買う。娘と二人暮らし。どんなに忙しいときでも署で寝泊まりすることはない。

一年前、妻の千夏にがんが見つかった。例年より十日も早く兼六園で桜が咲き始めた頃だった。病院の帰り道、咲き誇る桜を眺めながら、長い闘病生活を覚悟したが、千夏は半年で、あっけなくこの世を去った。

もとは千夏も警察官だった。高卒で同期採用。警察学校時代に交流はなく、名前と顔が一致する程度の間柄だった。二人の接点ができたのは、比留が交番勤務を経て、能登半島のなかほどにある小さな警察署で初めて刑事になったとき。その署の交通課に千夏がいた。

再会した千夏は、少女のようなあどけなさが消えて大人の女に変貌していた。そんな千夏に比留は心をひかれた。

千夏から聞いた話では、どうやら千夏も比留に対して同じ印象を持っていた。少年っぽさがなくなり、警察官の顔になったと感じたという。

署内で顔を合わせれば、たわいもない話をした。刑事になって緊張した日々を過ごしていた比留にとって、千夏と話すのは、ほっとするひとときだった。

再会から一年後、千夏は金沢の警察署へ異動することとなった。離れる前に、比留は気持ちを伝えた。――結婚を前提に付き合って欲しいと。

交際が始まり、自然な流れで結婚へと進んでいった。二十代半ばでの結婚を早いとは思わなかった。千夏は結婚を機に警察官を辞めた。

「警察官になるより、刑事の妻に憧れてたの。なんだか、かっこいいでしょ」

「そんなの、どこがかっこいいんだ」

口ではそういいながらも、千夏の思いが嬉しかった。比留は仕事に邁進した。千夏は刑事の妻として、激務の比留を支えてくれた。

結婚して二年が過ぎた。子供はなかなか授からなかった。まだなのかという周囲の声に比留は少し敏感になっていた。焦る必要はないと千夏はことあるごとに口にしていたが、比留は嫌な予感を覚えていた。もしかして妊娠しないのは自分に原因があるのではないかと。

しかし病院で検査を受けるのは、ためらいがあった。お互い一度検査を受けてみないかと千夏にそれとなく提案したが、やんわりと拒否された。

結局、千夏には伏せて、比留は一人で病院に行き、精密検査を受けた。予感は当たった。検査の結果、精液中に精子が存在していないことがわかった。原因は、原発性精巣不全。思春期以降におたふく風邪にかかった場合にまれに起きる症状だという。心当たりはあった。中学三年の春にかかったおたふく風邪が原因だろうと思った。

自分には生殖能力がない。その衝撃は大きかった。男として不完全だと烙印を押された気がした。足元が揺らぎ、暗い谷底に落ちていくようだった。

誰にもいえない悩みと強い劣等感。それ以上に千夏に申し訳ないと思った。千夏がためらいもなく警察官を辞めたのは、近い将来、子育てをしたいとの希望を持っていたからだ。

だが、自分といる限り、それはかなわない。刑事というのは家を空ける時間の長い仕事だ。外に出たまま、子供のいない妻をずっと置き去りにする。子供と一緒にいる親子を見るとどんな思いに至るのか。俺のせいで千夏の人生を不幸にしてしまうのではないか。

一人で考え込んでいても、こたえは出なかった。いたずらに日々が過ぎていくのは千夏にも申し訳ない。あるとき、意を決して話すことにした。

「聞いて欲しいことがある」

もしも千夏が絶望して悲しみに暮れるようなら、離婚を切り出すことも半ば覚悟していた。だが、何かが喉に詰まったかのように、声はすぐには出なかった。

「どうしたのよ。幽霊でも見たような顔しちゃって」

「俺と一緒にいても……一生子供を授かることはない」

「どうして?」

「実はな」

千夏は硬い表情で話を聞いていた。ショックを受けているのは、明らかだった。

話のあと、千夏は「子供がいなくても幸せよ。これからも二人で仲良くやっていこうね」といって少し首を傾げた。

意外な反応に熱いものがこみ上げた。それが余計に比留の胸を締めつけた。世の中に子のいない夫婦はいくらでもいる。幸せの形は一つじゃない。そう思い込もうとした。しかし、千夏のために子供が欲しいという気持ちはおさまらなかった。

俺の子供じゃなくてもいい――。それまで抱えていたわずかな思いが膨張した。

悩んだ末、比留は千夏にある提案をした。

車を降りて自宅を見上げた。二階の窓に明かりがともっている。本当は、すぐに美香の部屋に行き、話をしなくてはいけない。だが、顔を合わせてもまともな話し合いが成立するとは思えなかった。結局、話が別のところに行きつくのは目に見えている。

美香のために買ったミートソーススパゲティを冷蔵庫に入れた。美香の部屋に行くのは、寝る前と決めて、自分用の総菜を電子レンジで温めてテーブルに広げた。

冷蔵庫から安いワインとプロセスチーズを取り出した。結婚したときから、この組み合わせでずっと飲んでいる。ただ、一年前までは目の前に千夏がいた。

コルクを抜いてグラスにワインをなみなみと注ぐ。耳の奥から千夏の声が聞こえてくる。

――どうしたの？　何かあったの？

仕事で失敗したとき、うまくいかなかったとき、千夏とワインを飲んだ。腹の底に溜まった澱が不思議と消えていった。心身をリセットして翌日はまた仕事に打ち込めた。

テレビをつけた。惣菜を食べる気にもなれず、ワインとチーズを交互に口に運んだ。チャンネルを変え続けるも、興味がわかず、電源を切った。

ボトルの中身は半分ほどに減っていた。携帯電話の画面に触れた。いつもの動画。昨年、千夏の病が見つかるひと月ほど前に撮ったものだ。

ぼんやりと映る千夏と美香の顔が、炎で揺れていた。白いデコレーションケーキを前にして、ハッピーバースデーを歌っている。二人の誕生日は二日違い。その間の日に、毎年、家族三人で誕生会をした。

『お母さん、フーッてして』

千夏が息を吹くと、一つだけ火が残った。何十回も見たシーンだ。涙で焦点を失い、赤い火がぼやけていく。

初めて捜査一課の刑事となって売り出し中だった頃、比留のあだ名はデビルだった。苗字をもじってつけられたのは明白だが、悪魔のように頑丈な心と体という意味があった。パワハラが当たり前の時代、怒鳴られても決してひるまない。徹夜続きでも音を上げない。それがデビルの由来だった。

だが今は違う。外では平静を装ってなんとかぎりぎり踏みとどまっているが、実際は、心も体もひどく疲弊していた。家で仮面を外せば、女々しい男の素顔が現れる。

画面のなかの美香が『お母さん、もう一回!』と声を上げる。

『じゃあ』と千夏が微笑む。

息を吹きかける音とともに、携帯電話の画面が真っ暗になった。


浅い眠りから覚めた。視界がまぶしいのは、窓から差し込む朝の光のせいだった。

ソファから起き上がると、水中からはい出したように身体が重かった。壁の時計は午前七時十分。ダイニングテーブルには空いたワインボトルとチーズのアルミ包装紙。結局、リビングで寝入ってしまったようだ。

キッチンで水を飲んでいると、ドアが開き、美香が現れた。

一瞬目が合うも、美香が露骨に目を逸らした。シャワーを浴びていたのか、髪が濡れている。

美香は、冷蔵庫を開けてペットボトルのお茶を取り出した。

学校のことを伝えなくてはいけない。比留はごくりとつばを呑み下した。だが、どう切り出せばいいか、言葉がすぐに見つからない。諍いにならないように、美香をうまく説得しなければ……。

「なあ、聞いてくれ」

水で潤したはずの喉が渇いて、声が上ずる。「昨日学校から連絡があってな。このままだと、退学になるかもしれない」

美香はグラスに注いだお茶を飲んでいる。比留の声がまるで聞こえていないかのように無反応だ。

「今日、二人で学校に行って先生と話をすることになったから。いいな」

ペットボトルとグラスを片付けた美香は、言葉を発しないまま、リビングを出て行こうとした。

「待て」自分でも驚くほど強い口調になっていた。

美香が振り返る。冷えた目。

「話すことなんて何もないから」

「そんなわけにはいかないだろ。おまえの学校のことなんだぞ」

冷静に話をしなくては。わかっているが、口調がきつくなるのを抑えられない。

「私のことをだましていた人と話したくはないの」

陰鬱な思いに心が染まっていく。

この言葉を何度聞かされたか。今日もまた同じことの繰り返しか。

「私が気づかなかったら、ずっといわないつもりだった。そうでしょ」

「話す必要がないと思ったから、黙っていただけだ」

「必要ない？　それってどうでもいいことなの？」

「いや、そういうわけじゃ」

「やっぱり、だましていたんだ。警察官のくせに、ホント嘘ばっかりつくよね」

「どういう意味だ」

「私、知ってる。去年の十二月に犯人を取り逃がして、それを隠ぺいしたの、あんたでしょ」

「あれは――」

本部に報告して公表しましょう、署長にそう進言した。だが、そんなことを美香に話しても意味がない。それより何より、あんたという言葉が胸に突き刺さって、言葉が出なかった。もうお父さんと呼ばれなくなって久しい。

「あんたは本当の父親じゃない。私は何の関係もない中年オヤジと一緒にこの家に住んでいるの。これって普通じゃないよね？」

美香の目に涙が溜まっていく。

「私のいってること、間違っていないでしょ？　私のことも、仕事のことも。嘘ばっかり！」

「落ち着け」

比留が一歩前に出ると、美香が後ずさった。

「私は……普通じゃない！　普通に生まれた子供じゃない！」

美香の不登校は、母親の死、そして比留が父親でないことを知ったのがきっかけだった。

こうなるくらいならと、今は後悔していた。千夏が生きていたときに出生の秘密を告げていれば、千夏が美香の心をうまく包み込んでくれたかもしれない。

十七年一緒に暮らしてきた。親子仲も悪くはなかった。真実を受け止めて乗り越えてくれると思った。しかし美香は苦しんだ。ずっと隠されてきた真実、血のつながっていない父と二人きりの生活。精神的な苦痛が美香の心に重く覆いかぶさった。

千夏が死んだ一月後、美香は手首を切った。どこまで本気だったのかはわからない。あのときは部屋からうめき声が聞こえて、気づいた比留がすぐに病院に連れて行った。

「私は何者なの？　本当のお父さんはどこにいるの」

「それは前にも説明しただろ」自然と声が大きくなった。「そういうのはわからないんだ」

「そんなの、おかしい。どうして本当のお父さんが誰かわからないの？」

顔も声も千夏と似ている。美香の瞳が亡き妻に重なった。

――どうして、そこまで……。

あのときの千夏の目は何かにおびえているようだった。

比留は自分に生殖機能がないことを千夏に伝えたあとも、子供を得たいとの気持ちを抱き続けた。むしろ、以前よりも思いは増していた。里子や特別養子縁組も考えたが、千夏の身体に問題があるわけではない。家庭的な千夏は、妊娠、出産という経験をしたいはず。

ありとあらゆる不妊治療について調べた。そのなかに第三者からの精子提供によって人工授精を目指す非配偶者間人工授精、通称ＡＩＤという方法があることを知った。

自分の遺伝子は残せなくても、千夏には実の子を産んで欲しい。自分たち夫婦にふさわしいのはこの方法だと思い、試してみないかと千夏に提案した。

「どうして、そこまで……」

賛成してくれると思ったが、意外にも千夏は否定的だった。

「誰かわからないんでしょ」

「精子ドナーが誰なのか、知ることはできない決まりになっているんだ」

そのあとも口ごもる千夏に何が嫌なのかと訊いた。

「だって……」

千夏が硬い表情で口を開いた。好きでもない男の種が体のなかに入り込んでくることに抵抗感があるという。

「でも、そうして欲しいんだ」

金沢市内に人工授精を得意とする産婦人科があった。千夏を何とか説得して連れて行った。何度か治療法の説明を聞いてようやく千夏も決心した。はたしてＡＩＤによる人工授精はうまくいき、翌年、女の子が生まれた。それが美香だった。

千夏は子育てを楽しんだ。これで人並みの幸せを与えることができたと思った。

比留は仕事に打ち込んだ。過酷な捜査が続くときも、深夜に帰宅して妻と娘の顔を見れば癒された。休日は睡眠不足だろうが二人を連れて遊びに行った。

しかし、昨年の春、比留たち家族に突然の不幸が訪れた。

千夏の首の付け根に、ほくろがあった。前よりも大きくなっていたので、気になった千夏は病院で診察を受けたところ、メラノーマという皮膚がんだとわかった。

「肺にも転移しているらしいの」

いつも明るい千夏もさすがに平静ではいられなかった。比留の胸に顔を押しつけて泣いた。

がんは急速に進行した。痛みを緩和するために強い薬を投入していった。やがて投薬の影響で幻覚を見たり、うわごとを口にしたりする、せん妄という症状が現れた。

美香は学校が終わると、毎日病院で母親を看病した。

ある日のことだった。美香が怪訝そうな顔で比留にこういった。

「お母さんが変なこというの。美香は、本当はお父さんの子供じゃないって」

比留は心にずしりと圧を受けた。美香が知ってしまったことより、千夏がずっと気にしていたことのほうが胸に響いた。

美香が生まれてから、千夏とＡＩＤのことを話した記憶はない。千夏は気にしていないものと思っていた。しかし、本当は心の奥にわだかまりを抱えていた。比留に気づかれないよう、その思いをひた隠しにしてきた。

「せん妄の症状が出ているときは、わけのわからないことをいうらしい。気にするな」

美香には、とっさに嘘をついた。美香もそれ以上訊いてくることはなかった。

その十日後、夏の終わりとともに、千夏は息を引き取った。

葬儀の翌日、自宅に美香と二人だけのときだった。

「これ見て。タンスのなかにあった」

思わず息が止まりそうになった。美香が手にしていたのは、ＡＩＤの同意書だった。千夏がそんなものをずっと保管していたとは想像もしなかった。

「私……お父さんの子供じゃないんだね」

美香の声が震えていた。

「いいや。おまえは、お父さんの子だ。お父さんとお母さんの娘だ」

「じゃあ、これは何？　ここに書いてあることは、嘘なの？」

言葉が見つからず、ただうろたえた。仕事で凶悪事件に遭遇したとき、捜査に行き詰まったときに、次の一手をパッと思いつく思考回路がこのときばかりは働いてくれなかった。

おまえはお父さんとお母さんの娘だ。それを呪文のように何度も唱えた。

美香が「やめて！」と叫んだ。

「お母さんがベッドの上で話していたことは本当だった。薬の副作用だなんて、おかしいと思ったの」

「実は、お父さん、中学生のときに重い病気をして、子供を作ることができないんだ。わかってくれ」

「そんなこと、どうでもいい」美香がかぶりを振る。「私はだまされていた。ねえ、どうして嘘をついたの？」

「美香には話す必要はないと思っていた。世の中には、知らないほうが幸せなことだってあるんだ」

「それはあんたの勝手な考えよ！」

あんた。その言葉が比留の皮膚を切りつけた。

「この嘘つき！　嘘つき！　嘘つき！」

聞いたことのない女の叫び声だった。身体を貫くような眼差しを比留に向けていた。

「やめろっ」

叫び声が止んだ。

美香が千夏の位牌の前に駆け寄った。供えてある果物のなかから、巨峰の房をわし摑みにして比留の鼻先に突きつけた。

「あんたってこれと同じだ」

目に涙をためて笑っていた。ハハハ。

葡萄——その意味を悟った。種なし葡萄。瞬間、我を忘れた。十七年間、誰にも触れられたことのなかった急所をえぐられた。自分がどんな思いでＡＩＤを選択したのか。千夏を幸せにするにはこれしかなかった。それをコイツは——。

こらえろ。今の美香は普通じゃない。父親のおまえが冷静にならなくてどうする。心のなかの自分が叫ぶ。だがその声が遠くなった。かわりに猛獣のような唸り声がした。指先が熱くなった。平手が美香の頰を打っていた。短い悲鳴とともに美香が壁に吹き飛んでいた。

「あんたは最低だ」

赤くひび割れた目をして、美香が比留を見上げていた。

「父親なんかじゃない！」

その日から美香は壊れ始めた。

我に返ると、美香はリビングからいなくなっていた。案の定ともいえる展開に手の打ちようがなかった。

「昼には帰ってくる。準備しておけ」

家を出る直前、二階に向かって声をかけたが返事はなかった。


刑事部屋のデスクでパソコンを立ち上げると、副署長の塩見《しおみ》からメールが届いていた。署のすべての課長あてだった。

『人事異動の内示は本日午前十一時。全職員にメールを一斉配信する予定――』

刑事課全員にメールを転送した。机に向かう部下たちの表情に、軽い緊張が走った。

比留のほうに顔を向けた赤塚と目が合った。昨晩は強行犯係で打ち上げをしたはず。ガサ入れに失敗し、帳場が立った。苦い酒だったことは想像に難くない。

「昨日はつるやか?」

「一階も全部貸し切りでした」

「毎年この時期はそうだ」

つるやは、東部署の裏通りにある古い定食屋だ。夜は一品料理を出す居酒屋にもなる。二階の広い和室は東部署の懇親会に利用されることが多く、署員が周囲を気にせず酒を飲むにはうってつけの場所だった。

おい、と赤塚に向かって手招きをする。「昨日、渡すのを忘れてた」

デスクの前に立った赤塚に一万円を差し出した。刑事課長になってから、課の飲み会があるときは参加するしないにかかわらず一万円を渡している。

「今回はお気持ちだけいただいておきます」

赤塚の表情が浮かない。心なしか目も赤い。赤塚には珍しく、二日酔いか。

「遠慮するな。次に使えよ」

「でも……」

「いいから」語気を強めて札をぐっと前に押し出した。

「ありがとうございます……」

赤塚は渋々受け取ると、「課長、すみませんでした」と急に頭を下げた。

「どうした」

「新藤を逮捕できないまま、これで終わりだなんて……」

ほかの強行犯係の面々も立ち上がって頭を下げる。

誰も手を抜いていたわけではない。赤塚をはじめ強行犯係は、署に寝泊まりしながらずっと捜査に当たっていた。

「まだ捜査は終わったわけじゃない。明日、捜査本部ができる。これからだ」

「ですが、課長は……」

赤塚はハッとした顔をして目を伏せてた。合点がいった。目が赤いのは酒のせいではない。おそらく昨晩、酒の席で比留が〝鬼ごっこ〟の責任を取らされて異動するという噂を耳にしたのだ。

「ところで——」

しんみりした空気をぬぐおうと、比留は未解決となっている案件の進み具合を尋ねた。

赤塚に促されて、担当している刑事たちが順番に説明した。異動の時期を見据えて、すでに一覧表にまとめてあったらしい。

大きなものとしては、昨年の夏に起きた山間部の林道でのひき逃げ事件と、今年に入って発生した深夜営業のラーメン店での連続強盗事件が残っている。

アポ電強盗の事件を最優先してきたために、二つの事件には十分力を注げなかった。強盗事件のほうは、聞いたときは耳を疑ったが、つい十日前にも同じ店で再び強盗事件が起きている。

「店主の証言から、どうやら同一犯のようで、ほぼ特定できています。一、二日中にガラを押さえます」

「残るのは、ひき逃げだけか。最近、進展はあったのか」

担当の生原《いくはら》へ目を向けると、申し訳なさそうな顔で「何もありません」とこたえた。

迷宮入りは避けたかったが……。比留は宙を見上げて、事件のことを思い返した。

昨年の八月、金沢市在住の三十代男性が林道から転落して死んでいた。被害者はヘルメットをかぶり専用のウェアを着ていたのでサイクリングの途中と思われた。だが、現場に物的証拠は何もなく、被害者が乗っていたであろう自転車さえ見つからなかった。早朝の山間部の林道で目撃証言もない。事故、自殺、殺人、どの可能性も否定できないまま、半年以上が経過した。当初は交通課との合同捜査だったが、今は刑事課が引き取っている。

昨年末には、生原と被害者の自宅に線香をあげに行った。仏前で何としても犯人を挙げると誓ったが、結局、かなわぬまま異動を迎えようとしている。

刑事課長の職を離れる前に遺族宅へ行かなくては。遺族へ謝罪、と比留はメモを書いた。

各担当からの説明が終わると、キーボードを打つ音が刑事部屋に響いた。皆、事務仕事が溜まっている。刑事も役人だ。外に出ることが多いからといって書類仕事が少ないわけではない。比留の机の未決箱には、決裁文書が積み重ねられていった。

時計を見ると九時四十分。内示のメール配信は十一時だ。それまでに、まわってくる決裁を一つでも多く片付けておきたい。

また一つ書類に押印して既決箱にファイルを入れたときだった。

耳の近くで虫が飛ぶようなブーンという音が部屋に響いた。無線連絡の前触れだった。

〈本部から金沢東部、ＰＣ東三一、森本交番〉

〈金沢東部です、どうぞ〉

〈高坂駐在所で倒れている駐在員を発見、殴打された模様。サワイという男性からの通報です。現場は未確認。整理番号六四一〇番、担当小林《こばやし》です、どうぞ〉

〈金沢東部了解、担当村瀬《むらせ》〉

巡回パトカー、最寄り交番からも、「了解」の返事が相次ぐ。

無線の言葉を反芻する。倒れている駐在員を発見、殴打された模様――。

いつもの順序なら、通報を受けた最寄りの交番の警察官がまず現場確認をする。いたずら電話の可能性もあるからだ。だが、たとえその可能性があったとしても、署員がすぐに現場へ向かうほうがいい場合もある。一分一秒を争う凶悪事件のときだ。

刑事部屋の温度が急に上がっていく。部下たちが手を止めて比留を見ている。どの顔からも二日酔いの色は消え、刑事のそれに戻っている。

視線を受け止めながら、すばやく思考を整理した。いたずらで済めば、それにこしたことはない。しかし、万が一、通報が事実なら、捜査員の到着が遅れたことで犯人が逃走し、解決が遠のくこともある。しかも今回は、警察官が襲われたという重大な情報だ。

比留は立ち上がり、声を張り上げた。

「強行犯係は拳銃を携帯してすぐに出動。鑑識係も同行しろ」

上着を着た刑事たちが次々と部屋を出て行った。

——駐在所で何が起きたんだ？

場所を確かめようと、壁に貼られた東部署管内の地図を眺めた。高坂駐在所は、金沢北部の山間の場所、富山県との県境手前の集落に位置している。東部署からだと距離にしておよそ十キロ。サイレンを鳴らしてパトカーを飛ばせば十分ほどで到着する。

早くも窓の外からパトカーのサイレンの音が聞こえてきた。

近年、交番や駐在所で勤務する警察官を狙った犯罪が全国的に発生している。警察のほうも、万が一の襲撃に備えて、現場で勤務する警察官の訓練を強化している。

襲撃されれば、被害に遭った警察官が緊急発信装置で状況を伝えてくるはず。だが、駐在所からの連絡はなかった。となると……。脳内に嫌な想像が駆け巡る。

駐在所では、警察官はたいてい家族と一緒に住んでいる。ほかに被害者はいないのかも気になる。高坂の駐在員は、たしか久本《ひさもと》という五十代半ばの巡査部長だったはず。

駐在所を管轄するのは署の地域課だ。比留は、地域課長の田子《たご》に内線電話をかけた。

ワンコールも待たずに田子が出る。田子は比留よりも年次が一つ下で、昨年、警部に昇任したばかりだ。茫洋とした雰囲気で人当たりもいい。

「高坂の駐在員は久本さんだったよな」

〈そうですッ〉

慌てた声が返ってきた。いつも温厚な田子も、さすがに興奮しているようだ。

「久本さんの家族構成は」

〈独身です。駐在所に一人で暮らしていました〉

知らなかった。だが、かすかに記憶の扉が開いた。久本といえばたしか——。

「久本さんって、柔道のコーチをしていなかったか」

〈そうです。昔は国体にも出た猛者です〉

記憶は正しかった。表情と体格がおぼろげながら脳裏に浮かんできた。若い頃、柔道の稽古で指導を受けた。大柄で、朴訥な話し方。あれが久本だった。

無線連絡を待つべく、受話器を戻した。久本の安否のほかに気になることがもう一つある。拳銃の所在だ。警察官を襲う目的としては、拳銃奪取がまず考えられる。

壁の時計を眺める。一分……二分……待つ時間がとてつもなく長い。

不意に、〈現着〉の短い声が無線で連続した。

機動捜査隊と付近の交番警察官が到着したようだ。すぐに現場を確保して、指令室に状況を伝えるだろう。

〈こちら本部〉

さっそく指令室からの無線が入った。全神経を集中して耳を澄ます。

〈現場から報告。倒れている駐在員の死亡を確認〉

部屋に残っていた署員たちから、嘆きともため息ともつかない低い声が漏れた。

さらに詳しい報告が続く。被害者は一名。死因は頭部を強く殴打されたことによるもの。事務室の拳銃保管庫と銃弾薬庫の扉は開放され、犯人に奪われた模様——。

比留の首筋が粟立った。警察にとって最悪の事態が起きた。

無線の最後に、ひときわ明瞭な声が響いた。

〈県内全域に緊急配備指令！〉

部屋中が騒がしくなる。強行犯係以外の面々も一斉に外に出る準備を始めた。

比留は赤塚の携帯あてに、現場の状況を把握したら連絡してほしいとメールを打った。

部屋の出入り口に目が向いた。次々部屋を出ていく刑事たちとは逆に、部屋に入って来る人物がいた。広い額、しもぶくれの顔、四角い大きな眼鏡。副署長の塩見が早足で近づいてくる。

「どうなってる？」

「じきに赤塚から詳しい報告があります。少しお待ちください」

「少しでも早く情報をもらえ」と塩見が語気を荒げていう。

奇異に感じた。刑事畑が長かった塩見は、凶悪事件が起きたときの〝鉄火場〟状態はよく知っている。中池ならともかく、刑事課をせっつくことのない塩見がいきなり来るとは珍しい。

「どうかしましたか」

「今しがた本部から連絡があってな」眼鏡の奥で塩見の目がぐるっと動いた。「記者会見の準備をしろといってきた」

事件が起きれば、管轄する署が会見を開く。マスコミへの通告や会見の司会進行は、副署長が担う。しかし、重大事件の場合は必ずしもそうとは限らない。

「今回は、本部対応じゃないんですか」

「東部署でやれといってきた。当然、会見には捜査一課長あたりが来るんだろうけどな」

冨島の顔が頭に浮かんで、胃のあたりが重くなる。

「署長室で待ってるからな。状況がわかったら、すぐに来い」

きびすを返す塩見の背中を見ながら考えた。本部から会見の準備をしろといわれて塩見は焦っている。その思いはよくわかる。だが、本部はどういう了見か。事件直後にわざわざ署へ指示してくるとは。凶悪事件ならまずは犯人追跡ではないのか。

しかし、その疑問はすぐに解けた。〝鬼ごっこ〟の件で年明け早々マスコミから叩かれた。それで県警本部の上層部はマスコミ対応に神経質になっているのだ。

――捜査よりも組織防衛、つまり保身か。

刑事課長という立場を忘れて苛立ちを覚えた。まずは、現場の初動捜査をいかにバックアップするかを考えるのが上の人間の仕事ではないのか。

机の携帯電話が細かく震えた。赤塚からのメールの着信だった。

『鑑識係が課長のパソコンあてに画像を送りました。もう少ししたら電話します』

パソコンのロック画面を解除した。届いていたメールを開くと、画像が二枚添付されていた。

一枚目は、大柄な男がうつ伏せで倒れていた。ひと目で死んでいるとわかった。体格からして久本に間違いない。まるで大きなイノシシが倒れているようだ。

久本は制服姿ではなかった。上下グレーのスウェット、その上に薄手のダウンジャケットを羽織っていた。飛び散った血が久本のジャケットにところどころ付着しているが、衣類に乱れはなく、争った形跡も見られない。抵抗したあとがないのはどうしてか。久本のような男が簡単にやられるはずはない。

次の画像を見て、思わず顔をしかめた。殴打された頭部をアップにしたものだった。短く刈りあげた頭頂部から後頭部にかけて大きく陥没している。潰れた箇所から血がにじみ出て、頭皮を赤く染めている。

誰がこんなことを……。強い怒りがわき、顔面がじわりと熱くなった。

携帯電話が着信を告げた。赤塚だった。

〈現場の状況を報告します。被害者が倒れていた場所は、駐在所の裏の畑です。襲われたのは勤務時間よりも前。居室の様子からして朝食の途中だったようです。七時から八時の間に襲われたものと思われます。鑑識の見立ても、殺されて二、三時間くらいじゃないかと〉

であれば、犯人にはそれだけの逃走時間があったことになる。広域的な捜査が必要だ。

「凶器は？」

〈見つかっていませんが、おそらく鉄パイプか金属バットではないかと。事務室がかなり荒らされて、備品がことごとく叩き壊されていました。玄関の上に取り付けられていた防犯カメラも〉

防犯カメラと、ノートに書きとる。

「画像からだと、着衣の乱れがあまりないように見えたが」

〈私もそこのところは気になりましたが、今の時点では何とも……〉

争うことなく警察官を撲殺している。犯人は複数か、戦闘に精通した者か、あるいは顔見知りによる不意打ちか。

「拳銃は、盗まれたとみていいのか」

〈はい。被害者が身につけていた鍵を奪って保管庫の鍵を開けたようです〉

「拳銃のほかに盗まれたものは」

〈財布と私用の携帯電話が見当たりません〉

「第一発見者のことを教えてくれ」

〈沢井《さわい》勉《つとむ》。六十八歳。高坂地区の町会長です。小学校の春休みが近いので、地区内の防犯パトロールについて相談しようと午前九時半頃に駐在所を訪問したそうです。駐在員がいないので不審に思い奥の事務室を覗いたら、室内がめちゃくちゃになっていて。慌てて外に出て駐在員を捜していたら、裏の畑で倒れているのを見つけたそうです〉

情報管理のこともある。第一発見者はしばらく〝隔離〟しておいたほうがいいだろう。

「そのマル目《もく》、このまま署に来てもらえ」

〈誰かに指示して署へ連れて行かせます〉

「見物人やマスコミは、いるか」

〈現着したときは誰もいませんでしたが、パトカーの音を聞きつけて、今は近所の住民が十人ほど集まっています。マスコミらしき人間は来ていないと思います〉

「駐在所で何が起きたかは、今の段階で住民には絶対にいうな。捜査員全員にも徹底しろ」

〈わかりました〉

わずかでも漏れたらネットで一気に広がる。

「情報は、無線を通じて随時、共有してくれ」

電話を切ると、デスクの受話器を取り、田子の内線電話の番号を押した。

「比留だ。駐在所には去年から防犯カメラを設置したんだよな?」

〈ええと、あ、そうでした〉

茫洋な田子らしいといえば、らしい反応だ。比留は舌打ちをこらえて早口で続ける。

「駐在所のカメラが壊されていた。直前までの映像が見たい。すぐに準備できるか」

〈ちょっとお待ちください〉

田子の声が受話器から遠くなった。比留からの質問を部下に伝える声が聞こえてくる。

〈本部のサーバーで管理しているので、ここにはありません。至急、手配します〉

本部となると、生活安全部か。

「犯人が映っているかもしれない。急いでくれ」

比留は、現場から届いたメールを中池あてに転送して、署長室へ向かった。


署長室の扉をノックしたが、声は返ってこなかった。

部屋に入ると、「こりゃあ、ひでえ」と塩見の声が聞こえた。

中池が青ざめた顔でパソコンの画面を凝視している。中池の隣で立っていた塩見は顔をしかめていた。現場の久本の画像を見ているのだろう。

中池が席を立ち、塩見と並んでソファに腰を下ろした。向かいに座った比留は、赤塚から聞いた現場の状況を説明した。

ひととおりの説明のあと、中池が「副署長。会見のことだけど」と口を開いた。

「マスコミはたくさん来るのかしら」

「緊急会見ですから、かなりの数になると思います。署長就任の会見よりも多いでしょう。こっちがやりたくない会見ほど、マスコミはたくさん来ますから」

塩見の言葉に、中池の眉がキュッと真ん中に寄った。

「私のほかには、誰が出るの？」

「比留課長と……あとは、間に合えば捜査一課長にも出ていただくことになるかと。大きなヤマなので広報室長も来るでしょうが、前に出るのは、署長、刑事課長、捜査一課長の三人となります」

「何時から開く？」

「少しでも早く始めたほうがいいでしょう」

「それがいいわね」と中池もうなずく。

「お待ちください」比留が口を挟んだ。「今の時点では、外に出せる内容は限られたものになります。せいぜいが、警察官が殺されて拳銃が奪われた、という発表しかできません」

「そんなこと、わかってる。でも、やるしかねえだろ」

塩見が比留を睨みつけた。少しでも早い発表で警察の毅然とした姿勢を見せたい。本部の意向というだけでなく、東部署の広報責任者としての塩見の気概もあるのだろう。

しかし、それでいいのだろうか。凶悪事件の公表は、ただ早ければいいというものでもない。たとえば、事件が進行中のときは慎重な判断を要する。まさに今のような場合だ。犯人は警察官を殺害し、奪った拳銃を所持している可能性が高い。これを公表すれば、地域住民を不安に陥れることになる。

さらに、もう一つの懸念は、犯人を刺激するおそれもあるということだ。たとえば、人質事件などで、自身のことが報道されていると知った犯人は、心理的に追い詰められ、ささいなことで発砲したり、人質を殺害したりすることもある。重大事件ほど、マスコミ公表のタイミングは慎重に見極めなければならないのだ。

「会見時間を決めるのは、しばらく待っていただけませんか」

「どうして？」と中池。

「現場からいろいろな捜査情報が入ってきている段階です。もう少し事件の状況を把握したうえで会見時間を決めたほうがいいかと」

「犯人をスピード逮捕できるとでもいうのか」塩見がぶっきらぼうな声でいった。

「そこまではいい切れませんが」

「なら、早めに会見をやったって、いいだろ」

「しかし、ですね」

比留が反論しようとしたところで、中池が手を広げて制した。

「会見は、なんとしても午前中にやりましょう」

この場の責任者は私。その表情は決然としていた。

「時間は十一時三十分から。いいですね」

「では、すぐに準備に取りかかります」

部屋を出ていこうとした比留の背中に、「とりあえず十一時までに、ペーパーを作って持ってこい」と塩見の声が飛んだ。

今は、十時二十分。あと四十分しかない。何をどこまで書くか――。

比留は、小走りで廊下を進みながら、頭に文案を思い描いていた。短い文面になるのはやむをえない。凶悪事件の発生をすみやかに発表したという事実が大事なのだ。

捜査の進み具合も気になった。本来、警察の仕事は犯人の逮捕。マスコミ対応はその次だ。しかし、そうはいかないのが刑事課長という職の辛いところでもある。どちらにも同じくらい力を注がなくてはいけない。

刑事部屋に入ろうとしたところで、乾いたヒール音が廊下に鳴り響いた。振り返ると、スーツ姿の女性が、急ぎ足で比留のほうに向かっている。

――南雲?

用件は何だと比留が質問する前に、南雲のほうから話し始めた。

「高坂の件で、上から東部署に行けと命じられまして」

「何だって」

アポ電強盗事件の捜査本部ができて早々、駐在員殺しの捜査本部までできるのか。

比留の疑問を見透かしたかのように、南雲が顔の前で手を振った。

「私が来たのは、会見のためです」

「どういうことだ」

「会見用のペーパー作りを手伝ってこいといわれたんです。つまり、応援部隊です」

助かった。表情には出さなかったが、正直な思いだった。本部もさすがに東部署へ丸投げはできないと思ったのだろう。南雲は広報室にいたこともある。マスコミ向けの資料作りには慣れている。年明け、〝鬼ごっこ〟の謝罪会見の原稿を署で作った際、本部から修正の指示がいくつもあった。最終的に隙のない原稿に仕上がったが、本部で指示していたのは、ほとんどが南雲だとあとで知った。

「とりあえず、部屋に入ってくれ。時間がない」

刑事部屋は、庶務の女性職員が一人いるのみでほかは誰もいない。広い室内には無線の声がひっきりなしに飛び交っている。

南雲は空いている席に座り、さっそく持参してきたモバイルパソコンを起動させた。

「文案は私が作ります。過去の事件の発表文や想定問答集を加工すれば、それほど時間はかかりません。今、摑んでいる情報を全部教えてください。そこから取捨選択します」

事件のことを南雲に説明した。南雲からは、会見時の割り振りについて、事件の概要説明は署長の中池、質疑応答は刑事課長の比留との提案があり、比留も同意した。

「捜査一課長は、今どうしている」

「今日は、朝から――」南雲がパソコンの画面を見たまま、口を動かす。「能登方面に出張でしたが、急いで金沢に引き返しているそうです」

間に合えば、会見に冨島も同席する。冨島が東部署に着く前に、犯人に関する手がかりを摑みたい。冨島のことだ。こういう事件こそ、スピード解決したいと思っているだろうし、捜査員に相当なプレッシャーをかけてくることは想像に難くない。

昨日、ガサ入れに失敗した分、何としても挽回したかった。駐在所周辺で捜査に当たっている刑事たちも、比留と同じ思いで必死に捜査をしているだろう。

南雲の指はキーボードの上で軽快に動いている。自分だとこうはできない。男集団の刑事部では異物のような南雲の存在が今はありがたく思えた。

小さく息を吐いていると、電話が鳴った。田子だった。

〈今、本部から、駐在所の防犯カメラ映像が送られてきました〉

「どうだ？　何か映っていたか」

〈破壊される瞬間までしっかり映っています。映像は共有フォルダに入れておきました。ファイル名は「高坂防犯カメラ」です〉

マウスを操作して署のサーバーの共有フォルダを開く。ファイルはすぐに見つかった。

クリックすると映像が映し出された。駐在所の玄関ドア付近が映っている。壁のポスターの文字まではっきりと見える。解像度は悪くないが、音は入っていない。映像の時間表示は今日の午前七時。一秒ごとに数字は変化し続けるも、映像に変化はない。

しばらく早送りする。人影。少し巻き戻して通常再生にした。時間は七時八分。

玄関のドアが開いた。入ってきたのは、フルフェイスのヘルメットをかぶった人物。服装は、黒っぽいジャンパーにオリーブ色のチノパン。棒のようなもの、おそらく金属バットを手にしている。

ヘルメットが上を向いた。カメラを見ている。黒いシールドで顔はまったくわからない。

腕が上がった。バットがカメラに迫る。

映像がひどくぶれた。だが消えない。

ヘルメットの人物がもう一度バットを振り上げた。バットが迫ってくる。次の瞬間、画面が真っ暗になった。

映像はここまで。人物が現れてから映像が消えるまで、わずか十秒ほど。

もう一度映像を確かめた。ヘルメット姿だからといって、移動手段に必ずしもバイクを使ったとは断定できない。久本が抵抗することなく殺されたのは、犯人が複数いたからかもしれない。襲撃犯たちは車で駐在所を訪れ、逃げたとも考えられる。

比留が映像を見ている間も、無線を通じて様々な情報が入ってきた。今は、情報の確度に関係なく、互いに共有しながら捜査を続けていく段階である。

一つ、気になる情報が耳に留まった。七時三十分前後に市街地に向かって猛スピードで国道を走る車を、近隣の住民が目撃したという。その住民とは、駐在所に集まってきた見物人で、近くの米屋の店主だった。

無線で捜査員と指令室のやり取りが続く。

〈車の特徴を教えてください〉

〈白色の軽自動車。ナンバーは不明〉

ナンバーがわかれば、すぐに車の特定はできるが、車の形と色だけでは難しい。しかも白の軽自動車となれば、数も多い。

〈強行犯係の生原巡査部長からの情報――〉

新たな情報が、無線の声にかぶさるように飛び込んできた。

〈駐在所から二百メートル離れたところに住んでいる二十代男性が今朝から行方不明とのこと。現在捜索中〉

もしもその男性が犯人なら、スピード逮捕の入り口に立っているかもしれない。比留は生原の携帯電話の番号を押した。

「今、大丈夫か」

〈はい〉

「失踪した男性について詳しく教えてくれ」

〈さっきの無線で流れた情報ですよね。実は今わかったんですが——〉

生原の声が急に沈んだ。〈母親の勘違いというか……〉

「何だと」

〈どうも母親は認知症だったようで。今、息子と会いました〉

肩の力が急に抜けていく。

「わかった。引き続き捜査を続けろ」

〈はい。ただ……〉

「どうした」

〈高坂駐在所で何があったのかと、どこに行っても根掘り葉掘り聞かれまして〉

「もうすぐ会見をやる予定だ。それまでは絶対に漏らすな」

電話を切った。その後も無線で情報が錯綜した。飛び交う声を聞きながら、比留は安堵していた。今は取捨選択の段階ではない。情報が集まってくればそれでいい。

発砲があったとの連絡は今のところない。住民に被害を与えずに、ふとしたきっかけで犯人逮捕もあるかもしれない。

〈こちら指令室。刑事部からの情報――〉

期せずして、無線から気になる情報がもたらされた。

〈国道三〇四号線のNシステムで気になるバイクを検知。駐在所の防犯カメラ映像の人物と似た服装。フルフェイスのヘルメットをかぶり、黒のジャンパーに――〉

防犯カメラの映像が脳裏によみがえってくる。さらに無線は続いた。

〈人物の特徴は背中にギターケース。バイクは黒色のスクータータイプ。ナンバーは金沢――〉

バイクの所有者はすぐ割り出せるが、おそらく盗難車だろう。ギターケースというのが気になる。凶器に使ったバットを覆い隠すにはちょうどいい。

――これは本命かもしれない。

Nシステムの画像をこの目で見ておきたかった。

比留は、本部のNシステム担当に電話をして、検知したスクーターの画像をメールで送って欲しいと依頼した。

南雲の指はキーボードの上で休みなく動いている。壁の時計は、十時四十五分を指していた。

塩見には、署長室へ十一時に案文を持ってこいといわれている。あと十五分だ。南雲の表情を見る限り、文章作りに難儀しているようには見えない。

会見は、なるべく手短に済ませたい。十一時半から始まって、十二時までに終われば理想だが、質疑も合わせたら、そういうわけにもいかないだろう。それどころか、会見のあとに、刑事課長の自分のところに記者が集まって、ぶら下がり取材があるかもしれない。

その瞬間、比留はアッと口走り、頭が真っ白になった。

美香の学校のことが頭から抜け落ちていた。午後イチで学校訪問する約束だった。

もし、会見が十二時あたりで無事に終わったとしても、今の状況で職場を離れることはできない。学校に行くなど到底無理だ。

まずは美香に連絡しなくては。携帯電話を握りしめて、刑事部屋を出た。メッセージアプリを開き、電話ボタンをタップした。平穏なメロディが何度も繰り返され、じりじりした思いにさいなまれる。

——もし美香と連絡が取れなかったら……。

こめかみにじわりと汗が浮いてくる。学校に連絡して日を改めてもらうか？　それはだめだ。もう期限ぎりぎりという話だった。これ以上、先延ばしにしてくれとはいえない。いえば、その時点でアウト、退学が現実となる。

親子で学校へ行けないなら、せめて美香だけでも行かせたほうがいい。学校で学びたいという意思を示すことが大事だ。

メロディが続くだけで、美香が電話に出ることはなかった。

発信をやめて、自宅の電話にかけ直した。電話は留守番電話に切り替わった。

——どうして出ない？　着信がわかっていて出ないつもりか。

これまでの比留なら、美香とのあつれきを生じさせないために、引き下がった。だが、今日はそういうわけにはいかない。アプリのトーク機能でメッセージを送ることにした。

『急な仕事で学校へ行けなくなった。美香一人でも必ず行くように。絶対に行きなさい』

最後の〝絶対に行きなさい〟はプレッシャーをかけるだけかもしれない。削除しようかと迷ったが、結局、そのまま送信した。

しばらくトーク画面を眺める。既読はつかない。

気づいてくれと、念じながらまぶたを閉じる。憎しみのこもった美香の眼差しが浮かんできた。

今朝もまともな会話は成立しなかった。俺のことはどれだけ嫌ってもいいが、学校をやめさせるわけにはいかない。既読がつかなければ、何度でも送り続けてやる。

目を開けた。

『既読』

大きな息を吐き出した。

——美香、あとは学校に行ってくれ。

比留は携帯電話を懐のポケットに入れると、刑事部屋に戻った。


部屋の一番奥、比留の机で電話が鳴っている。息つく暇もない。受話器を取ろうとした庶務の女性職員を制して受話器を取った。塩見だった。

〈どうだ、ペーパーのほうは？　本部から南雲補佐が応援に来たと聞いたが〉

「今、文章を作成中です」

〈十一時までにはできそうか〉

受話器を耳につけたまま、南雲に視線を送る。

「あと五分ほどで」との声が返ってきたので、そのまま伝えた。

〈よし。記者クラブにはもう通告したからな〉

「事件に気づいている記者はいますか」

〈探りを入れてきたところはあるが、まだどこも知らないと思う〉

事件の発生場所が街なかだったら、こうはいかなかった。山間部に近い高坂駐在所で、かつ午前中の早い時間の事件というのもあって、記者連中は誰もかぎつけてはいない。朝からパトカーが何台も派手に出動したが、まさかそのことと関係しているとは思っていないだろう。

〈ついでに伝えておく。さっき本部から連絡があってな、今日の十一時に予定していた人事異動の内示、あれ延期になったぞ〉

当然だろう。警察官殺しという重大事件が発生したのだ。県内全域に緊急配備を敷いていることの状況下で、悠長に内示などしている場合ではない。

「じゃあ五分後な」塩見は念押しして電話を切った。

パソコン画面にメール受信の通知が表示された。Nシステムで検知したバイクの画像だった。三枚添付されている。バイクを運転している画像とそれをアップにしたものが一枚ずつ、あとの一枚は背後から撮影したものだ。最新のNシステムではバイクのナンバーを把握するために後ろから撮影するカメラもひそかに設置している。三枚目の画像には、バイクのナンバーがしっかりと映り込んでいた。

バイクは黒のスクーター。乗っている人物はフルフェイスのヘルメット。服装は黒っぽいジャンパーにオリーブ色のチノパン――。

間違いない。防犯カメラに映っていたのと同一人物だ。

バイクの所有者情報にさっと目を通す。金沢市内に住む二十一歳の男性。やはりバイクは昨日盗難届が出されている。

Nシステムの画像と見比べるため、駐在所の防犯カメラ映像をもう一度再生した。一つ一つの動作を、瞬きを止めて見つめた。ヘルメットの人物が引き戸を開けて駐在所のなかに入る。バットを振りかぶったのは左手……。バットでカメラを二度打ちつける。

そのとき、鈍い光が脳裏を通り過ぎた。

数秒巻き戻して、スローで再生する。バットを持ち上げたところで映像を静止させた。

ある一点を食い入るように見つめた。バットを握る左の手首。手首に巻かれた黒い何か、最初はブレスレットか腕時計かと思った。だが違う。これは英文を記したレタリングと呼ばれるタトゥーだ。

映像をコマ送りで進めた。

黒いジャンパーがバットを目一杯振りかぶる。袖が下がって手首のあたりがはっきりと見えた。

首筋に嫌な汗が流れ落ちた。

――まさか。どうして。

「比留課長――」

南雲の声。キーボードの音がいつのまにか止んでいた。

「会見の草案、できました。事実関係に誤りがないか確認してください」

南雲が二枚の書類を比留に差し出したが、すぐに手は伸びなかった。

「比留課長、どうかしましたか」

「いや、なんでもない」

比留の頭に防犯カメラの映像がいつまでも居座っている。

「一枚目は署長の読み上げ原稿で、二枚目は比留課長の想定問答です。二枚目は極力簡潔にしてありますので、突っ込んだ質問が来たら、課長のアドリブでお願いします」

なんとか頭を切り替えて、目の前の文章に意識を集中させた。分量もちょうどいい。誤字脱字もない。最後まで読み終えたところで、無線連絡が入った。

〈こちら、森本交番、迫田《さこた》。東金沢駅の駐輪場で例の黒いスクーターを発見〉

比留は無線のスピーカーを見上げた。

東金沢駅は、すぐそこだ。元は北陸本線の駅だったが、北陸新幹線開業とともにJR西日本から分離して、地元第三セクターの鉄道会社「ＩＲいしかわ」の駅となった。

犯人が盗難車で駅まで行ったとしたら、その先の移動手段として電車を使った可能性がある。さすがに駅のなかにはヘルメットのまま入らないだろう。駅に入るなら顔をさらしているはず。

「どうですか、直すところがあればいってください」

南雲が急かすような口調でいった。

「特にない」

南雲が「では、本部にメールで送ります」と、キーボードを叩いた。

レタリングのタトゥーが網膜によみがえった。ヘルメットのなかの顔が見たかった。ＩＲいしかわの各駅のホームには防犯カメラが設置されている。以前、駅のホームで置き引きがあったときは、防犯カメラ映像が犯人特定の決め手になった。

映像を管理しているのはＩＲいしかわの本社管制室。その本社は東部署から五百メートルほどの距離の場所にある。東金沢駅から歩いて数分の距離だ。

強行犯係をすぐにＩＲ本社へ向かわせたいところだが、駐在所周辺の捜査で今は手一杯だ。署に残っている人間に行かせるほうが早い。だが――。

刑事部屋を見渡した。庶務係の女性職員以外は誰もいない。

「メール送りました。比留課長、署長室へ行きましょう」

南雲の呼びかけに、うん、とこたえるも足が進まない。

「なあ」意を決して南雲に声をかける。

比留の視線が存外に険しかったのか、南雲がぎょっとした顔で「何ですか」といった。

「今からＩＲの本社へ行って、東金沢駅のカメラ映像を見てくる」

「比留課長がですか?」南雲の声が裏返る。「ほかの捜査員に行かせてはどうですか。会見まで三十分しかありませんよ」

「すぐに行ける刑事が近くにいない。それに、ここからだとＩＲいしかわの本社は車で五分もかからない。往復しても、会見にはぎりぎり間に合うと思う」

「間に合うとかそういう問題じゃなくて」

「今は捜査が優先だ。駐在員を殺害した凶悪犯は、今も拳銃を所持している可能性が高い」

「しかし、比留課長が行く必要があるんですか」

「確かめたいことがあるんだ。駐在所の襲撃犯は、新藤達也かもしれない」

「あのアポ電強盗の？」

「駐在所の映像では、襲撃犯はバットを左手で持っていた。犯人は、新藤と同じ、おそらく左利きだ。それと、左手首に新藤と同じ柄のタトゥーをしていた」

新藤を十年前に逮捕した。あのとき取調室で見た左手首から腕に彫った特徴的な英語の文字と龍の和柄は、今もはっきりと覚えていた。

「でも、それだけで新藤と決めるのは……」

「そう。だから、確かめたいんだ」

南雲は、やや困惑の表情を浮かべながらも、「わかりました」といって眼鏡のフレームを押し上げた。

「時間までには必ず戻ってきてくださいよ。署長には私から説明しておきます」

「助かる」

比留は椅子の背もたれから上着をはぎ取った。


ＩＲいしかわの本社に到着した。受付で名乗ると、事務室の奥から五十絡みの男が早足で出てきた。管理課長の島田《しまだ》だ。以前、防犯連絡会議で名刺交換しているので互いに顔と名前はわかる。

「管制室にご案内します」

島田のあとについて二階に向かう。

管制室には縦横にいくつものモニターが並んでいた。操作パネルの前に座っていた三十代の細面の男が強張った顔で、比留に小さく会釈をした。胸には「杉原」というネームプレートをつけている。

「東金沢駅の七時三十分からの映像を見せてください」

杉原がキーボードを操作する。

「これです」

四分割された画面に駅のホームの様子が映った。

「カメラは改札を入って階段を降りてすぐのところに一台、階段の裏側に三台あります」

四倍速で映像を見る。ホームには十五人ほどが立っていた。コート姿や学生服が目につく。

上り下りから同時に電車が来て人が行き交う。いったん画面から人の姿は消えたが、すぐにまた人が集まり始める。

「少し戻して、普通の再生にしてください」

七時三十五分。階段裏の映像の一つに、後ろ姿の男が現れた。

黒っぽいキャップ、服装は黒いジャンパーとオリーブ色のチノパン。Nシステムの画像と違うのは、ギターケースではなくリュックを背負っているところだ。

男はホームの先端のほうに進んでいく。顔は見えない。

比留は背筋に這い上がるものを感じていた。

後ろ姿がカメラから遠ざかっていく。

——こっちを向け。

男が立ち止まった。振り向きざま、キャップの下の顔がのぞいた。

熱い血が全身を駆け巡った。
そこにいたのは、まぎれもなく新藤達也だった。

第二章　逮捕

男は自室の椅子に腰を下ろした。

ペットボトルの水を勢いよく飲むと、中身は一気に半分まで減った。

机の上には、盗んだ拳銃と銃弾、そして携帯電話が置いてある。

拳銃は五連発のリボルバー。M360J SAKURAというアメリカ製だ。

携帯電話のほうは、死体の指先で指紋認証を解除したので、中身は確認済みだった。

肝心のデータは、やはり携帯電話に保存されていた。

机に散らばった資料から、ノートを探して手に取った。事細かく書かれた内容をじっくりと眺める。

抜かりはなかった。すべて手順どおり。駐在員は死に、データも回収した。

「ヨシッ！　ヨシッ！」

男は絶叫を繰り返しながら、愉悦に浸った。

早く結果を伝えたい。だが、指定された時間には、まだ少し余裕があった。じっとしていられなくて、部屋の隅からダンベルを持ち出して、ウェイトトレーニングを始めた。

いつもよりもダンベルが軽く感じられるのは、アドレナリンのせいだろう。冷静に作戦を遂行したつもりだが、今になって、軽い興奮が襲ってきたのかもしれない。

ペットボトルの水を飲み干し、口元を手の甲でぬぐった。時間だった。

電話をかけると、その人物はすぐに出た。

期待した相手ではなかったからか、電話の向こうから緊張が伝わってきた。

「すべてうまくいったぜ」

詳しく話して聞かせた。その間、不安の入り混じったあいづちが何度も聞こえてきた。

「それとな、携帯電話に例のものが入っていた。……その携帯？　今、手元にある。穴を開けて復元できないようにするから。何も心配しなくていい」

本当に大丈夫なのか。電話の向こうから同じ質問が繰り返される。

心配性だな。こみ上げる笑いを男はこらえた。

「通報されるまでかなり時間がかかってる。大丈夫だ」

拳銃はどうするのかと訊かれた。

「こんな物騒なもの、手放すに決まってるだろ」

とっさに嘘をついた。だが、罪悪感は一切ない。

男は拳銃を手に取っていた。ずっしりとした重み。かすかな油の匂い。

最初は計画に従うつもりだった。しかし、実物を手にした瞬間、考えが変わった。

こんな素晴らしい武器を簡単に手放したくない。

「いいか、よく聞け。あんたは悠然と構えていればいい。何も心配する必要はねえよ」

拳銃のグリップを握り直す。そして電話を切る前に、こう告げた。

「こっちは二人とも、いつもの役割を完璧にこなしている」

＋＋

比留は映像に目を凝らした。

新藤に仲間がいる様子はなかった。駐在所襲撃は単独犯。だが、細身の新藤が巨漢の久本を、不意打ちとはいえ、あっさりと倒したとは今も信じがたい。

金沢方面行きの三両編成の普通電車がホームに入って来た。右上のデジタル表示は七時五十二分。新藤がその電車に乗った。

拳銃を所持して隣の金沢駅へ行ったのか。通勤客でごった返す駅構内で拳銃をかざす新藤の姿を想像して、それはないとすぐに打ち消した。金沢駅が大騒ぎになっていれば、すでに警察へ通報があったはず。では、どこに――。

思いを巡らせつつ映像を見ていると、「あっ」と声が漏れた。

ドアが閉まる直前、どういうわけか新藤がホームに降りたのだ。

今度は金沢発の普通電車が反対側ホームに入って来た。ホームで人が入り乱れる。新藤を見失わないよう、画面を指で押さえた。

新藤が電車に乗った。電車が動き出す。今度は降りなかった。時計の表示は八時一分。

「今のは、どっちへ向かった電車ですか」

下りは二方向。能登方面へ向かうものと富山方面へ向かうものがある。

「富山方面行きです」と島田がこたえる。

これで新藤の動きを摑んだ。

「防犯カメラに映った男の画像を、県警あてに今すぐメールで送信してください」

はい、とこたえた杉原が画像を切り取る作業を始めた。石川県警は県内の公共交通機関と防犯ネットワークを構築している。警察の担当窓口にメールを送れば、県警の関係部署に情報は行き渡る。

「この電車の終着駅と到着時間を教えてください」

「富山駅に八時五十六分着です」

比留は携帯電話を取り出して、通信指令室の直通番号を押した。

〈こちら指令室〉

「東部署刑事課の比留だ。今、ＩＲいしかわの本社にいる。Ｎシステムで検知したスクーターを東金沢駅で乗り捨てたのは、新藤達也。昨年、東部署管内で発生したアポ電強盗事件の犯人だ。その新藤は八時一分発富山方面行きの普通電車に乗った。駅のホームにいた新藤の画像がもうすぐそっちに届く」

電話を切った。緊急配備中の捜査員には、ＩＲいしかわの各駅周辺を集中的に捜査するよう指示が出るだろう。

――新藤の奴、どうして電車を乗り換えたのか。

急いで乗って電車を間違えたか。あるいは、何かしらの理由があって反対列車に乗ったのか。金沢駅に行かない理由があるとしたら、何だ？　一昨日の深夜、潜伏中のマンションから逃げ出した。金沢駅には捜査員がいるかもしれないので反対方向行きに乗ったのか。

違う気がする。どこか腑に落ちない。やみくもに逃げたのではなく、新藤には確固たる理由があった。電車を使わなくてはいけない合理的推測。金沢駅だろうが富山方面へ向かおうが、どちらに行こうとも目的は達成できるとしたら……。逃走、電車、遠くへ逃げるには……。

はたと、思いついた。

——北陸新幹線か。

年末、新藤は警察の追跡から何とか逃げ切り、姿を消した。あの頃、新藤には東京へ逃げたという噂もあった。

奴は東京へ向かったのかもしれない。金沢駅の次の新幹線駅は、富山県の新高岡駅。しかし、新藤が乗った普通列車が停まる高岡駅とは接続していない。普通列車から新幹線にすんなり乗り換えるなら、新高岡駅の次の富山駅だ。

比留は島田に尋ねた。

「富山駅で電車を降りて、すぐに東京に向かうなら、何時に富山駅を出る新幹線に乗りますか」

「最短ですと……九時八分の『かがやき』ですね。東京駅には十一時二十分に着きます」

今は十一時七分。もしも新藤が富山駅から新幹線に乗っていたとしたら、あと十三分で着く。逃げ切られたか。いや、そうとは限らない。回転する思考をいったん緩める。新藤が富山駅まで行かず、ＩＲいしかわ線の駅ですぐに降りた可能性もある。東京に向かったと絞る段階ではない。

だが、新藤は新幹線で東京方面へ逃走した確率が高い気がする。この推測を後押しする材料もある。北陸新幹線が開通してからというもの、特殊詐欺の事件で多いのが、北陸地方で〝仕事〟をして、新幹線で東京方面に逃走するケースだ。

新藤はアポ電強盗の容疑者。そのアポ電強盗は特殊詐欺から派生したものだ。一見粗暴な犯罪行為だが、特殊詐欺と同様、役割が分業化し、ピラミッド型に組織化されている。比留率いる刑事課も、新藤逮捕のあかつきには、実行犯への指示を出す〝番頭〟、さらには組織のオーナー格の〝首魁〟までたどり着きたいと目論んでいた。

しかし、組織は上に行くほど捕まえにくい。たいてい新藤たちのような底辺に位置する実行犯の逮捕にとどまる。その実行犯にしても、番頭の描いた計画で巧みに逃走を図る。

そんなことを考えていると、モニターを見ていた杉原が「あっ」と声を上げた。

「大事な情報を見落としていました。この富山方面行きの普通電車ですが、遅れが発生していました。県境付近でシカと衝突して、しばらくの間、線路で停車していたようです」

「では、実際に電車が富山駅に到着したのは」

「約三十分遅れの……九時三十分に富山駅に到着しています」

素直に喜べなかった。三十分。それでどれくらい変わるのか。新藤は、なおのこと、途中で下車したかもしれない。

記者会見まで時間がない。もう戻らなくてはいけないが、新藤の行方も気になる。

「この映像の人物がどこで下車したか、すぐにわかりますか」

杉原が申し訳なさそうな顔をした。

「各駅の防犯カメラ映像をすべて見るとなると、すぐにというわけにはいきません」

「電車が富山駅に到着したときに、画面の男が降りたかどうかだけでも至急調べていただけませんか」

「わかりました。ただ富山駅だと、別の鉄道会社、あいの風とやま鉄道の管理になるので、富山にある、あいの風の本社に画像データを送って、富山駅で降りた乗客の映像と照合することになります」

気持ちが重くなった。富山駅に絞っても、ある程度の時間はかかりそうだ。

新藤よ、どこに行った？　吊り上がった細い眼が脳裏に浮かぶ。社会を憎む、あの眼差し。思いどおりにならない不満を犯罪という形で世にぶつける負の存在。そんな新藤をあざ笑うかのように、予期せぬ事故で電車が立ち往生した。

あいつがおとなしくしているだろうかと、ふと頭をよぎる。

「この電車の車掌さんは、今、どこにいらっしゃいますか」

島田がシフト表らしきファイルのページをめくる。

「この時間だと、富山駅にいるはずです」

「少し訊いてみたいことがあるので、連絡を取っていただけませんか」

「本人の携帯電話にかけてみます」

島田が電話をかけた。すぐにつながって、島田から受話器を受け取った。

自己紹介をしてさっそく本題に入る。

「県境付近で電車が三十分ほど緊急停止していたとうかがいました。その際、不満をぶつけてきた乗客はいませんでしたか」

〈いました〉とすぐに声が返ってきた。〈ガラの悪そうな男の人に、どうなっているんだ、とすごい剣幕で怒鳴られて〉

「男は黒いキャップをかぶっていて、鋭い目つきをしていませんでしたか」

〈ええ、そんな感じでした〉

おそらく新藤だ。にわかに心が騒ぎ始める。

「その男、どの駅で降りたかわかりますか」

〈富山駅です。かなりイライラした様子だったので、ほかの客とトラブルにならないか、注意して見ていたので間違いありません。結局、降りるまで、何事もなかったので、ほっとしましたが〉

礼をいって電話を切った。

新藤は富山駅で下車した。東京へ向かったという推論が現実に近づいていく。

「島田さん。この遅れた電車で富山に着いて、すぐに東京へ向かうとしたら、何時の新幹線に乗りますか」

「富山発十時六分のかがやきですね。その少し前に、『はくたか』が出ますが、かがやきのほうが早く東京に着くので、東京に行くなら、かがやきに乗ります」

「かがやきの東京方面の到着時刻は」

〈十二時十四分に上野駅、十二時二十分に東京駅となります〉

はやるなと自分にいい聞かせる。新藤が富山駅で降りたからといって、新幹線に乗ったとはいい切れない。まずはＪＲ富山駅の新幹線ホームの映像を確かめてからだ。

「富山駅の新幹線ホームのカメラ映像は、すぐに確認できますか」

島田が腕を組んで、うーんと声を出した。

「一応、ＪＲには訊いてみますが、おそらくすぐに判別はできないと思います。普通列車と違って車両数が多いですし、乗客も大勢います。時間はかかりますね」

そこまで待つ余裕はない。鉄道会社に頼ってできる作業はここまでのようだ。

新藤が東京に着くまであと一時間。犯人追跡の最善の選択は何か――。

額に拳を当てた。確実な情報は、新藤が富山駅で下車したということ。この情報を持って上野駅と東京駅に緊急配備を要請するか？　だが、要請の相手は警視庁だ。他県の、しかも所轄の刑事課長ができるレベルの話ではない。

長く考えている時間はなかった。選択肢は一つしかない。

新藤は携帯電話からある番号を探してボタンを押した。

〈はい、冨島〉ワンコールでつながった。

「比留です」

〈おう、久しぶりだな〉

いきなりのジャブ。昨日の今日で、何が久しぶりだ。比留をわざと苛立たせようとしている。

「今、どちらに？」

〈俺はおまえに、いちいち所在報告をしなきゃならないのか〉

「すみません。至急、お話ししたいことがありまして」

〈人事のことか？　そういや、今日は内示日だったな。次は、どこに行くことになった？　比留

課長は、東部署での多大な実績を評価されてのご栄転だろ?〉

苛立ちのメーターが目盛りの外へ飛び出そうになるのを何とか押しとどめる。携帯電話から、かすかにクラクションの音が聞こえた。おそらく、冨島は一課長車で東部署に向かっている。

冨島のペースには付き合っていられない。ままよと、本題に入った。

「駐在所襲撃の犯人は新藤達也でした」

〈へえ、そうなのか〉

無線で聞いているはず。知らないわけがない。

「新藤は、東金沢駅から富山行きの電車に乗って、富山駅で降りています」

〈それで〉

「新藤は、そこから新幹線で東京へ向かった可能性があります」

〈ふん。それで?〉

「今すぐ警視庁に東京駅と上野駅の新幹線ホームに捜査員を待機させてほしいと、上にかけあってもらえませんか」

〈アアッ。何だって?〉冨島がとぼけた声を出す。〈今、何ていった? 実は、一課長車ンなかにいるんだが、携帯の電波が悪いみたいでよお〉

バチンという音が頭蓋に響いた。メーターを支えるバネが壊れた音だった。

「冨島課長!」

自分が思う以上にドスの利いた声になった。「新藤をすぐに逮捕できるかもしれませんッ」

冨島が急に押し黙った。

真空状態のようにすべての音が消えた。溢れ出た怒りの感情が、昔の記憶によって畏怖へと変換されていく。このあと、比留が発した何倍もの圧力で攻撃されるのを想像した。

耳に当てた携帯電話から、荒い咳払いが聞こえた。

〈東京へ向かったのは、たしかなんだな?〉これまでとは別人のような冨島の低い声だった。

「一つの可能性に過ぎません。ですが、この機会を失うわけにはいきません」

確証はない。だが、警察官を殺害し、銃を所持しているであろう犯人をすみやかに逮捕できる可能性がある。やれることはやるべきだ。

再び冨島の声を待つ。やはり、無理か。昨日へマをした人間の判断など鵜呑みにできるか。そんな怒声が耳をつんざくことも覚悟した。

〈おまえがそこまでいうなら、仕方ねえ〉

意外にも穏やかな声だった。

〈部長の了解を取って、すぐに動く〉

「ありがとうございます」

〈どうってことない〉冨島の声が高くなった。〈ただし、覚悟はできてるだろうな。もし今日も空振りだったら、バッターアウトだからな〉

背筋を冷気が伝った。年末の鬼ごっこ、昨日のガサ入れ失敗、そして今日。たしかに三振だ。

〈そのときは交番《ハコ》行きくらいじゃすまんぞ〉

冨島は笑えない冗談をいい放つと、比留の返事を待たず電話は切れた。

なぶられた。そう思うと、頭が熱くなる。だが、目的は果たせた。警視庁に働きかけると冨島はいった。それでいいではないか。

比留は自分を慰め、東部署へと急いだ。


東部署の玄関を入ったところで、携帯電話が着信を告げた。冨島だった。

〈警視庁が上野駅と東京駅に捜査員を派遣してくれることになった〉

「ありがとうございます」

〈警視庁捜査一課の木田《きだ》課長補佐に連絡を入れろ。直通の番号をいうぞ――〉

急いでメモをとり、その番号に電話をした。

〈木田です〉少し低めのよく通る声だった。〈冨島課長からお話はうかがいました。これから東京駅と上野駅に私服警官をそれぞれ十人ずつ配置します〉

警視庁がすぐに動いてくれる。体がきゅっと引き締まった。

〈こちらからも、比留課長に至急のご相談があります。列車内の巡回を車掌に依頼するかどうか、途中の大宮駅での対応をどうするか、この二つを今すぐ決めなくてはいけません〉

今の第一順位は、車内の新藤を下手に刺激しないことだ。

「マル被に気づかれるのは避けたいので、車掌の巡回は不要です。大宮駅で下車することはないと思いますが、もし可能なら、鉄道警察隊を大宮駅に目立たないように配置してください」

〈了解しました〉

電話を切り、足早に署長室へと向かった。

現在十一時二十五分。会見まであと五分しかない。扉をノックせずに署長室に駆け込んだ。

部屋には、中池、塩見、南雲ともう一人。新参の中年男性は、本部広報室長の御山《みやま》だ。

全員の視線が比留に集まる。

「ぎりぎり間に合ったな」

塩見が大げさなため息をついた。

「比留課長。高坂駐在所を襲撃したのは、本当に新藤で間違いないの？」

中池の問いに比留は深くうなずいた。

「会見で読み上げるペーパーには間に合わなかったけど、アポ電強盗の新藤達也が事件に関与していると記者には話してもいいのよね」

「そのことですが――」

比留は中池を見据えた。「会見をいったん先延ばしにしてください」

「なんですって！」中池の端整な眉が寄った。

比留は早口で説明した。新藤が新幹線で東京に向かっているかもしれないこと。冨島が警視庁へ要請し、上野駅と東京駅に捜査員が待機する手はずになったこと。

「おそらく新藤は、奪った拳銃を所持しています。今、会見を行って、ネットなどにニュースが配信されれば、新藤自身がそれを目にするかもしれません。あるいはニュースを見た乗客が新藤に気づくかもしれない。富山へ向かう電車が緊急停車したとき、新藤は車掌に食ってかかったという話ですし、精神状態が気がかりです。ニュースが引き金となって、発砲したり、人質を取ることも考えられます」

「新藤が新幹線に乗っているのは、たしかなの？」

「あくまで可能性、としかいえません」

「それで会見を先延ばしにするなんて、ちょっと無理じゃないかしら。現に記者はもう会見場に集まっているのよ」

比留は歯ぎしりした。中池の意識は、すでに会見モードに切り替わってしまっている。

「新藤が新幹線に乗っている可能性がある以上、乗客が危険にさらされるかもしれません。この状況で会見を開くべきではありません」

「じゃあ……あれは、できないの？」中池が視線を塩見へ移した。「報道協定。会見は開くけど、報道は待ってもらうっていう方法があるでしょう」

「それは無理です」と塩見が即答する。「今回は人質が取られたわけではないので」

中池が比留に視線を戻した。

「比留課長、今のあなたの考えを聞かせて」

「新藤の身柄を確保して、それから会見を行うべきです」

「だけど、新幹線に乗った確証はないのよね。新藤を確保できなかったらどうするの？」

こめかみが脈を打つ。わずかでも可能性があれば、それに賭けるのが刑事だ。今は関係が芳《かんば》しくないとはいえ、長年、刑事畑を歩んできた冨島には、〝刑事の感覚〟で理解してもらえた。だが、中池にそれでは伝わらないようだ。

ここは押し切るしかない。比留は、語気を強めていった。

「会見がきっかけで新藤が発砲したら、署長の責任が問われます。今、会見を開くなら、それは覚悟してください」

中池は、腕を組んで天を仰いだ。

密度の濃い沈黙が流れた。

「署長、そろそろ時間です」と塩見が促す。

中池がゆっくり顔を下ろした。その瞳が比留を捉える。

「新幹線が東京に着くのは、いつ？」

「上野駅に十二時十四分、東京駅には、その六分後の二十分に着きます」

目尻が上がって、中池の顔が引き締まった。

「会見は一時間先延ばしにして十二時三十分からとします。副署長はマスコミへの伝達を、広報室長は本部への連絡をお願いします」


捜査員のいない刑事部屋は、時折、無線の声が聞こえてくるだけで、閑散としていた。

警視庁の木田から比留の携帯に電話がかかってきた。上野駅、東京駅とも警官の配置が完了したという。

警視庁が新藤を確保すれば、事件は解決する。だが、もし、それができなかったら……。

冨島の声がよみがえってくる。今日も空振りだったら、バッターアウトだからな。

見立て違いの可能性もある。だが、そのときは、そのときだ。動き出した以上、新藤確保のための態勢を整えなくてはいけない。

木田からの電話のあと、赤塚に電話をかけた。

〈今、記者会見じゃなかったんですか〉

「一時間延期になった。それより、今どこにいる？」

〈駐在所の近くです。ほかの強行犯係も、現場からそれほど遠くない場所にいます〉

「ＩＲいしかわの各駅周辺からの情報は」

〈機捜と地域課が巡回していますが、今のところは何も〉

「なら、おまえたち強行犯係は引きあげて署に戻れ。東京に行ってもらうことになるかもしれん」

〈どういうことですか〉

「新藤は東京行きの新幹線に乗った可能性がある」

〈東京？〉

「とりあえず強行犯係は金沢駅へ向かえ。今、上野駅と東京駅に警視庁の捜査員が待機している。マル被確保の連絡があれば、すぐ新幹線に乗るんだ」

〈わかりました〉

十二時――。署長室にいた面々は三階の捜査本部へと場所を移した。冨島はまだ到着していないのか、姿は見えなかった。

「記者の反応はどうでしたか」と中池は塩見に尋ねた。

「会見を遅らせると伝えたら、沸騰寸前でした。一時間後の会見はしんどくなりますね」と塩見はおおげさに顔をしかめた。

緊急会見をやると告げておきながら、開始直前になって一時間延期となった。新幹線の結果がどちらに転ぶにせよ、記者連中から厳しい質問が飛ぶのは覚悟しなくてはいけない。

そのとき、力強いノックの音がして、入り口の扉が勢いよく開いた。

「おう」と太い声が響き渡る。冨島だった。

全員が立ち上がって迎える。冨島は、空いていた中央の席に腰を下ろした。

「会見は、いつやるんだ」

「十二時半からです」と塩見がこたえた。「新幹線の結果を待ってということになりました」

「警視庁からは、上野駅と東京駅に捜査員を配置したと連絡がありました。冨島課長のおかげです。ありがとうございました」

比留の言葉に冨島は何の反応も示さなかった。

南雲が、作成した読み上げ原稿を全員に配布した。

時計を見る。十二時十分。上野駅到着まであと四分だ。

沈黙が部屋を支配した。

中池は原稿と時計を交互にちらちらと見ている。落ち着かない様子だ。冨島は腕組みをして瞑目していた。動じている風には見えないが、内面は定かではない。

比留は壁時計を見上げた。

十二時十四分。新幹線が上野駅に到着した。

三十秒、一分と針が先へ進んでいくが、携帯電話は鳴らない。

十二時二十分。東京駅に到着。場の空気が重さを増していく。

時間が過ぎても、携帯は鳴らなかった。

誰も声を発しない。比留は携帯電話を握りながら早く鳴れと念じた。

十二時二十五分。東京駅に新幹線が到着して五分が過ぎた。

新幹線から降りた新藤を確保しても、本部の木田を経由しての連絡となる。数分のタイムラグは当然発生する。しかし、遅すぎる。

新藤は新幹線に乗らなかったのか。あるいは、取り逃がしたか。

十二時二十六分――。

「どうしたんだろうな」と塩見がいった。沈黙に耐えかねた顔だった。

比留は木田の携帯に電話をかけた。コールが鳴り響く。

「連絡してみます」

留守番電話に切り替わったところで、電話を切った。

視界がふっと暗くなった。

――新藤は逮捕できずか……。

「そろそろ会見場に参りましょうか」

塩見の言葉に、中池と冨島が立ち上がった。二人とも比留のほうを見ようとはしなかった。

比留は少し遅れて席を立った。


比留は、中池、冨島に続いて会見場に入った。

記者の数に驚く。ざっと見て三十人以上。いつもの倍はいる。その記者たちの剣呑な視線が全身に突き刺さった。

「ただいまより、緊急の記者会見を行います」塩見の声がマイク越しに響く。

「署長の中池です。本日は急にお集まりいただき――」

中池がよどみなく話し始めた。ただし、声音は普段よりも少し硬い。

「本日午前七時頃、東部署管内の高坂駐在所で警察官が襲撃される事件がありました」

記者たちがモバイルパソコンのキーボードを打つ音が忙しく鳴り響く。

「襲われた駐在員は久本卓郎《たくろう》。階級は巡査部長。年齢は五十五歳。金属バットのようなもので後頭部を殴打され死亡。犯人は拳銃を奪って逃走した模様――」

キーボードを叩く音が一瞬止んで、記者たちが顔を上げた。

構わず中池は淡々と原稿を読み上げる。

「現在、石川県内全域に緊急配備を敷いております。襲われた警察官以外に被害にあったという報告は今のところありません」

再び記者たちがキーボードを打ち始める。その音を聞きながら、比留は新藤の行方を考えていた。新幹線に乗る以外、富山駅に向かう理由は思いつかなかった。

では、どこに行った？　東京に向かったのではなかったのか……。

懐のポケットで携帯電話が振動した。

木田かと急いで取り出したが、画面を見て軽く落胆した。美香の担任教師、北原からのショートメールだった。

だが、落胆はすぐに嫌な想像に変わった。

美香には一人で学校に行けと伝えたが、何かあったのか。そもそも北原との面談は、午後一時の約束だった。時間前なのに、どうして連絡がくるのか。時間を変更してくれとでもいうのか。

中池の説明が続いている。今のうちにメールに目を通しておきたい。指先で画面に軽く触れて、視線だけを下げた。

『美香さんから、今日は学校には行きませんと連絡がありました。ご存じでしょうか』

――何！

一瞬、思考が吹き飛び、比留は携帯電話を凝視したまま、固まった。

会見前、北原との約束を思い出し、学校へ行くようにと慌てて美香にアプリで伝えた。あのときは既読の表示に胸をなでおろしていたが、どうやら美香は学校に退学の意思を示す連絡を入れていたらしい。

――どういうつもりだ。

何とか真顔を保ち、懐のポケットに電話を戻した。怒りがふつふつとわき、目の前の記者たちへ向ける視線が意味もなく険しくなっていく。

身体が二つあれば――。すぐにでもこの場から抜け出して、自宅に戻りたい。美香を引っ張ってでも学校に連れて行きたかった。

中池が原稿を読み終わった。隙間なく塩見がつなぐ。次、出番だ。会見に意識を向かわせようとするも、美香のことが頭から離れない。

「これまでの捜査の詳しい状況については、刑事課長の比留が説明します」

比留は、背筋をやや伸ばして息を吸った。会見に集中しろと脳を鼓舞する。

「刑事課長の比留です。駐在所と公共交通機関の防犯カメラから、すでに容疑者を割り出しています。容疑者は――」

一つ唾を呑み込んだ。

「新藤達也。昨年金沢市内で発生したアポ電強盗事件の犯人です」

記者の間から、どよめきが起こった。

「新藤は駐在所を襲撃したあとにスクーターで逃走し、東金沢駅から普通電車で——」

「ちょっと、待ってください」

最前列の記者が手を挙げた。忘れない顔。年末の新藤取り逃がしの際、最初に記事を書いた長《なが》尾《お》というT新聞の記者だ。

「現時点で犯人逮捕には至っていないのですか」

「質問はあとでお願いいたします。時間を設けますので」

冷えた目を長尾にぶつけた。どういうつもりだ？　記者団の主導権を自分が握るアピールか。

「事件の発生は今朝ってことですが」

比留の説明を無視するかのように長尾が言葉をかぶせてくる。「すでに半日が過ぎていますよね。どうして警察はすみやかに事件のことを公表しなかったんですか」

長尾の腹が読めた。変わらない隠ぺい体質。そんな記事をすでに思い描いているのだ。同じ目算なのか、ほかの記者たちも獣のような目で比留を見据えてくる。

中池の就任で、いっとき回復しかけたマスコミとの関係も、この会見で再び崩壊しそうな雲行きだ。その原因を作ったのは、ほかならぬ自分だ。では十一時半に会見していればよかったのか。いや、それは断じて違う。警察はマスコミのために存在しているのではない。治安維持のためだ。だが、結果が伴わなければ、批判されても致しかたない。今は針のむしろに座っているしかない。

「繰り返しますが、質問は私からの説明が終わったあとで」

長尾の質問を無理やり断ち切り、説明を続けようとしたときだった。

懐が振動していた。また学校か。こんなときに何度も。記者たちの視線を感じつつ、着信を遮断しようと携帯電話を取り出した。

目が画面にくぎ付けになった。表示されていたのは、木田の番号だった。

「失礼っ」その場で携帯電話を耳に当てる。

〈警視庁、木田です。十二時三十三分、新藤達也を上野駅で緊急逮捕しました〉

「本当ですか！」

会見場に比留の大声が響き渡る。目の前の記者を無視して中池と冨島に視線を送ると、二人はすぐに対照的な表情を浮かべた。中池は顔を綻ばせ、冨島はどこか満ち足りない顔をしている。

「連絡がなかったので、半ばあきらめていたんです」

〈新藤が乗っていたのは、かがやきではなく、後続のはくたかでした。到着はかがやきのほうが早いのですが、新藤は先に発車したはくたかに乗っていたようです〉

その可能性もあったのだ。逃走に利用するのは、最短時間で着くかがやきだとばかり思っていた。

〈上野駅に降りたその場で逮捕したと報告を受けました。これから上野署に連行するとのことです。私も向かいます〉

「ご面倒をおかけします。実は会見の真っ最中でして、逮捕したことを、今ここで発表してもよろしいですか」

〈どうぞ〉

電話を切って記者たちに視線を戻した。彼らは比留の電話のやり取りを静かに聞いていた。捜査で大きな動きがあったことは察している。

深く息を吸って胸を膨らませてから、比留はこういった。

「ただいま上野駅の新幹線ホームで、待機していた警視庁の捜査員が容疑者の新藤達也を逮捕しました」

告げた瞬間、カメラのフラッシュが一斉に瞬いた。


質問がなかなか終わらないのを、塩見がようやく打ち切った。

未練がましい記者の一人から「夕方にはもう一度会見をやりますよね」と尋ねられて、中池がやりますとこたえた。

襲撃犯をスピード逮捕しても、高揚感は普段の半分にも満たない。中池も冨島も二人とも表情が緩むことはなかった。警察官が殺されたという事実は県警の誰の心にも重くのしかかっている。

懐から携帯電話を取り出すと、メールの着信が二つあった。一つは、赤塚から。東京行きの新幹線に強行犯係五名が乗ったという報告だった。あらかじめ金沢駅に向かわせておいてよかった。上野署で新藤の身柄を引き受けて、今日中には東部署に戻ってくることができるだろう。

もう一つは、美香の担任、北原からだった。至急、連絡が欲しい、とある。

無事に会見が終わった安堵を感じている余裕はなかった。別の緊張感が比留の心臓に押し寄せてくる。

小走りで会見場を出たが、廊下は記者や警察関係者でごった返していた。その間を縫って、廊下の端まで進み、電話を耳に当てた。

〈はい、北原です〉

「比留です。実は急な仕事が入りまして、娘には、一人で学校に行くようにと伝えたのですが」

北原は、怒っているのか、あるいはあきれているのか、すぐには何もこたえなかった。

〈美香さんがいうにはですね……〉北原は淡々とした口調で切り出した。〈学校を辞めたいという気持ちは変わらない、退学しますとのことでした。さきほどお電話したのは、お父さんの意向を確かめたくてご連絡したんです〉

「娘は……本意ではないと思います。今朝も娘と話したのですが、まだ不安定なところもあって。本当は学校を辞めたいわけではないんです。休学、留年どんな形でもいいので、学校に残れるようにしていただけないでしょうか」

〈お父さん〉

制したその声は、どこか無機的だった。

〈お気持ちはよくわかります。ですが、高校は義務教育ではありません。本人に学ぶという気持ちがない以上、もはや結論を出していただくしかありません〉

「先生。もう一度だけ、娘と話します。また連絡します」

何かいおうとする北原を無視して、比留は電話を切った。

すぐ家に帰って美香に会わなくてはいけない。逮捕された新藤が金沢に戻ってくるのは夜だ。今なら少し時間は取れる。

比留は、警察署の裏口から外に出て、月ぎめ駐車場へと足早に向かった。

自宅に着いた。階段を駆け上がり、美香の部屋をノックする。返事がないのはいつものことだ。

「開けるぞ」と断ってドアを押した。

美香はいなかった。部屋のなかは整然と片付けられていた。

机の上の白い紙が目に入った。


家を出ます。


たった一行。部屋の様子からして、ふらっと出たわけではなさそうだ。覚悟の家出のつもりか。しかし、どこへ行くというのか。

うすら寒い部屋にいると、急に不安の波が押し寄せた。まさか死に場所を探して――。

自殺未遂の記憶がよみがえって、おのずと鼓動が速くなった。美香の携帯電話の番号を押した。発信音はなく、聞こえてきたのは音声ガイダンスの声だった。

外に出て捜すか。だが、署を離れるのはせいぜい一時間が限度。そこまでの時間はない。

手がかりはないかと部屋中に視線を走らせる。ノートの類。たとえば日記や手帳は？

机の端の、あるものが目に入った。大型のタブレット。勝手に触れることに躊躇はなかった。

立ち上げると、四ケタのピンコードを要求された。美香の誕生日を打ち込むも失敗した。二日違いの千夏の誕生日か？　いや、そうじゃない。閃いた番号を入力すると、画面が明るくなった。

四ケタの数字は、千夏と美香の誕生日の間の日だった。

真っ先にＳＮＳアプリを開いた。以前の事件捜査なら、メールやブログから手がかりが見つかることが多かったが、近年は、加害者、被害者どちらの情報を得るにも、ＳＮＳが手がかりとなることが多い。

アカウントはＭＩＫＡ。スクロールさせていく。ファッション、タレント、スイーツ……。美香がフォローしている様々なアカウントが表示された。

なんだ、これは――。

指を止めた。ＤＶ悩み相談。さらには、モラハラ被害というアカウントもある。

「どうして、こんなものを……」

思い当たる節はあった。出生の秘密を美香に知られた直後、口論となって、思わず美香の頬を張った。美香に手をあげたのは、あの一度だけ。だが、美香にとっては深い傷となったのか。

肉体的な痛みだけともいい切れない。学校に行くよう何度も説得した。口論をする際、厳しい言葉を浴びせたこともあった。

もちろん美香のため。ここで挫折させてはいけないとの思いからだった。だが、美香にとっては、押しつけられた言葉の数々は、苦痛でしかなかったのかもしれない。血のつながっていない中年男から繰り出される言葉の圧力は、ある意味、暴力でしかなかった。そして、その殴打に耐えかねて、家を飛び出した。

美香の内面までは見えていなかった。表面的には、対等に口喧嘩をしていても、十七歳の心はひどく傷ついていた。こんなことになるくらいなら、学校へ行けなんていうんじゃなかった……。

後悔が大きな波となって比留の心に覆いかぶさってきた。

「美香……」

しばしの間、比留は部屋の中で立ち尽くしていた。


沈んだ気持ちを引きずりながら署に戻ると、正面玄関をふさぐように人だかりができていた。テレビのリポーターたちがマイクを握ってがなり立てている。彼らの姿は、報道しているというより、仕事をしているというアピールにしか見えない。

人だかりを避けて裏の通用門から建物のなかに入った。三階の捜査本部に向かうよりも先に立ち寄りたいところがあった。

二階の生活安全課をのぞく。少年係のシマに渡辺万里子《わたなべまりこ》の姿があった。

万里子は比留と同期採用の四十六歳。一度結婚に失敗している。亡き千夏とはずっと親しく、美香が自殺を図ったときは、すぐに病院まで駆けつけてくれた。生活安全課では、少年犯罪や性犯罪のほか、ＤＶ被害者のケアも担当している。

万里子が比留に気づいて、廊下に出てきた。小柄な体形。丸顔に黒縁の大きな眼鏡。およそ警察官らしくない外見だが、実際の性格は見た目とは真逆だ。あだ名は、鬼マリ。上司には臆することなく意見をいい、頼りない部下や非行に走る未成年に対しては厳しく叱りつける。

「今、忙しいんじゃないの。こんなところに来てていいの？」

「ちょっと調べてほしいことがある」

「捜査のこと？」

「いや、違う」比留は声を落とした。「美香のことだ」

「じゃあ、こっちに」と万里子は相談ルームに入っていく。

狭い空間にはテーブルとスチール椅子が四脚。被害者から話を聞くために使う部屋だ。完全な個室なので外に声は漏れない。

「どうしたの」

「美香が家を出ていった。行き先の手がかりはないか、SNSでMIKAのアカウントを調べていたら、こんなのが出てきた」

比留は携帯電話を取り出して、DV関連のアカウントを万里子に見せた。

画面を一瞥した万里子は、射るような眼差しを比留に向けた。

「心当たりはあるの?」

「去年、一度だけ頬を張った。ほかにも、学校に行けと美香に何度もいった。そのたびに口論になった。それを精神的な暴力と感じていたのかもしれない」

万里子が尖った目を向けてくる。鬼マリだ。

「それで相談って何?」

「美香がシェルターに入所したかどうか調べてもらえないか」

「できるわけないでしょ」

「わかってる。それでも頼んでるんだ」

生活安全課におけるDV対策の仕事は年々比重が増している。被害者の相談を受けるだけでなく、シェルターに避難する際、移送に協力することもある。避難した人間の素性は、シェルターから警察に必ず共有される。担当の万里子なら、シェルターにいつ誰が入ったか、把握している。

「加害者の疑いのある家族には被害者の居場所は教えないし、DVシェルターにいるかどうかもいえない。被害者の安全を守るための基本原則は、知っているわよね」

万里子が責めるような声でいった。

「美香は家を出る前に、通っていた高校に電話をして、学校を辞めると伝えたらしい。変なことを考えていないか心配なんだ」

万里子の表情に、かすかな揺れのようなものが見えた。

「施設にいるかどうかだけでも知りたい。いたら、それでいい。安心できる」

万里子はうんざりした顔で横を向いた。教えるつもりはない。そんな様子だ。

あきらめるわけにはいかない。なあ、頼むといおうとした、そのとき――。

「あとで携帯に連絡入れる」万里子が不愛想な声でいった。

「恩に着る」

「心配ないと思うわよ。美香ちゃんだって、小さい子供ってわけじゃないんだし」

「だから、余計に心配なんだ」

相談ルームを出た。

「帳場立ってるんでしょ。早く仕事に戻ったら」

これで気持ちはリセットだ。比留は拳で額を二度叩くと、大股で捜査本部へと向かった。

捜査本部には、捜査員がぽつぽつと姿を見せ始めていた。

ひな壇には、刑事部で冨島の指揮下にある管理官クラスの部下が五人も陣取っている。普段の捜査本部よりも数が多い。それだけ事件の大きさを物語っていた。

中央の椅子が空いている。冨島は携帯電話を耳に当てて部屋の隅にいた。その横顔が心なしか硬いように見える。

「捜していたんですよ」南雲が比留に近づいてきた。「携帯電話にかけようかと思っていたところです」

「ちょっと別件でな。何かあったのか」

「新藤は拳銃を所持していなかったそうです」

「何だって」

「会見のあと、冨島課長が警視庁にお礼の電話を入れたんです。その際、新藤のリュックには何も入っていなかった、拳銃も銃弾もなかったと聞いたそうです」

新藤が拳銃を所持していないなど考えもしなかった。

「冨島課長は、今、そのことを刑事部長に説明しています。それと、新聞社が発信した情報がさっそくニュースサイトに載ったので、これ渡しておきます」

受け取ったA４の紙には、高坂駐在所の外観の画像と文章が掲載されていた。

『アポ電強盗犯、金沢市郊外の駐在所を襲撃
石川県警金沢東部署は、逃走中のアポ電強盗犯、新藤達也（31）が、早朝、金沢市郊外の駐在所を襲撃し、駐在員を殺害した容疑で逮捕したと発表した――』

記事の内容は、おおむね会見で話したとおり。だが、後半、記者の意図が見え隠れした。

『――金沢東部署の発表は事件からおよそ五時間が経過してのものだった。同署は、昨年十二月に、新藤をアポ電強盗の容疑で追跡中に取り逃がしていた。その際、逃走中の犯人と通行中の女性が接触して女性が負傷したが、東部署はそのことを十日たってから公表。隠そうとしたのではないかと批判を浴びていた』

「相変わらずの隠ぺい体質だってことを匂わせたい。そんな書き方だな」

「でも、発表が遅れたのは、捜査のためだったという説明ができますし、現にそうでした。これ以上は突っ込んでこないでしょう」

「そうだといいがな」

「次の会見は、一時間後の午後五時です。比留課長も出席よろしくお願いします。ペーパーはのちほどお渡しします」

南雲は靴音を響かせながら離れていく。容疑者を逮捕しても、拳銃が見つかっていないというのでは、事件は解決したとはいえない。会見の焦点も、そこになるだろう。

新藤は新幹線の中で拳銃を捨てたのか、あるいは、乗車する前に手放したのか。

比留は警視庁の木田に電話をした。逮捕の連絡を受けたあとは一度も連絡を取っていなかった。礼をいいがてら、新藤のこともじかに聞いておきたかった。

ツーコールで木田が出た。今、上野署にいるという。礼もそこそこに本題に入った。

「新藤は拳銃を所持していなかったと聞きましたが」

〈所持していたバッグだけでなく、新幹線のなかも調べたのですが、拳銃はありませんでした。おそらく、新幹線に乗った時点で拳銃は持っていなかったのではないかと思われます〉

取り調べに対して、新藤は黙秘を貫いているという。

「ウチの刑事がもうすぐ到着すると思います。今日中に新藤の身柄をこちらに戻したいのですが」

〈構いません。そちらのヤマですから〉

電話を切った比留は、あごをさすった。

どういうことだ？　新藤は、凶器や奪ったものを隠して、犯行を否認するという腹か。だが、それならどうして警察官を殺してまで拳銃を奪ったのか。

冨島のほうも刑事部長との電話が終わったようだ。ひな壇にいる直属の部下たちを集めて不機嫌そうな顔で指示をしている。比留も呼ばれるかと思ったが、声はかからなかった。

帳場は膠着状態となった。拳銃が発見されたという報告も、新藤が自供を始めたという連絡もなかった。時間だけが過ぎていき、二度目の会見の時間となった。

記者だけでなく、テレビカメラも増えていた。中池がペーパーを読み上げていく。改めて事件の通報から逮捕に至るまでの詳細を説明した。

質疑の時間に移ると、記者から次々と手が挙がった。

「拳銃の行方がわからないというのは、地域住民は不安を抱えたままということになりますが」

「鋭意捜査中です」

「容疑者は凶器について何も話していないということでしょうか」

「捜査に関することはおこたえしかねます」

中池は淡々とこたえた。記者たちは、それが気に入らないのか、不満げな顔をしている。

自社のカメラを意識してか、何人かの記者が同じ質問を繰り返した。会見場に白けた空気が漂った。そろそろ終わりだ。比留はそっと息を吐いた。

そのとき——。

「昨年末に犯人を逮捕していれば、今回、駐在員は命を落とさなかったのではないですか」

Ｔ新聞の長尾だった。

そつなく質問をさばいていた中池が初めて黙した。

中池は何もいわない。苛立ちを隠さない長尾は、立ち上がって声を張り上げた。

「何とかいってくださいよ。次の犠牲者は、地域住民かもしれないんですよ！」

長尾の勢いに乗せられたのか、追随して立ち上がる記者もいる。いつまで黙っているんですか、台本がないと何もいえないんですか。

青ざめた顔の中池が、額の汗を手の甲でぬぐった。

今日一番の絵——。フラッシュの数が、ひときわ多くなった。

「警察はいい加減な捜査をやってるんじゃないですか」

またも長尾の声。今の質問は、自分に向けて発せられたものと比留は解した。

体温が急に上がった。比留はマイクを手元に引き寄せた。

「全力でやっている！」

「口だけなら、誰でもいえますよ」

長尾が緩い笑みを浮かべている。やられた。さらにフラッシュの光が激しさを増す。

瞬く光から目を逸らすと、会場隅の南雲と視線が合った。南雲が顔を小さく横に振った。

比留は目を細めて、フラッシュが止むのをひたすら待ち続けた。

午後八時過ぎ、新藤を連れた強行犯係がトンボ返りで金沢に戻ってきた。

一行が東部署に着くと、署全体が揺れるような、ものものしい空気に包まれた。遅い時間ながら取り調べが始まった。取調官は赤塚が担った。比留は隣室から取り調べの様子を眺めた。

新藤を見るのは十年ぶりだった。極端にサイドを刈り込んだスポーツ刈り、頭頂部は明るい栗色に染めている。細身の風貌は、前と変わっていないが、ふてぶてしさは増したように見えた。

赤塚が何を訊いても、新藤は言葉一つ発しようとしなかった。弁護士を呼べというわけでもない。結局、自供を得られないまま、取り調べは十時半で打ち切られた。

捜査本部では、ひな壇の幹部が残り、明日以降の捜査態勢について話し合われた。

家路についたときには、午前一時をまわっていた。

駐在所襲撃の無線連絡を受けたのが、数日前のように感じられる長い一日だった。ただ、疲れは感じなかった。眠気も襲ってこない。昔からそうだ。凶悪事件の犯人が逮捕された晩は、興奮でアドレナリンの放出が止まらない。

リビングのテーブルに携帯電話を置いた。メール受信のランプが点滅している。万里子からだった。

『美香ちゃんのことだけど、大丈夫だから』

メールの受信は、午後十時。もう三時間以上が過ぎている。少し迷ったが、電話をかけた。

長いコールのあと、万里子が出た。

「遅い時間に申し訳ない」

〈そっちこそ、お疲れさま。どのチャンネルのニュースにも、うちの署が出ていたわよ。拳銃は見つかったの〉

「いや、まだだ」

〈そう〉万里子の声のトーンが落ちた。

「今、メールを見た」

〈書いたとおりよ〉

「やっぱりシェルター施設にいたんだな。場所のことだが……」

〈これ以上はダメ〉万里子が毅然とした声で遮った。

「……わかった。すまない」

理解していたつもりだが、ついその先を知りたくなった。

〈しばらくは、そっとしておいてあげたほうがいいんじゃないかしら〉

万里子は、〈悪いけど、もう切るわ。そっちも早く休んだら〉といって一方的に電話を切った。

安堵を得たと同時に、やるせなさも宿った。

俺はＤＶの加害者――。

すぐにでも美香に謝りたかった。だがシェルターへの入所中は、携帯電話を手元に置いておけない。電源もオフになっている。ＧＰＳ機能をたどって加害者に居場所を特定されるおそれがあるためだ。

美香は死のうとしていたわけではない。今はこれで十分ではないか。残念だが、高校を辞めたいという本人の考えを尊重してやらなくてはいけないのかもしれない。

椅子に背を預けて、宙を見た。あのとき、ＡＩＤの同意書さえ見つからなければ……。千夏はどうして、あんなものを残したのか。せん妄症状が現れているとき、美香に比留の子じゃないと口にしたのも一度や二度じゃないだろう。

ある思いが脳裏をかすめた。いつか娘に真実を伝えなくてはいけない。自分にそれができなくても、ＡＩＤの同意書さえあれば……。千夏はそう考えていたのか。

だが、真実を知った美香は泥沼に入り込んだ。美香だけじゃない、比留もだ。私の本当のお父さんは誰なのと何度も問いかけられた。問われるほど、あなたは父親ではないといわれている気がして、比留は苦しんだ。

本当の父親——。

胸の奥で何かがうごめく。非常線が張られた区域。触れてはいけない人物。

「サトウヒロシ」

つぶやいた声は、自分のものではないようだった。

携帯電話を手にとり、ＳＮＳのアプリを開く。登録しているアカウントは一つだけ。アカウント名は魚眠洞《ぎょみんどう》。本名は、サトウヒロシという人物だ。

このサトウヒロシこそが、比留夫婦のＡＩＤ治療の精子ドナー。

つまり、美香の本当の父親である。

治療の当事者は、精子ドナーを知ることはできない。ドナーのほうも同じだ。誰に精子が提供されたのか、わからない。しかし、比留はサトウの存在を知っていた。

五年前に携わった事件がきっかけだった。

大病院で高価な医療機器の盗難を繰り返していた窃盗グループを逮捕した。証拠品を押収していくなかで、犯人たちが医療機器だけではなく、患者の個人情報も盗み出して、闇の市場で情報屋を相手に売りさばいていたことも判明した。

比留は、盗まれたパソコンに記録されていたデータを確認する作業を担った。あるパソコンの中身を検証していると、保存されていたデータが、比留も知っている病院のものだとわかった。比留夫婦がＡＩＤを受けた産婦人科だった。

データのなかに、精子ドナーのリストがあり、ドナーの精子が誰の治療に使用されたのかも記録されていた。

仕事であることを忘れて、データを一心不乱にたどった。

そして見つけた。患者名、比留千夏。使用された精子のドナー情報――。

カタカナの姓名、生年月日、電話番号が記されていた。夢中でメモをとった。捜査情報の私的利用は法度。あとで冷静になって反省した。そんなもの、持っていてどうする。捨てろ。何度も自分をいさめたが、捨てることはできなかった。

メモ書きは、自宅の机の引き出しの奥にしまわれ、比留だけの秘密になった。

サトウヒロシはどんな人物か。長い間、さして気にもとめていなかった。引き出しの奥のメモと同様に、頭の奥にひっそりとしまってあった。それを引っ張り出したのは、千夏が亡くなってからだ。本当のお父さんはどこにいるの？　苦悩する美香に触発され、比留自身、サトウのことが気になりだした。

サトウに迫る唯一の手がかりは電話番号だった。かといって当のサトウに電話をするなどできるわけがない。思いついたのはＳＮＳだった。もしも電話番号が公開情報なら、検索すればＳＮＳのアカウントにたどり着くかもしれない。

それほど期待してはいなかった。ダメもとで試したら、「魚眠洞」というアカウントがヒットした。フォロワーはそれほど多くない。金沢市内の風景画像が毎日アップされていた。おそらく金沢在住。投稿には、俳句が添えられている。しかし、画像や文面からアカウント開設者の輪郭は浮かんでこなかった。

本当の父親はわからない、知る由もないと美香には説明してきたが、それは嘘だった。電話番号、ＳＮＳのアカウントは把握している。だが、どちらもたどり着けないはずのものだ。万が一、捜査情報を利用していたことが警察に伝われば、警察官の職を辞すことになるかもしれない。捜査情報の私的利用はそれくらい重いものだ。

もし、美香にサトウのことを正直に伝えたら、喜んでくれるだろうか。いや、そうとは限らない。精子ドナーのことを隠していた、また嘘をついていたとなじられるかもしれない。

それでも、伝えたほうがいいのではないか。

比留自身、心が揺れている。簡単に決断できることではない。

気づいたら、携帯電話の画面が消えていた。疲労が急に体にのしかかってきた。

動けなくなる前にと、比留はワイシャツの襟首からネクタイを引き抜いた。

翌朝、捜査本部は、捜査員でぎっしりと埋め尽くされていた。

マイクなしの冨島が「事件はまだ解決していない。死ぬ気で拳銃を捜し出せ」と檄を飛ばすと、「はい」とこたえる捜査員たちの大声に講堂が揺れた。

捜査会議が終わると、比留はいったん刑事課に戻り、デスクワークをこなした。午前十時半が過ぎ、未決の決裁箱がようやく空になったので、新藤の取り調べの様子を見に行くことにした。

取調室の前に差しかかると、ちょうど赤塚が部屋から出てきた。

「どうだ」

「雑談には少し付き合うようになりましたが、事件のことになるとダンマリを決め込むのは変わりません。休憩を挟んだあとに、アポ電強盗の件について訊いてみようかと思います」

アポ電強盗の主犯として新藤をずっと追っていた。勝負を賭けたガサ入れは空振り。あのときの疑問が今も脳にこびりついていた。

「今、部屋には？」

「新藤だけです」

「ちょっと挨拶してくる」

取調室に入ると、新藤が切れ長の目で比留を見据えた。間近で見ると、ひどくやさぐれた空気を発している。

「俺のこと、覚えているか」

新藤は、ふてぶてしい動作であごを上げて「ああ」とつぶやいた。

「十年ぶりりだ」

「あんた、ふけたな」

「おまえは変わらないな。外見だけじゃなく、やってることも」

「へっ。余計なお世話だ」

「こっちは、仕事が減らなくて困るんだ」

「なら、俺に感謝してくれよ」

内心、ほっとした。世間話には付き合うようだ。

「年末、街なかで酒を飲んでいる途中で逃げただろ。あのときは、どうして追われてるって気づいた？」

「店員やまわりの客の態度が急におかしくなったからな」

「ついこの前も、警察が張ってたマンションから逃げたよな。しかも土砂降りの夜中に」

新藤は不敵に笑った。あの晩逃げたのは事実のようだ。

比留は机の端に備え付けられたマイクをちらりと見た。電源は切れている。

「なあ」体を乗り出して新藤に顔を寄せた。「ガサが入るから逃げろ。誰かにそういわれたんじゃないのか」

新藤の視線が微妙に揺れた。少し待ったが言葉は返ってこなかった。

本当はもう少しジャブを打ってみたかった。だが、余計に警戒されて、赤塚の取り調べに支障が出てもまずい。

取調室を出た。赤塚には「あいつ、昔と変わらんな」とだけいい残して、廊下を進んだ。

万全を期して、ガサ入れに臨んだ。南日奈子は警察の行動確認に気づいていなかった。では、新藤の仲間が張り込みに気づいて、ガサ入れが近いことを新藤に教えたのか。ありえないことではないが、それなら、新藤は得意げに話すのではないか。

どうして急に口を閉ざした？

まさか――。ある考えが脳裏をかすめ、立ち止まった。

ありえないとすぐに打ち消して、比留は再び歩を進めたのだった。


午後、比留は捜査本部に張りついた。他の警察署から応援部隊が投入され、百人態勢で拳銃の捜索が行われているが、今のところ、有益な情報はなかった。取調室からも、新藤が自供したという連絡はない。事件の話になると、相変わらず黙秘を貫いているという。

講堂に人はまばらだった。捜査一課から出張っている管理官の長谷川《はせがわ》と捜査から戻ってきた捜査員が数名いる程度。場の空気が落ち着いているのは、冨島がいないからだ。

捜査本部の序列は、本部長が署長の中池、副本部長が捜査一課長の冨島となる。中池は本部長とはいえ、ほかの用務もあるため、時折、顔を出すだけだ。捜査一課長の冨島も、県警本部や他署の捜査本部にも出向くため、常時、ここにいるわけではない。

常駐メンバーの実質的なトップは、長谷川で、次が比留となる。本来、人事異動の内示が延期されなければ、次の刑事課長がその座に就いただろうが、当面は、比留が担う。ただ、あくまでこれは時限措置だ。新藤逮捕に貢献したことで、首の皮が一枚つながったとも考えられなくはないが、正直、複雑な思いだった。

ふうと声がした。見ると、長谷川があくびをかみ殺していた。一時間以上、事件に関する情報は入ってこない。常に緊張感が保てるわけではなく、捜査本部にもどうしても怠惰な空気が漂うのは仕方ない。

そんな場の空気が張り詰めたのは、午後三時過ぎだった。スクーターで走行中の新藤が肩にかけていたギターケースと似たものが見つかったと捜査本部に連絡が入った。

発見場所は、東金沢駅から四百メートルほど離れた金腐川の下流にある草むらだった。ケースのなかには金属バットが入っており、バットの表面には薄い血痕が付着していたという。バットはすぐ鑑識にまわされ、久本の血液型と一致するか、鑑定の結果待ちとなった。

東金沢駅の防犯カメラ映像では、新藤はギターケースを所持していなかった。ギターケースは駅へ向かう途中で川に捨てたが、草むらに押しとどめられたというのが捜査本部の見立てだった。凶器が見つかったことで捜査が一歩前進したが、捜査本部に安堵の空気をもたらすことはなかった。なんといっても拳銃はまだ見つかっていない。

赤塚が捜査本部に現れた。その顔を見て、比留は思わず立ち上がった。

「どうしたんだ」

赤塚は額に絆創膏を貼っていた。

「新藤ともみ合いになって」

血痕が付着したバットが発見されたと新藤に伝えたら、怒鳴り声をあげて摑みかかってきたという。

「取り押さえようとして、頭突きを食らってしまいまして。今は、留置場に戻しました。これであいつの容疑が一つ増えました」

新藤は気が短いとはいえ、意外な気がした。午前に取調室で会ったときは、余裕さえ漂っていた。

「怒り出した原因は何だと思う」

「さあ……。嘘をつくなとか、ハメやがってと何度も口にしていました。あとは……」

赤塚が絆創膏の端を指先でかいた。

「比留課長と二人だけで話をさせろといっていました」

取調室では比留と新藤だけ。マイクの電源は切ってある。机を挟んで新藤と向き合った。まだ興奮が冷めないのか、新藤は唇をかすかに震わせている。

「ご指名してくれたそうだが、どうした」

新藤が拳で机を叩いた。

「おれは殺していない。犯人に仕立てられただけだ」

新藤は堰《せき》を切ったように話し始めた。事件の朝、スクーターで駐在所に向かった。殺すつもりはなく、ひと暴れして、拳銃を盗んで逃げる予定だった。ところが、駐在所の室内に警察官の姿はない。おかしいと思って、外に出た。裏にまわると、頭から血を流して倒れている男を見つけた。死んでいると気づき、自分が犯人にされるかもしれないと思い逃げた——。

比留は、唾を飛ばしてまくし立てる新藤を冷静に見つめた。凶器が見つからない状況で黙秘を貫けば、起訴には至らず逃げ切れる。何度も刑事裁判を経験している犯罪者なら、その程度の考えは思いつく。反対に、証拠が発見されれば、窮地に追い込まれるあまり、感情的な態度で犯行を否定したり、無理筋な嘘を並べ立てて抵抗したりする。目の前の新藤のように、急激な変容は、むしろ犯行を決定づける典型的な言動であることが多い。

新藤の話が終わるのを待って、比留は口を開いた。

「どうして駐在所を襲おうと考えた？」

「拳銃を盗んで来いといわれたから」

「誰に？」

「わからない……」新藤の目が左右に何度も動く。「多分、俺をハメようとした奴だ」

「理解できんな」比留は首をかしげる。「今までずっと警察から逃げてきたおまえが、どうして駐在所を襲うなんて危ない真似をするんだ」

「ぶっちゃけ、やりたくなかった。でも、テストだっていわれて」

「テスト？」

「役職を上げるかどうか決めるためのテストだっていうから」

「役職？　アポ電強盗の組織のことか」

「そうだ。番頭の枠に一つ空きが出るから、その選抜テストとして根性を試すといわれたんだ」

「それで駐在所を襲撃したのか」

「番頭になりゃ、今よりも取り分はケタ一つ違うし、パクられる可能性も低いからな」

番頭。比留は表情こそ変えなかったが、頬に熱を感じていた。新藤は犯罪グループの末端に属することを暗に認めた。昨年のアポ電強盗事件は、やはり組織的な犯行だった。

「でも、警察官を襲うなんて覚悟がいるだろ。戦って勝てる自信なんてあったのか」

「電話の相手から聞いたんだ。駐在所なら警察官は一人しかいない。しかも、あの駐在所の警察官は年食ってるから、ほかよりやりやすいって」

「ほう」と思わず声が出た。

「そう聞いたら、やるしかねえなって。でも、倒れている警察官、いいガタイしていたな。実際に襲っても、倒せたかどうかは、わからない」

「なあ、新藤。おまえ、そこまでしなきゃいけない理由は何なんだ」

「金がいるんだ。ヤバい筋からの借金がある」

その情報は得ていた。アポ電強盗事件の捜査の過程で、新藤が方々から借金をして首がまわらない状態という話は摑んでいた。

「自分の借金のために警察官を殺すつもりだったのか」

「だから、殺すつもりなんてなかったし、実際殺してないんだって。組織にアピールするのが目的だった。ちょっと痛めつけて、拳銃だけ盗めりゃ、それでよかったんだ」

今の話を頭のなかで整理した。高坂駐在所の襲撃は計画的なもの。だが、殺人犯は別にいる。俺は罪をかぶせられた——。

脳内にノイズが鳴り響いている。新藤の言葉を額面どおりに信用したわけではないが、何かがひっかかる。

「下の人間を番頭に引っ張り上げるなんて、そんな話、信用できると思ったのか」

「そりゃ、最初に聞いたときは、嘘くせえと思った。だけど、ガサ入れがあると教えられて、実際そのとおりだったたし……」

「ちょっと待て。ガサ入れがあるというのは、組織の人間から聞いていたのか」

「ああ。だから信用することにしたんだ」

「午前中、俺がここへ来たときは、なぜそのことをいわなかった？」

「駐在所から離れようとしたときに、メールが来たんだ。いうとおりに逃げろって。万が一、パクられても口を割らなければ、起訴はされないし、幹部にしてやるって」

「それを信じたのか」

「そうするしか、ねえだろ。駐在所のほうは完黙通してりゃあ、起訴はされない。アポ電のせいで二、三年服役しても、シャバに戻ったら番頭になれると思ったんだ」

齢三十になっても、浅はかな考えしかできない。目の前のバカ野郎の横面を張ってやりたい思いに駆られたが、ここはこらえた。今はもっと話を聞きだす必要がある。

「ところが、凶器が発見されて、犯人に仕立てられたと思ったというわけか」

「そのとおりだ。凶器を川に捨てたのは、俺じゃない」

何度も聞いたセリフを新藤が繰り返した。「俺に指示した奴が捨てたんだ。あの駐在所に行かせたのも、俺をハメるための罠だった」

「だから、全部ぶちまけることにしたのか」

「そうだ。腹立つなあ、クソッ」

新藤が平手で思い切り机を叩いた。

「俺を呼んだのは、なぜだ。ほかの刑事に話せばいいだろう」

「警察だって信用できないだろ。だってガサ入れが漏れたんだぜ」

ピリッとこめかみに電流が走った。脳の片隅に追いやった仮定は、比留だけのものではなかった。新藤も同じ可能性を考えていた。警察内にアポ電強盗グループとつながっている人間がいるかもしれない。話す相手は選んだほうがいい。ガサ入れのことを問いかけてきた比留だけはシロ——。あるいは、比留を巻き込んで、作り話を信じ込ませるというたくらみか。

重刑を逃れるためなら、犯罪者はどんな嘘でもつく。作り話には必ず綻びが出る。

「指示してきた人間とは、どうやって連絡を取り合っていたんだ？」

「送られてきた携帯。多分とばしだ」

「それはいつ受け取った」

「日奈子のマンション。あいつの店に送られてきた」

新藤の女、南日奈子は片町でスナックを経営している。

「相手と電話では話したのか」

「メールのやりとりだけ。一度、電話したが、出なかった」

「その携帯はどうした」

「ギターケースと一緒に東金沢駅の駐輪場に置いてきた」

「どうしてそこに？」

「指示されたから」

一応、新藤の話は筋が通っている。ただ、黙秘している間に、考えついた嘘かもしれない。何より、証拠になるものは何一つない。

ガサ入れ前に、深夜、マンションから逃げたあとのことを尋ねた。新藤は、土砂降りのなかを突っ走り、夜のうちに連れのアパートに転がり込んだ。寝ていたら、日奈子からの電話で目が覚めた。日奈子は興奮した声で、マンションに刑事が大勢現れたといった。

「だから指示を信じてもいいと思った。駐在所を襲ってもいいと例の携帯でメールを送ったら、返事があった。明日の朝七時までに森本駅に来い、そこにスクーターとバットの入ったギターケースを用意してあるって。それで、連れに頼んで駅まで車で送ってもらった」

「今の話、取り調べの刑事にも話せ」

「なんだよ、それ」新藤の眼が血走る。「せっかく話してやったのに」

「記録に残さないと正式な供述にならない。本当にやってないなら、取調官の赤塚にいえ」

「信用できるかよ」

「大丈夫だ。赤塚は、ずっとおまえを追っていた刑事だからな」

新藤は、忌々しそうに舌打ちをして壁に目を向けた。

取調室を出ると、赤塚が待っていた。

「あいつ、何をいってました?」

「殺してないと何度も訴えていた」

「課長の心証は」

「なんともいえん」

赤塚が意外という顔をした。クロというこたえが返ってくると思っていたのだろう。

「新藤は話すと思う。丁寧に聞いてやれ」

そういい残して比留はその場を離れた。

午後五時、夕方の捜査会議が始まった。ひな壇中央には冨島が座っている。

各班から今日一日の捜査で得た情報の報告が行われた。

作業着姿の白髪頭が立ち上がった。鑑識係長の正恒《まさつね》だ。刑事課では比留の部下だが、五十代の大ベテランである。

正恒によれば、見つかったバットに付着していた血痕は、被害者の血液型と一致しており、バットは殺害に使われた凶器でほぼ間違いないという。

「――それと、新藤が所持していた現金のなかに、被害者の指紋がついていたものがありました」

比留は小さく舌打ちした。新藤は金を盗んだことはいわなかった。都合の悪いことは口にしない。やはり、取調室で語ったことは嘘なのか。

次は、鑑取り班から報告があった。

「被害者は、山菜狩りや山歩きなどの地区の行事にも積極的に参加していたようです」

地域に溶け込んでいた模範的な駐在員。それがあんな姿に……。無残な死体を思い出すと、胸が締めつけられた。

「被害者は、二度目の駐在所勤務だったようですが、今回は一年で異動になると周囲に漏らしてもいたようです」

鑑取り班からの報告が終わった。ふん、と冨島が鼻を鳴らした。

「人気者の比留課長よ」

冨島が同じ並びの比留に目を向けた。

「新藤からお呼びがかかったそうじゃないか。あいつ、おまえに何を語った？」

準備はできていた。各班からの報告が終わったあとに説明するつもりだった。

「ガサ入れ前にマンションから逃げたのは、事前に情報を摑んでいたからで、その情報を教えた人物から駐在所を襲うように指示されたと」

冨島は眉一つ動かさなかった。比留は話を続けた。

「新藤の話が本当なら、昨年のアポ電強盗事件と今回起きた駐在所襲撃事件。二つの事件は、つながっているかもしれません。新藤逮捕で事件は解決したのではなく、まだ通過点に過ぎないと考えられます」

「通過点？　どういう意味だ」

「我々がまだたどり着いていない、何か大きなものが隠れているように思えます」

「捜査を混乱させたいだけだろ。拳銃を見つけ出せば、このヤマは終わりだ」

冨島が正面に向き直った。一考の余地もない。そんな態度だ。

――それでいいのか。

感情の波が胸のなかでうねった。

「もう少し、よろしいですか」

「なんだ」

冨島が面倒くさそうに首をねじった。

「新藤以外の人物が犯行に関与している可能性は、残しておくべきだと思います」

冨島と比留の間、わずか二メートルほどの間の空気が張りつめていく。

「新藤が駐在所の防犯カメラを破壊してから、国道沿いのNシステムに姿が映るまで、時間にしておよそ二十分あります。この間に、久本巡査部長を殺害して、拳銃を奪って逃走した。今はその筋立てで動いていますが、新藤が駐在所に到着する前に、被害者が殺された可能性がないわけではありません」

「新藤の作り話を信じるのか。血のついた凶器まで見つかっているんだぞ」

「たしかに新藤の主張が正しいと証明できるものは何一つありませんし、奴の話を鵜呑みにはしていません。ですが、かりに別の人間が犯行に関与していた場合、拳銃はその人物が今も所持している可能性があります」

ハッと冨島が口から強い息を吐いた。

「おい、比留」冨島の声が急に低くなった。「犯罪者は重刑を逃れるためなら、必死に嘘をつき続ける。それくらい、おまえもわかっているよな」

「私はただ、捜査の範囲を限定しないほうがいい、といいたかっただけで。拳銃もまだ見つかっていないわけですし」

「もういい」

静寂な場に冨島の重い声が響いた。周囲の視線は比留に集まっている。その目は、みな同じことを訴えていた。やめてくれ、これ以上、ラスボスを怒らせないでくれ。

比留は唇をかみしめた。進言するなら、たしかにこの場は間違いだった。プライドの高い冨島に対して、最悪の方法をとってしまった。

「東京で新藤を確保できたからって、いい気になるなよ。自分の立場、わかっているだろうな」

冨島が射貫くような目を比留に向けた。刹那、体が硬直した。

冨島が比留から視線を外した。

再び沈黙が流れる。「ほか、何かないか」

捜査員からの報告がこれ以上ないことを確かめて、司会役の南雲が会議の終わりを告げた。


夜八時過ぎ、取り調べを終えた赤塚から、比留と長谷川は話を聞いた。新藤の供述は、比留に語ったのと同じだった。報告を受けた長谷川は険しい顔で、「わかった」というのみだった。現在の捜査方針は変わらない。冨島と比留のやり取りが念頭にあるのはいうまでもない。

捜査本部での待機が解除された。比留が刑事部屋に戻ると、塩見が現れた。

「聞いたぞ。冨島課長をまた怒らせたんだってな」

「そんなつもりはなかったんですが」

「普段以上に、力が入っているようだから気をつけろよ。これ以上、おまえだって……」

塩見が比留の肩を一つ叩いて、部屋の出口へと向かった。

その背中を見ながら比留は思い出した。あのとき塩見も捜査一課の一員だった。冨島と比留の関係を知っている一人だ。


午後十時、自宅に着いた。バスタブに湯を張る気にもなれず、すぐにシャワーを浴びた。いつものように安いワインとチーズを用意していると、玄関のチャイムが鳴った。

——美香か？

インターフォンのモニターに目を向ける。ジャケット姿の三十代前半の男が映っていた。

こいつ。モニターを睨みつけた。

玄関のドアを開けた。愛想笑いを顔に貼りつけた男がぺこりと頭を下げた。

俺にとっての疫病神。T新聞の長尾だった。

「購読料なら、集金ではなく引き落としになっているが」

「高坂駐在所の事件のことで少しお話を聞かせていただきたくて」

とりあえず玄関のなかまで入れてドアを閉めた。夜討ちか。記者が自宅にアポなしで訪れての直接取材。刑事課長になって初めてだった。

比留が黙っていると、長尾が勝手にしゃべりだした。会見で比留が説明するのを遮って、質問を投げかけてきたのを思い出した。

「駐在所を襲った動機について、新藤は何か話し始めたでしょうか」

「会見で説明したとおりだ」

「新藤のことには、触れませんでしたよね。記事にならないんですよ」

今日の会見は、夕方一度だけ。凶器らしきものが見つかったという内容だった。

しかし、こいつは、どうして――。切り餅のような長尾の細長い顔を眺めながら思考を巡らせる。仕事帰りに尾行された覚えもない。

「どうやって、ここがわかった?」

「いやあ、まあ」

ぴんときた。さきほど購読料の集金かとわざととぼけてみせたが、おそらくそれだ。

地方局で初めて掴んだ大ネタ。年明け早々、長打を放った。もう一発打って、本社行きでも狙おうという算段か。そのためには手段を選ばない。販売店から契約者情報を引っ張った。比留というのは珍しい苗字だからすぐにわかる。

「契約者のデータから俺の名前を見つけた、そうだな？」

長尾が、へらっと笑う。

「天下のT新聞が顧客情報を目的外で使用してもいいのか」

「それで、新藤のことなんですが」

「仕事熱心なのは褒めてやる。だが、帰ってくれ」

外に押し出して、ドアを閉めた。鍵を勢いよくひねると、カチッという音が玄関に響いた。ドアをノックする音を無視して、リビングに戻った。グラスにワインを注いでいると、テラスに面した窓の外からコツコツと音がした。

――敷地内にまで入り込みやがって、叩き出してやる。

力任せにカーテンを開けた。人影はない。そのかわり、小さな二つの光と目が合った。猫が音もなく走り去っていく。テラスには、空き缶が一つ転がっていた。

カーテンを閉めてダイニングチェアに腰を下ろした。グラスのワインを一息で飲み干す。ささくれだった気持ちはなかなか落ち着いてくれなかった。

――いい気になるなよ。自分の立場、わかっているだろうな。

冨島の言葉が耳によみがえってきた。自分の立場。怒りに任せた冨島が思わず漏らした言葉には、深い意味が隠されていたのではないか。

警視庁の木田から新藤を確保したと連絡が入ったときの冨島の顔を思い出した。喜びは微塵もなかった。比留の思いどおりにことが進み、内心、苛立っていたのではないか。

中池からは人事異動で動くと告げられた。おそらくアポ電強盗取り逃がしの懲罰人事。冨島がほのめかしたのも、そのことだ。

署の刑事課は、いうなれば、刑事部の支店だ。支店には様々な刑事がいる。初めてその任に就いた者もいれば、長年、刑事の世界にどっぷりと浸かってきた者もいる。後者は、支店にいても刑事部の人間とみなされる。比留はまさにその一人だ。

冨島に比留を刑事部にとどまらせるという考えはないのか。いよいよ刑事畑を外れるのか。

捜査一課長という目標が急にかすんでいく。冨島に疎んじられているだけではない。比留自身の問題もある。美香との関係がうまくいっていない。家庭の状況も昇任の重要な選考基準の一つだ。売り出し中の南雲が背負っていない大きなハンディだった。

それでも幹部の推薦があれば、逆転は望めた。そう、冨島との関係さえ悪くなければ――。まったく後悔はしていないといえば嘘になる。だが、あのときは、刑事として当然のことをしたまでだ。

四年前、南加賀の山間の集落で、一人暮らしの八十代の男性が自宅で刺殺され、現金四万円が奪われる事件が起きた。管轄の署には捜査本部が設置され、当時、捜査一課の上席管理官だった冨島が指揮を執った。部下だった比留も捜査員の一人として事件に当たった。

発見時、被害者は無防備な状態で背中を刺されて廊下に倒れていた。警察は、顔見知りの犯行の線で捜査を進め、捜査線上には、被害者の甥にあたる山田雄祐《やまだゆうすけ》という三十代半ばの男が浮上した。

山田は暴力団関係者だった。ときどきふらりと被害者のもとを訪れて、金の無心をしていたという。さらに山田には、暴力団同士の喧嘩で相手の腹を刺した前科もあった。早い段階で容疑者は山田に絞られた。事件当時のアリバイもなく、自供は時間の問題とみられた。

ところが、山田は犯行を否認した。任意での聴取は二か月にも及んだが、殺していないという主張を一貫して続けた。冨島は捜査員に、「山田の犯行は揺るがない。なんとしても証拠を探せ」と厳命した。

だが、凶器の刃物はおろか、物的証拠は何も見つからなかった。マスコミは迷宮入りをほのめかす報道を流し始め、捜査本部にも焦りが生じていた。

捜査が進展しないなか、冨島がある決断をした。

「取調官を交代させる。明日から白畑《しらはた》を使う」

白畑警部補。ぼさぼさ頭にほっそりした顔と体。普段は物静かだが、取調室に入ったら人格が一変する。苗字のとおり、被疑者に白旗を上げさせる、冨島ぞっこんの苛烈な取り調べが身上だ。しかし、陰では〝黒ハタ〟と揶揄されていた。強引な取り調べと自白の強要で、弁護士からの抗議は数知れず。被疑者が掲げた降参の白旗は、実は真っ黒。だから黒ハタ。

マスコミを大人しくさせ、住民を安心させるために、冨島は勝負に出た。要注意印の白畑は、ここぞというときにしか使えない。早期の幕引きが優先の今が使いどきだと冨島は判断した。

さっそく、白畑が投入された。比留もマジックミラー越しに取り調べを見た。見ているだけのこっちが寒気を覚えるほど、白畑の取り調べは強烈だった。恫喝、人格否定、何より、相手に催眠術をかけるような昏《くら》い視線が不気味だった。

白畑が取り調べを始めた三日目、山田は力尽き、殺しを自白した。冨島のシナリオどおりにことは進み、警察は裁判所へ逮捕状を請求する段取りとなった。しかし、ここで事件は急展開した。比留班が、真犯人を挙げたのだ。

大きな事件ほど捜査方針は覆らない。だが、山田が黙秘を続ける間、比留班は事件前後に付近のNシステムが検知した車を特定する作業を続けていた。気になる車には、都度、運転手へ接触を図った。

山田が自白し、逮捕する方針を固めた晩、班員から比留に報告があった。

「話すときの様子が妙におどおどしているんです」

五十代の造園業の男。男が運転する軽トラは、事件前後の時間帯のほか、その十日前にもNシステムに引っかかっていた。聴取したところ、庭木の剪定のために被害者の自宅を訪れていたという。

感じるものがあった。その日のうちに、比留自らその造園業者の男に当たった。比留の詰めに、男はあっさり落ちた。ギャンブルが原因で高利貸しに借金があった。取り立てから、娘を風俗に売り飛ばすと脅され、金の工面に走った。頼れる人間は誰もいなかった。金を奪うため、客だった一人暮らしの高齢男性の自宅を訪れて、背後から仕事道具の刃物で刺した。

すぐに冨島に電話で報告した。今でも忘れない。あの長い沈黙――。

賞賛も、罵声もなかった。冨島は最後まで何もいわず電話を切った。

事件が解決したあと、冨島は本部で順調に出世した。比留は冨島のラインから離れたが、刑事部刑事企画課で課長補佐となった。

あの事件は冨島の実績になっている。しかし冨島当人は満足しているはずがなかった。捜査方針とは別の線で、比留が動いて事件を解決に導いた。上意下達を信条とするプライドの高い冨島にとって、忘れがたい屈辱となったのは想像に難くない。実際、冨島が指揮する事件で、その後、比留に招集がかかることはなくなった。


ワインボトルの中身が半分以下に減っていた。今日はペースがいつも以上に早いが、酔った気はしない。安いワイン特有のザラついた感触だけが舌に残っている。

広いリビングは静かだった。美香が二階にひきこもっていたときと何も変わらない。だが、家には自分一人だと思うと、今までとは静寂の質が異なるような気がした。

ワインボトルに手を伸ばそうとしたとき、テーブルの携帯電話が短く震えた。手に取って画面を軽く眺めたあと、思わず見返した。

美香！

慌てて画面をタップした。

『急に出て行ってごめんなさい』

打ち返そうとするも、興奮で指が震えた。

『元気なのか』

『うん』

DVシェルターでは携帯電話を所持できない。こんな深夜なのに、建物の外に出ているのか。一抹の不安を感じて、どこにいるんだ？　と打ち込もうとしたが、思いとどまった。せっかく連絡してきたのに、いきなり詮索するのはよくない気がした。

『家には戻らないのか』

既読。数秒、間が空いた。

『もう少しこっちにいたい』

『わかった』

これ以上、指が動かなかった。何を書いていいのかわからない。

もどかしさを覚えていると、画面に新たなメッセージが映し出された。

『駐在所のニュース見たよ』

『そうか』

『がんばって』

『ありがとう』

気持ちが安らいだ。美香との関係は修復できないと半ばあきらめていた。面と向かえば、喧嘩ばかり。「嘘つき」、「あんた」という言葉に身を刻まれた。だが、出て行った美香のほうから連絡してきた。文面からも、気持ちが落ち着いている様子が感じられる。

『ワイン飲んでるの？』

『ああ』

『飲み過ぎないでね』

『わかった』

『じゃあ、そろそろ』

美香とつながっていたい。この時間を終わらせたくなかった。

『待ってくれ』

『何?』

美香の気持ちにこたえてやらなければ。

画面に指先を滑らせた。――本当の父親のこと。

送信する直前で指が止まった。

いいのか……。

捜査情報。守秘義務。そんな言葉が脳内を錯綜する。

頭を空にして、送信ボタンに触れた。

『本当の父親のこと』

既読。

『それがどうかしたの』

『わかるかもしれない』

既読。

美香の返事が途切れた。画面を眺めていたが、五分待っても、美香からの返事はなかった。

アプリを閉じて携帯電話をテーブルに置く。

――動揺させてしまったか。

本当のお父さんのこと、やっぱり知っていたんだ。また隠していた。私をだまそうとした！

比留を責める美香の声が耳の奥で聞こえたが、それはすぐに消えていった。もう美香はそんなことはいわない。なぜか、そんな確信があった。

ボトルに残っているワインをグラスに注ごうとして、手を止めた。

「ワイン飲み過ぎないでね」

耳には美香の声が残っていた。


翌日、空は薄い雲に覆われていた。見上げた六階建ての東部署は、灰色にくすんで見える。

署の敷地には入らず、植え込みの外から署の裏口へと向かう。正面玄関のほうから「駐在所を襲う事件が発生して今日で三日目。まだ拳銃は見つかっていません」というリポーターの声が耳に届いてきた。

三階の捜査本部へ向かうと、扉の前に南雲が立っていた。比留を見つけると、おはようございますといって近づいてくる。その表情が心なしか硬い。

「ちょっと、いいですか」

南雲に促されて、捜査本部ではなく小会議室に入った。

「比留課長は、今日から刑事課の業務に集中してください」

「どういうことだ」

「新藤の件からは外れていただきます。捜査会議への出席も控えてください」

「人事異動を見据えてか」

「いいえ」

南雲の目がわずかに泳いだ。その目に映ったものが比留にも見えた気がした。

「冨島課長か？」

「――」

こたえない南雲の態度が肯定を意味していた。原因は、昨日の捜査本部でのやり取りだ。冨島の脳に過去の忌まわしき記憶が想起されたのだ。とはいえ、まさか管轄署の刑事課長を出入り禁止にするとは思わなかった。

マスコミや上からの圧力で冨島は想像以上に追い詰められているのかもしれない。目標到達のための時間的ロスは、もはや許されない。だから別の犯人説を唱えた比留は、邪魔者以外の何者でもない。

上意下達を絶対とする古びた組織論。下から学ぼうという意思など皆無。気に食わない人間は徹底して排除――。冨島の考えに怒りがこみ上げてくる。

用件は済んだとばかりに部屋を出ていこうとする南雲を呼び止めた。

「捜査班の編成は、おまえの仕事だよな。担当としてどう思う？　これでいいと思うか」

「決まったことですから」

声こそ明瞭だが、捜一唯一の女性警部の瞳には、憐憫と忍耐が混在していた。

「おまえ、捜査一課長を目指しているんだってな」

「――」

「刑事というのはな、黙って上のいうとおりにしていればいいってもんじゃないんだ」

南雲のあごにクッと力がこもる。

「強行犯係には今後も捜査に当たっていただきます。どうかよろしくお願いします」

事務的な口調で告げると、南雲は足早に部屋を出て行った。

不快な思いが腹の底からわいてきた。

比留は、目の前のパイプ椅子を思い切り蹴飛ばした。


刑事部屋の自席に着いた。深呼吸を繰り返すも、ささくれた気持ちはすぐには収まらない。部屋に刑事の数はまばら。ほとんどが捜査会議に出席している。部屋の端、盗犯係のシマで一人立ち上がった。山羽だった。例の「鬼ごっこ」の当事者である山羽は、戦力とはみなされず、捜査員には選ばれなかった。

「課長、捜査会議には参加しないのですか」山羽が近づいてきた。

「出るなといわれた」

困惑している山羽に「それより、何だ？」と尋ねた。

「ラーメン店強盗の事件で、マル被と思われる二名の犯歴調査をしたいのですが」

山羽が差し出したのは、調査の依頼書だった。

書類を受け取ってパソコンを起動させた。逮捕歴のある人間は、警察庁が管理する犯歴データベースに情報が蓄積されている。一度でも逮捕歴があればその情報は死ぬまで消えない。以前は、警察官なら誰でもこのシステムにアクセスできたが、個人情報保護法が施行されてからは、原則、警部以上でなければ閲覧できなくなった。警部補以下の警察官は、上司に依頼書を提出して、印刷された検索結果を受け取る。

システムが立ち上がった。依頼書を眺めながら名前と生年月日を入力した。

正木満彦《まさきみつひこ》。該当なし。

松兼秀司《まつがねしゅうじ》。一件ヒット。

名前をクリックした。逮捕当時の本籍、住所などが表示される。容疑は、窃盗となっている。前科はこの一度だけだ。

「比留課長、すみません。もう一人いいですか。店主からの情報で、事件の直前に来店していた客のなかに、気になる男が一人いたらしくて。念のために調べてもらえませんか」

「その客の情報は」

「名前だけです。店のスタンプカードに書いてあった名前を店長が覚えていて」

山羽が手書きのメモを差し出した。ヒダマコト。偽名の可能性もある。だが、調べるだけ調べておく。姓名だけでも、検索はできる。カタカナ五文字を打ち込んだ。該当なし。

三枚の犯歴情報を印刷して、山羽に渡した。捜査本部を出禁になったからといって、ぼんやりしているわけにもいかない。後任の課長のために引継書も作らねばならない。

その前に、未決の決裁を先に片付けてしまおうと、未決箱に手を伸ばしたとき、ある人物の名が脳裏をよぎった。

サトウヒロシ。

ただの思いつきだった。試しに調べてみるだけ。キーボードにカタカナ六文字を打ち込み、検索ボタンを押した。
カーソルが回転する。三件ヒット。三人の名前が漢字で並んでいた。
唾を呑み込む。よくある名前だ。該当なしということはないだろう。
一行目。佐藤博《ひろし》。サトウヒロシとは年齢が全く違う。
二行目。佐藤広志《ひろし》。これも年齢が違う。安心感が胸にじわりと広がっていく。
最後、三行目。佐藤洋士《ひろし》。昭和××年八月五日。
鼓動が急に高まった。
年齢どころか、生年月日が一致している。本籍、住所は、石川県珠洲《すず》市R町――。
容疑は何だ？
比留は瞬きを忘れて画面を眺めた。
表示されていた容疑は、殺人だった。

第三章　被害者

男は車を停めて電話をかけた。忙しいのか、相手はなかなか出なかった。

三度目の電話でようやくつながった。


逮捕されてしまいましたね。

予想外に早かったですけど。なあに、心配いりませんよ。

あのチンピラがやったって証拠もしっかり残っていますし。

何度もいいますが、何の心配もいりません。

全部うまくいきますよ。

もしバレそうになったら？

堂々と否定してください。おどおどするのが一番よくないですから。

声のテンションが高い？

そうですか？　やっぱり人を殺したからかな。

ハハッ。黙り込まないでくださいよ。

僕もアイツも好きでやったわけじゃないですから、ちょっとハイになるのも仕方ないでしょ。

拳銃？　まだ持ってますよ。その辺にポイと捨てるわけにはいきませんから。ちゃんと処分しますんでご安心ください。

何度もいいますが、うまくいきます。僕たちは失敗しませんから。

見返りも求めたりはしません。僕たちのほうがずっと世話になってきたし。

これくらいのこと、やって当然と思ってますから。

じゃ、ぼちぼち仕事に戻ります。


ルームミラーに視線を向けると、アイツと目が合った。

相変わらず獰猛《どうもう》な目をしている。

カーオーディオのCDボタンを押すと、激しいロックギターの音が洪水のように溢れ出した。

「替えるよ。いいかい？」

――好きにしろ。

FMラジオのボタンを押すと、NHKからクラシック音楽が流れた。

ルームミラーのなかでは、アイツが不満そうにそっぽを向いた。

「拳銃は捨てるってことでいいね」

――ああ。

生返事だ。本心でないのは、すぐにわかった。

さて、どうしたものか。

男は音楽に合わせてハミングしながら、とりあえずアクセルを踏み出した。

＋＋

衝撃に打たれながら、画面を眺めた。

佐藤洋士。昭和××年八月五日生まれ。石川県珠洲市出身。ほかの犯歴データと違うのは、かっこ書きで「少年」と表示されているところだ。これは少年犯罪という意味。つまり、佐藤は未成年のときに事件を起こして逮捕されている。

《事件概要》
平成×年八月、佐藤洋士（十三）は、建設作業員の古代幸三《ふるしろこうぞう》（三十五）を殺害。事件現場は珠洲市R町の佐藤の自宅。同居していた古代の睡眠中を狙い、鈍器で全身を何度も殴打。被害者の死因はショック性の失血死。

鼓動が胸を強く打ち鳴らしている。十三歳という加害者の年齢に、しばしの間、何も考えられなくなった。

殺害の動機は何だ？　脳を叱咤《しった》し、刑事の思考を動かした。佐藤と古代。同居していたとあるが、父親ではないのか。母親はいたのか。事件の背景に何があった？

だが、犯歴データには、目でなぞった以上の情報はない。佐藤の顔写真すらなかった。記録が極端に少ないのは、少年犯罪だからだ。この事件で佐藤は刑事裁判にかけられていない。十四歳未満なら、刑事責任を負うことなく、家庭裁判所で事件は終わる。

インターネットの検索エンジンで、『珠洲市R町』と入力した。珠洲市は能登半島の先端に位置している人口一万三千人ほどの小さな市だ。そのなかでも、R町はまちの中心からほど遠い山沿いにある。

『珠洲市　殺人事件　少年』と入力する。何かひっかかればと期待したが、三十年前の事件絡みでヒットするものは何もなかった。

精子ドナーのサトウヒロシは佐藤洋士なのか。まさか殺人犯が美香の父親なのか。

サトウヒロシというのは、よくある名前だ。同姓同名、かつ生年月日が同じだとしても、佐藤洋士と決まったわけではない。

殺人の罪を犯した十三歳の少年を想像する。逮捕されて、警察で詳しい聴取を受けた。家裁の審判を経て、児童相談所で処遇が話し合われ、身柄は児童支援施設へ移された。当然ながら、転校もしただろう。

佐藤のことをもっと知りたかった。だが、警察には何の記録も残っていない。警察庁の指示により、近年は行政文書の管理が厳格になった。三十年前の資料などない。頼れるとしたら、当時関わった刑事の記憶だけだ。

部屋を出て廊下を進んだ。突き当たりまで行き、体を滑らせるようにしてバルコニーに出た。珠洲署の刑事課長、庄屋《しょうや》健二《けんじ》の携帯に電話をかけた。庄屋は二期下だ。

ツーコールで野太い声が聞こえた。押し出しの強さは声のとおり。庄屋が高坂駐在所襲撃の話を始めようとしたので、「急ぎだ」と遮り、本題に入った。

「三十年前、そっちの管内で十三歳の少年が殺しで逮捕されている。担当していた刑事を教えてほしい」

〈それって、どのヤマの関係ですか〉

「悪いが、今はいえん」

〈……わかりやした〉

「連絡は携帯のメールに頼む」

携帯電話を懐に戻すと、廊下の奥にある自動販売機コーナーに向かった。ホットコーヒーを買い、誰もいないベンチに腰を下ろす。

――十三歳の殺し。どんな事件なんだ。

捜査本部への出入りを禁じられたことへの怒りは、とうに消えていた。

カップのコーヒーが半分ほどに減った頃、携帯電話が着信を告げた。庄屋からのメールだった。

担当刑事は、平崎均《たいらざきひとし》、久島平太《くしまへいた》。どちらも知らない名前だった。

『平崎氏は二年前に七十二歳で他界。久島氏は十年前に退職して現在連絡先は不明』

比留は唇をかんだ。警察の線で情報は得られそうにない。文末には、『家裁にあたれば何かわかるかもしれません』と記してあった。

家裁か。浅黒い顔が浮かんだ。小杉《こすぎ》という五十代のベテラン調査官だ。出世に縁はないが、金沢家庭裁判所では一番の古株である。

仕事で何度か接点があり、サシで飲んだこともある。いい意味で垣根の低い男だ。

コーヒーを飲み干し、再びバルコニーに出ると、小杉の携帯番号に電話をかけた。

〈おお、比留さんか。久しぶり〉

独特のダミ声を聞くと、小杉の人懐っこい笑顔が目の前に浮かんできた。簡単に近況を伝えあうと、小杉が〈駐在所の襲撃事件に関わってるのかい〉と訊いてきた。

「まあ」と適当にこたえ、「それとは別なんですが、小杉さんのお力を借りたくて」といった。

〈なんだい〉

「三十年前に珠洲市で少年が起こした殺人事件のことです」

〈中学生が同居の男を殺したってやつか〉

「ご存じでしたか」

〈有名な事件だったからね。担当じゃなかったけど、いろんな情報が入ってきて、先輩たちが話しているのを横で聞いてた〉

これは脈がありそうだ。ただ、家裁は警察ではない。事件の詳細よりも、佐藤が事件のあとどうなったかを尋ねたほうがいいだろう。

「加害者だった少年が、児童相談所でどんな決定を受けたかご存じですか」

〈金沢の施設に入ったんじゃなかったかな〉

「少年の名前は、佐藤洋士ですよね」

〈そうだ。たしか、そんな名前だったな〉

「佐藤が施設に入ったあとのことを知りたいのですが、わかりますか」

数秒、空白のあと、硬い声が返ってきた。

〈あの佐藤が、何かやったのかい〉

「そういうわけでは……」ここはごまかすしかなかった。「ただ、捜査に絡む話なので、こちらから訊いておいて、なんですが、詳しくはいえません」

〈警察はそういう仕事だからね。うん、調べておくよ。ただね、比留さん。わし、今東京で研修中なんだ。明日の夜、金沢に戻るから、調べた結果を話せるのは、早くて明後日になるけどいいかい〉

「構いません。よろしくお願いします」

〈ああ、そうだ。前に二人でよく行ったおでん屋。最近、息子に代替わりしたんだ。日本酒がいろいろ増えてて、比留さんも気に入ると思う。近いうちに行こうや〉

最後は、小杉節で電話は終わった。

刑事部屋に戻った。山羽も出かけたらしく、広い部屋には庶務の女性職員しかいなかった。積みあがった決裁書類を順に片付けていく。事務仕事をこなしていると、いつのまにか佐藤のことに意識が向いている。佐藤は殺人犯。その衝撃に心は平静さを取り戻せない。

昼食は出前のうどんで済ませ、午後も刑事部屋にこもった。引継書の作成は思うようには進まなかった。

夕方六時を過ぎても、赤塚たち捜査本部組は、刑事部屋に戻ってこなかった。駐在所襲撃の捜査から外れたとはいえ、元々は刑事課の抱えていたヤマである。捜査の行方は気になるが、今日はもう帰宅の途につくことにした。

シャワーを浴び、髪が半乾きのまま、リビングに戻る。スーパーで買った半額のから揚げをパックごとレンジに入れた。

いつもなら、署にいようが、家にいようが、事件のことが脳の大半を占めている。しかし、今宵は違った。頭をもたげてくるのは、佐藤洋士のことだ。

印刷した紙をカバンから取り出す。

〈佐藤洋士（十三）は、建設作業員の古代幸三（三十五）を殺害――〉

佐藤洋士が精子ドナーのサトウなのか？　今日一日、この疑問が頭につきまとった。

携帯電話で魚眠洞のＳＮＳアカウントを開く。写真と文章が夕方、更新されていた。川の映るモノクロ写真、場所は金沢市内。そして、五七五の句……。

この魚眠洞というのは、一体、何だ？

検索サイトに『魚眠洞』と打ち込んでみた。宿泊施設の名前……ほかには、室生犀星《むろうさいせい》の本がいくつもヒットした。アカウント名は、室生犀星にちなんで名付けたのか？　しかし、なぜ？

作品を読んだことはないが、室生犀星の名前くらいは知っている。明治時代に金沢市で生まれた小説家だ。『室生犀星』で検索すると、フリー百科事典に、その生い立ちなどの詳しい説明があった。

〈犀星は私生児として生まれて、すぐに養子に出された。実母は下女で、家主が実父ではないかといわれている〉さらに読み進めると、〈魚眠洞は俳人としての室生犀星の別号〉との説明があり、次の一句に目が留まった。

夏の日の匹婦《ひっぷ》の腹に生まれけり

『犀星発句集』のなかの一句だという。見覚えがあった。魚眠洞のSNSで何度か目にした句だ。佐藤の誕生日は八月五日。室生犀星は八月一日なので一致しない。ただ、夏の日という意味では同じである。匹婦とは、どういう意味か？

検索すると、『身分の低い女。また、道理をわきまえない卑しい女』と表示された。句のなかの「匹婦」は、下女だった母親のことを意味しているように思えた。

佐藤洋士の事件記録には、母親について何も触れられていなかった。母親はいなかったのかもしれない。

サトウヒロシがアカウントに魚眠洞と名付けた理由――。

そうか。携帯電話の上で、指が止まった。

室生犀星の生い立ちを自分の境遇に重ね、サトウは、いや佐藤洋士は、魚眠洞という犀星の別号をアカウントにすることを思いついたのではないか。

おそらく、魚眠洞ことサトウヒロシが、佐藤洋士。

比留は、暗たんとした思いに駆られた。電子レンジが、温め完了を告げる電子音を何度も鳴らしていた。腰を上げる気になれず、空のグラスにワインを注いでいると、電子レンジはあきらめたように静かになった。

携帯電話が短く音を鳴らした。メッセージは美香からだった。

『今大丈夫？』

少しためらってから『うん』と打ち返す。昨日は美香からのメールに舞い上がったが、今日はそんな気分とは、ほど遠い。

『昨日のことだけど、びっくりしてどういっていいかわからなかった』

美香がいわんとしているのは、昨晩の比留からのメッセージ、「本当の父親のこと」だ。

新たなメッセージが画面に浮かぶ。

『本当のお父さんのこと、もっと知りたい』

鈍い痛みが胸を走った。人殺しかもしれないとわかっていれば、昨晩、美香には伝えなかった。サトウヒロシのことはもっと先に調べておくべきだった。

画面の文章がさらに伸びた。

『できれば会いたい』

『どうして会いたいんだ？』

『ＡＩＤで生まれたと知ってから、自分の存在が何だかとてもあやふやな気がするの。私は普通なんだ、生身の人間が関わって生まれたって実感したいの。だから本当のお父さんに会いたい』

――その生身の人間というのは、殺人犯だったかもしれないんだぞ。

『ちょっと時間をくれ』

『会えるの？』

ややあって、『そっか』と表示された。

『わからない』

次はどんな言葉が来る？　本当の父親はどんな人と問われたら、どう返せばいい？

息を止めて携帯電話の画面に目を凝らす。

五秒……十秒……。画面から光が消えた。

次の瞬間、比留は酸素を求める魚のように何度も喘いだ。

捜査で得た情報など、私的利用するのではなかった。何も知らなければ、こうして悩むことなどなかったのに。

しかし、サトウヒロシへとつながる扉は開いてしまった。美香はその入り口に立っている。もうごまかしはきかない。会いたいというなら、その思いにこたえてやらなければ。だが、本当にそれでいいのか。

明度の落ちた脳内に光が宿った。

美香は会いたいと希望しているだけだ。佐藤の過去を知りたいわけではないし、教える必要もない。俺だけが知っていればいい。

ただ、現在の佐藤を把握する必要はある。まず俺が佐藤と会い、美香に会わせてもいいか判断する。何かしらの危うさを抱えていれば、感じるものがあるはずだ。刑事の直感が反応しないわけがない。

比留は暗がりの書斎に入り、棚の引き出しから、サトウヒロシの電話番号が書かれたメモを引っ張り出した。


明け方、浅い眠りのなかにいた。

比留は、幼い美香と手をつないで、薄暗い川べりを歩いている。

道の先に人影が揺れていた。顔は見えなくても、誰なのかわかる。佐藤洋士だ。

「お父さん！」

美香が手を放して走り出した。どんどん先へと進んでいく。

遠くに大小二つの背中。美香の楽しげな笑い声も聞こえてくる。

霧に包まれるように二人の姿が徐々に見えなくなり、視界が灰色に染まっていった。川を流れる水の音だけが聞こえてくる。

そのとき、川の音を切り裂くように、美香の叫び声がした。

比留はとっさに駆け出した。

美香の叫び声が二度三度と聞こえた。霧のなかを夢中で走り続けた。やがて、おぼろげな二つの影が浮かび、比留の顔から血の気が引いた。佐藤が美香に向けて、木製の棒を振り上げていた。

「待て、殺すな！　それは、おまえの――」

佐藤が比留のほうに目を向けた。かすむ視界のなかで二つの細い目が光っている。

飛びついた瞬間、目が覚めた。

上体を起こす。時計は六時二十五分を指していた。カーテンの隙間からは、細長い光が落ちている。

美香の叫び声は今も耳に残っていた。キッチンで水を飲むと、少しだけ気持ちが和らいだ。テーブルの上には、電話番号が書かれたメモ。佐藤に連絡をすると決めて、昨晩は眠りについた。しかし、心の奥では迷いが残っている。こんな夢を見るのはそのせいだ。

佐藤のことは、一切なかったことにする。佐藤と接触して、どんな人物か確かめる。どっちにするか、二つの思いがせめぎ合っている。

リビングの壁際に立てた千夏の遺影に目を向けた。

――俺は、どうすればいい？

千夏はＡＩＤの同意書を残してあの世に行った。とはいえ、美香の父親が殺人犯かもしれないとは、思っていなかっただろう。

――隠し続けるのは無理だ。そうだろ？

決意を固めた比留は、短い息を吐き出した。

携帯電話を手にして、メモの番号を打ち込んでいく。コールの音を聞きながら、投稿された画像を思い浮かべた。市内を流れる川。佐藤は金沢のどこかにいる。どんな仕事をしている？　家庭はあるのか？　三十年前のことは今でも思い出すのか？

コールは十回を超えた。電話に気づかないのか、あるいは、出るつもりはないのか。

あきらめて電話を切った。どこか安堵する気持ちが芽生えたが、自分を鼓舞し、携帯電話の画面に指を滑らせる。

『佐藤様。私、比留と申します。急にご連絡して申し訳ございません。お話がありましてメールをお送りしました。のちほどまた連絡いたします』

すぐに送信マークに触れることはできなかった。

高鳴る心臓の音がはっきりと聞こえてくる。覚悟を決めて、ようやく画面に触れた。

『送信済み』

心がざわざわと波立つ。それが後悔なのか不安なのか、比留には判別できなかった。

東部署に着く頃には、佐藤のことは頭の隅に寄せた。昨日は仕事に集中できなかったが、今日も同じというわけにはいかない。

刑事部屋に入ると、部屋の片隅で赤塚と正恒が顔を突き合わせていた。比留が現れるのを待っていたのか、赤塚が近づいてきた。

「課長、少しいいですか」

「なんだ」

「新藤のことで、ツネさんと話していたところです。少し、課長のご意見を聞きたくて」

ふと思いついて、「待て」と遮った。

「俺は捜査から外された身だ。気になることがあるなら、まず捜査本部で情報を共有して、ひな壇の指示を仰げ」

「はい」とこたえるも、赤塚の目に落胆の色が現れる。

「聞きたくないわけじゃない。ただ、最初に俺に話したと捜査本部に知れたら、せっかくの情報がないがしろにされるかもしれん」

捜査のことなら、いくらでも相談に乗ってやりたい。だが、冨島の見えないところであっても、今は線引きしたほうがいい。冨島の機嫌をこれ以上損ねてはいけない。

赤塚は硬い表情で、「では、捜査会議に行ってきます」といって、きびすを返した。

二人のやり取りを見ていた正恒は、比留に何かいいたげな様子だったが、脳天のあたりをぽんぽんと叩く仕草をすると、赤塚のあとを追うように部屋を出て行った。

刑事たちが部屋からほとんどいなくなった。静かな部屋で比留は事務仕事に没頭した。ときどき携帯電話を確かめたが、佐藤からの返信はなかった。

十一時半過ぎ、デスクの電話が鳴った。

〈田子です。一緒に昼飯でもどうですか〉

田子とは昔から親しくしてきたが、珍しいこともある。

〈外に行きませんか？　私、車出しますから〉

「十分後でいいか」

早めに刑事部屋を出たが、すでにファミリー向けのワゴンが道路で待っていた。車の運転席で田子が手を挙げた。

十分ほどでたどり着いたのは、和風建築の蕎麦屋だった。六畳の和室に入ると、作務衣姿の若い女性店員がお茶を持ってきた。比留と田子は、蕎麦の三種盛りを頼んだ。

猫舌の田子は、湯飲み茶碗の表面をフーフーと吹いている。田子とは若いころから、同じ署に勤務することが多かった。愛嬌のある風貌もあって、同年代の警察官からは、タコちゃんと呼ばれていた。

「聞きましたよ。帳場を出禁になったって」

「おまえの耳にまで入ったか」

「ラスボスとケンカなんて、スゴいすね」

「あの人とケンカできるわけないだろ」

「謙遜しなくてもいいですよ。でも、やられたんでしょ？　いつものデビル顔に生気がないですよ」

原因は違うんだが、と胸のうちで思う。今は佐藤のことが心理的な重荷になっている。

「おまえは、いつも楽しそうでいいよな」

「いや、そうでもないですよ」

田子が眉をハの字にしたところで料理が運ばれてきた。三種盛りは、更科、粗挽き、だったんの三種で、つゆは二つ出てきた。

二人とも五分もかけず、平らげた。警察官の習性だ。ふうっと一息吐いた田子が、比留の茶碗に蕎麦湯を注ぐ。

「話あるんだろ」

「わかります？」

「何年の付き合いだと思っているんだ」

「実は亡くなった久本さんのことなんです」

「そういう話なら、出禁の俺よりも、赤塚か生原に話してやってくれ」

「事件絡みじゃないんです」

「じゃあなんだ。告別式のことか」

副署長の話では、詳しく検視をすることになったため、告別式は一週間ほどあとになったのではなかったか。

しかし、田子は首を振って、「久本さんの家族のことです」といった。

「家族？」

「久本さんって、離婚しているでしょ」

捜査本部で配布された被害者の調書を思い起こす。

「たしか、十年以上前だよな」

「捜査本部は、別れた奥さんのところに誰も行ってませんよね?」

「ああ、そのはずだ」

今回の事件は通り魔的犯行で、容疑者もすでに逮捕されている。十年以上も前に離婚した元妻のところに話を聞きに行く必要性はない。捜査本部はそう判断した。

「別れた女房がどうかしたのか」

「奥さんというか、久本さんの遺品のことなんですけどね……」

駐在所に残された私物を整理するために、久本の家族に駐在所に来て欲しいのだが、両親はすでに他界して兄弟もいないという。

「娘が一人いるんじゃなかったか」

「電話をしたんですが、仕事が忙しいからと断られまして。でも、あれは口実だと思いましたね。関わりたくない感じでした。事件の直後に、久本さんが亡くなったと連絡したときも、取り乱したり、泣いたりするわけでもなく、そうですかっていうだけで。父親が亡くなったっていうのに、冷たいもんですよ」

「親子といったって、いろいろあるからな」

比留の言葉に、田子が気まずそうに目を伏せた。おそらく比留の家庭のことが頭に浮かんだのだ。東部署の職員の多くは、比留の娘が自殺を図ったことを知っている。出どころは更迭された前の署長だ。手首を切った美香を病院に連れて行ったときに、詳しく話したのがいけなかった。

署長が署員との酒の席で一言漏らせば、それは波紋となって署の隅々まで広がる。

「で、ここからが本題です」

茶碗を置いた田子が前のめりになる。

「現場検証は終わりましたので、いつまでも駐在所に私物を置いておくわけにはいきません。今日の午後に私物を箱詰めしていったん署に移すんですけど、問題はそのあとなんです。別れた奥さんに、遺品の整理に来てくれないか頼もうと思いまして」

「娘と同じで、拒否するんじゃないか」

「だから、直接会いに行って頼もうかと。それだと、あっちも断りにくいでしょうから」

「いいんじゃないか」

「比留さん、一緒に行ってくれませんか。この近くなんです」

「もしかして、今からか」

「はい」

「助けないぞ」

「一緒にいてくれるだけでいいです」

田子がニコッと笑った。「ここ、私が払っときますんで」


運転しながら田子が久本の元妻のことを語った。金沢市内で一人暮らし。名前は秋子《あきこ》。今は旧姓の松下《まつした》に戻っている。

五分ほどで木造の古いアパートに到着し、車は裏のコインパーキングに停めた。チャイムを鳴らすと、三十秒ほど待たされてドアが開いた。秋子は、長い髪を無造作に縛り、化粧はしていなかった。年齢は五十を過ぎたばかりのはずだが、十歳は上に見える。

秋子は、部屋へと案内するのかと思ったが、たたきのところで立ち止まった。

「すみませんが、ここでよいでしょうか」

「ええ、構いません」と田子が大げさに首肯する。比留はさりげなく視線を奥へと流した。間取りは1DK。中途半端に開いた引き戸からは、フリーペーパーやチラシが散らばっているのが見えた。

狭いたたきで、身をよじるようにして田子、比留の順で名刺を差し出した。

息苦しさを覚えたのは、玄関が狭いという理由だけではない。秋子の発する空気だ。顔を伏せて目を合わせようとしない。風貌といい、精神的に不安定なのかもしれない。田子もすぐには本題に入らなかった。そんな空気ではないと察したのだろう。

「久本さんは、昨年から高坂駐在所で勤務しておりまして」

田子はニュースで報じられている事件の内容から入ろうとした。すると、秋子が顔を上げて、

「知ってますよ。あの人、また駐在所だったんですね」と出し抜けにいった。

記憶のページをめくる。久本は、十年以上前に輪島市で駐在所勤務の経験があった。

「どんな思いで駐在員をやってたのかしら」

秋子の干からびた唇の端に憐れみが滲んだ。

何かを感じとったのか、「どういう意味ですか」と田子が尋ねる。

「親子三人で、金沢から輪島の駐在所に移ったのは、十四年前です。私は金沢の出身で輪島に縁

があったわけではないですし、娘も学校になじめなくて。それで、私と娘は半年ほどで駐在所を出ました。でも……」

秋子の目に暗い影が差した。

「それはいいわけでした。本当は、私、駐在所勤務が嫌で、それで輪島を離れたんです。ご存じかと思いますが、駐在所って、駐在員の奥さんも仕事の手伝いをしなくてはいけないんです。でも、私はそういうのが苦手で。我慢して駐在所で暮らしているうちに、あの人との仲も……」

秋子が顔を伏せる。その目は、手にした二枚の名刺を見つめていた。「地域課長、刑事課長」と小さくつぶやいている。

「お二人とも、あの人よりずっと若いのに」

その言葉には、感服より羨慕の念がこもっていた。秋子は夫に出世を期待していた。だが、秋子にとって駐在員は出世できない烙印でしかなかったのかもしれない。

「松下さん、実はお願いがありまして」ずっと秋子のペースではらちが明かないと思ったのか、田子が唐突に切り出した。

「もしかして遺品のことでしょうか」

「そ、そうです」田子がたじろぐ。

「この前、娘から連絡がありました。遺品を整理してほしいと警察から頼まれたって」

「お嬢さんはご都合が悪いようなので、松下さんに遺品の整理をお願いできないかと」

「申し訳ないですが、協力はできません」

「久本さんには、ほかに頼る方もいらっしゃらないようでして。なんとか」

「申し訳ありません」

迷いのない声だった。警察官二人が訪れた目的を秋子は最初から気づいていたのかもしれない。なおも食い下がる田子を制し、比留は薄暗い玄関を出たのだった。


「困ったなあ。それにしても」

ハンドルを握る田子がため息をついた。「同情なんて全くないって感じでしたね」

輪島での駐在所勤務が離婚の引き金だったと秋子は話していた。

「久本巡査部長はどうして二度も駐在所の勤務になったのか、おまえ知ってるか」

「さあ、久本さんの人事については知りませんが、最近、駐在所勤務は若い連中に人気がないんですよ。五時でシャッターを下ろして土日は休みっていったって、実際は形だけで、休みなんてないようなもんですし。でも、誰かがやんなきゃいけない。それで仕方なく、経験者を置いとこうって話になるわけですよ。あくまで推測ですけど、久本さんなら、独り身で断る理由もなかったんじゃないですか」

捜査会議で聞いた話だと、久本は一年で駐在所を離れると周囲に語っていたのではなかったか。

「久本巡査部長から異動したいという話は聞いていたか」

「定期の身上書にはそんな希望は書いてなかったんですが、一月の末だったかな、異動したいと書き直した身上書を急に送ってきたんです」

「理由は？」

「書いてなかったですね。想像するに、駐在所って、年末年始は特に忙しいでしょ。パトロールもあれば、地区の行事にも参加しないといけないし。それで、こんなのやってられないと思ったんじゃないですか」

少し意外な気がした。久本は地域の行事にも積極的に参加して、住民に溶け込んでいたのではなかったのか。内心は、そうでもなかったのか。

「異動の希望は叶いそうだったのか」

「比留さんだからいいますけど……」田子が一拍置く。「今月初めに各交番と駐在所の新たな人事案が、本部から私に送られてきて」

「地域課長への事前確認か」

「形だけの確認ですから、よほどでなければ意見は出しません。今回、久本さんは留任になっていました。こちらからは意見はなしということで署長の了解を得て本部に回答しました」

「そのことを本人は知らなかったわけだ」

久本は、ほかの部署へ移れると期待していたのかもしれない。だが、生きていたとしてもその希望が叶うことはなかった。

警察署が見えてきた。

「これから高坂駐在所へ行くのか」

「力仕事は嫌いじゃないですけど……」

田子がしみじみといった。「同僚の遺品の整理って、やりたくないですね」

比留は午後もデスクワークに励んだ。時折、無線のやり取りが聞こえてくるが、拳銃発見の報はなかった。携帯電話に佐藤からの着信もない。朝のメールには、こちらから連絡するとも書いた。もう一度電話をしようかと頭をよぎったが、警戒心を強めるだけのような気がして待つことにした。

夕方六時、駐在所襲撃事件に駆り出されていた刑事課の面々が部屋に戻ってきた。すぐに彼らの様子がおかしいと気づいた。特に赤塚だ。今にも爆発しそうな気配を漂わせている。赤塚の後ろにいる正恒と目が合った。伝えたいことがある。そんな眼差しだった。

比留がうなずくと、正恒が比留のデスクに近づいてきた。

「夕方の会議で、分担替えの話が出て、赤塚が取調官から外されたんだわ」

「えっ、どうして……」

比留は思わず立ち上がった。

「赤塚。おまえから課長に説明しろ」

正恒があごをしゃくると、赤塚が怒りをかみ殺した顔で、「捜査会議での私の発言が、捜査一課長の不興を買ったみたいで」といった。

「今朝、俺に話そうとしていたことか」

「はい」

「とりあえず、話を聞かせてくれ」

赤塚は、冷静さを取り戻そうとしているのか、数秒沈黙してから、口を開いた。

「新藤から話を聞いているうちに、駐在所の玄関のパイプシャッターが気になったんです」

「パイプシャッター?」

「事件が起きた時間帯は、駐在所の業務開始前なので、パイプシャッターが下りていたはずで、駐在所の玄関からなかのコミュニティルームに入ることはできません。ですが、新藤は、駐在所に着いてすぐ、玄関の防犯カメラを壊してなかに入ったと供述しています」

比留が見た防犯カメラの映像でも、ヘルメット姿の新藤は、バットでカメラを叩き壊し、その勢いに乗ってコミュニティルームに突き進んだように見えた。

「おまえたちが現場に到着したとき、たしかにシャッターは上がっていたんだよな?」

「はい」

シャッターのスイッチは、コミュニティルームの奥の事務室のなかにある。外から来た新藤がスイッチに触れることは不可能だ。

襲撃された時間は七時十分頃。駐在所の職務開始は八時半。警察官は時間どおりに行動する習性が身についている。久本が時間前にシャッターを上げることはないはず。となると——。

赤塚の視線が鋭くなる。「事務室にいた誰かがシャッターを上げるボタンを押したと考えられます」

駐在員の断りもなしに、そんなことができるわけがない。となると——。

赤塚が真剣な顔で続ける。

「その人物は、裏の畑で久本さんを襲い、そのあと居室側のドアから建物内に侵入し、事務室に移動してシャッターを上げたと考えられます」

「何のためにシャッターを上げたんだ?」

「あとからくる新藤がすんなりなかに入れるようにするためです」

俺はハメられた。怒りに満ちた新藤の形相を思い出した。

だが、本当にそうだろうか。比留は少し考えて、別の可能性を示した。

「新藤はカメラを壊してその先へと進もうとしたが、シャッターが下りていて無理だと気づいた。それで外に出て仕方なく裏手にまわった。防犯カメラが壊された音に気づいた久本巡査部長は、住居側のドアから外に出た。裏の畑で二人は出くわして新藤がバットで襲った。久本巡査部長を殺した新藤は、事務室に侵入して備品を破壊し、保管庫から拳銃を盗むと、シャッターを上げて外に出た」

「つじつまは合いますが、現実的ではないと思います。わざわざシャッターを上げなくても、居室から外に逃げればいいわけですし。それになぜ新藤が侵入経路について嘘の供述をしたのかわかりません」

赤塚のいうとおりだ。やはり新藤が駐在所に着く前からシャッターは上がっていたと考えるのが自然かもしれない。だが……。

「シャッターが上がっていたといい切れる証拠はないんだろ?」

防犯カメラは、玄関から外を映していて、シャッターは映っていない。

「証拠に近いものなら、あります。ツネさん、お願いします」

正恒が、軽く咳払いをして口を開いた。

「マル被が裏へまわって最初に久本巡査部長を襲ったなら、凶器のバットには血が付着しているはずだし、そのあとに壊された事務室内の備品にも血がついていないとおかしい。ところが、室内にはルミノール反応は一切なかった」

この鑑識結果は重要だ。駐在所に到着した新藤が、まずは事務室で備品を破壊したことの証左となる。

「つまり」正恒が断固たる声で続けた。「シャッターは上がっていて、新藤は正面からなかに入った。そのとき、久本巡査部長はもう外で死んでいたのかもしれん」

新藤以外の誰かが駐在所襲撃に関与している。これは、比留が捜査会議で披露した意見でもあった。

「この話、帳場では、どこまでした？」

「今、申し上げたこと、全部です」

「捜査一課長は、どんな反応だった？」

「何もおっしゃいませんでした」

シャッター？　それがどうした――。ささいなことと決めて撥ねつける冨島の傲慢《ごうまん》な顔が脳裏をかすめた。赤塚が取調官から外された理由。それは、捜査本部の見立てどおりに新藤の自白を引き出せないどころか、新藤以外の人間による犯行説を唱えたからだ。

「赤塚は今後どうしろといわれた？」

「南雲補佐からは、鑑取りのほうにまわれといわれました。ほかの強行犯係はこれまでどおりだと」

さすがに強行犯係を捜査そのものから外せなかったのだろう。

「それで、新しい取調官は誰になったんだ」

「捜査一課の白畑警部補です」

黒ハタ登場か。影の薄い数学教師のようなのっぺりした顔を思い出した。取り調べになると血の通っていない悪魔に変貌する。

冨島は腹を括って、仕上げにかかるつもりだ。

事件解決が遅れれば、世間の批判が強くなる。そのためには、少しでも捜査本部の足を引っ張る推論は封じておきたい。冨島は、嫌な流れを感じて、早めに手を打った。アポ電強盗の男を駐在員の殺人容疑でも逮捕。マスコミも世間もその判断に疑いを持たない。凶器のバットには、被疑者の指紋と、襲われた久本の血痕もある。

だが、新藤は殺しを否認している。赤塚たちの導き出した説にも説得力がある。

今の捜査の流れを止めなくてはいけない。しかし、出禁の俺に何ができる？

自問していると、ダン、と何かを潰すような低い音がした。

音源は赤塚だった。仁王立ちで拳を自分のデスクに押しつけていた。比留に吐き出しても収まらなかったのか拳が震えている。

ダン、と再び音が鳴る。

赤塚ではなかった。生原だ。赤塚と同じように拳を打ちつけていた。

ダン。ダン。ダン。ダン。ダン。

一人また一人と刑事たちが拳を打ちつける。歯痒さ、悔しさ、憤怒、音には、そのどれもがこもっていた。彼らの思いが音となって刑事部屋に響き渡る。やがて、それは一つの大きな音となった。

——ダン。

音を身体で感じながら瞑目した。

目の前に、何重にも張られた非常線が浮かんだ。

その先を進め――。身体に伝わる振動が、比留を後押しした。

だが、すぐには決断できなかった。帳場に殴り込めば、未来永劫、刑事部門には戻れなくなる。

――それでいいのか？

デスクの電話が鳴っていた。現実に引き戻された。非常線を摑むはずの手は、受話器を摑んでいた。

〈中池です。捜査本部のことでちょっと話したいの。来てくれる？〉

これは、案外、好機かもしれない。形だけとはいえ、署長の中池は、捜査本部長だ。中池を味方につけて、捜査本部の流れを変えることはできないか。

受話器を置くと、比留はすぐに立ち上がった。


署長室へ向かう廊下でデニム地のエプロン姿の男が向かい側から歩いてきた。出入りの花屋だ。大きなビニール袋を手にしている。袋のなかに見覚えのあるユリの花が見えた。

署員が殺されて帳場が立っている。署が大騒動のただなかにあっても、女署長は部屋を飾ることだけは怠らない。

比留と目が合った花屋は、びくっと肩を動かすと、体を丸めるようにして足早に通り過ぎていった。

警務課を奥へと進み、署長室のドアをノックした。部屋に入ると、甘い匂いが鼻に入り込んできた。名前のわからない花が大ぶりの花瓶に飾ってある。

中池は比留と向かい合ってソファに腰を下ろした。中池の肌には、いつものつやはなかった。会見で前面に出ることをいとわない中池でも、連日、我が城に押し寄せるマスコミに神経をすり減らしているのかもしれない。

「忙しくて捜査本部にはあまり顔を出せないんだけど、いろいろと動きがあったようね」

比留は黙って中池の次の言葉を待つ。中池はどう考えている？　まずは、そこだ。

「比留課長を捜査から外したいと冨島クンから聞いたとき、私は強く反対したんだけど、あの性格だから」

「私だけじゃありません。今日は赤塚が取調官から外されました」

「それも聞いたわ。こんないいかたすると、気に障るかもしれないけど、あなたの部下だから、とばっちりを受けたのね」

「赤塚は取り調べで得た情報を分析した上での推論を提示しました。取調官として、当然のことをしたまでです。あいつが外されるのは納得できません」

「新藤以外に駐在所を襲撃した人間がいるかもしれないというのは、ちょっと強引すぎないかしら」

「そうは思いません。鑑識の結果もあります」

「鑑識？」

壊された備品に血が付着していなかったという話に、中池は真顔で耳を傾けた。

「こうした点は、しっかり調べておく必要があります。第一、捜査に当たる刑事たちの声をないがしろにするのは、全体の士気に関わってきます。強引な指揮は、捜査本部にとって決してプラスには働きません」

「あなたのいいたいことはわかるわ。でも」中池が比留を正視する。

「これはあなたの事件じゃない。県警本部が指揮する事件なの」

「もちろん、承知しています」

「冨島クンにも、幹部から厳しい指示が飛んでいるみたいだし。一日も早く殺人容疑で逮捕して、送検してしまわないと、地域の住民にも安心してもらうことはできないわ」

「それならなおのこと、しっかり捜査しないといけないのでは。真犯人が新藤だったとしても、裏付け捜査は必要です。別の誰かが犯人という可能性をしっかり潰しておくべきでしょう」

「比留課長」

中池の声が急に鋭くなった。

「今回は、引きましょう。駐在所襲撃事件のことは、もう頭から消してください」

「しかし、ですね――」

「耐えてください」

初めて聞いた本気の命令口調だった。

「勝つことばかり追いかけたら、周囲との軋轢《あつれき》を生むわよ」

勝つこと？　顔がほてりを覚えた。この女署長は何をいっているんだ。

「私は事件を解決に導きたいだけです」

中池は、比留から視線を外して斜め上を向いた。あきれたわ。そんな仕草だ。比留は両手を握りしめて、その様子をただ見つめた。

大げさに息を吐いた中池が、視線を比留にゆっくりと戻した。その瞳に憐れみが宿ったように見えた。

「あなたの次のポスト、正式なルートからじゃないけど、私のところに伝わってきたの」

反応できなかった。中池らしいといえばそれまでだが、予想もしない話の展開に、虚を衝かれた。

「聞いておきたい？」

「どこでしょうか」

「金沢北署の交通課長よ」

頭がぐらりと揺れた。ただの左遷人事ではない。刑事部門から放逐される。刑事一筋のこの自分が……。

「あなたの人事配置が、年末の新藤取り逃しとその隠ぺいの影響によるものかどうかは、わからない。でも、この人事であなたがどんな風に評価されているかわかるでしょう」

中池の声が遠くなり、視界が徐々にかすんでいく。比留は必死に正気を保った。

「いくら実力があっても、この世界は上に疎まれたら終わりよ」

署長室を出た。靴底に接地感がなかった。人事にこれほどの衝撃を受けたことは記憶にない。勢いよく署長室に突入したつもりだった。だが、返り討ちにされた。中池を味方にと期待した分、吹き飛ばされた衝撃も大きかった。人事という火薬入りの弾一つで砕け散った。

――勝つことばかり追いかけたら、周囲との軋轢を生むわよ。

忠誠心が足りないといいたいのか。今まで出世を目指して仕事に力を注いできた。理不尽な指示にも従ってきた。しかし、忠誠心だけでは、凶悪犯罪は解決できない。上意下達の旧態依然とした理念だけでは、組織は進化しない。

そんな比留の信念に、組織の出したこたえはノーだった。

廊下で立ち止まり、窓の外に目を向けた。帰宅ラッシュの車が並んでいる。ゆっくりと動く赤と白のライトを眺めているうちに、怒りは次第に寂寥《せきりよう》の念に変わっていた。

刑事部屋には、足が向かなかった。ふと頭に浮かんだのは、田子の丸い顔だった。

地域課をのぞいたが、田子の姿はなかった。駐在所の片づけから、まだ戻っていないのかもしれない。

地域課の職員に、「田子課長は？」と訊くと、向かいの会議室を指さして「あちらにいらっしゃいます」といった。

会議室のドアを開けると、目の前に段ボール箱が積み上がっていた。その後ろから、作業着姿の田子が現れた。

「あ、比留さん」

「遺品の片付けは済んだのか」

「さっき、ようやく帰ってきたところです。思ったより荷物が多くて疲れましたわ」

田子が腰のあたりをさすりながら顔をしかめた。「それより、どうなさったんです？」

「一緒に晩飯でもどうかと思ってな」

「いいですね。ちょうど腹も減ってきたんですよ。あっ、そうだ」

田子が手を叩く。「その前に、比留さんに見てほしいものがあるんです」

段ボール箱から田子が小さなビニール袋を取り出した。中身はＳＤカードだった。

「遺品の整理をしていたら出てきまして」

「あっても不思議じゃないだろ」

孤独死の通報を受けると、刑事課は検視のために死亡者宅を訪れる。死亡者の交友関係を示すものを探していて、近年よく見つかるのが、電子記録媒体の「デジタル遺品」といわれるものだ。

「これコースターの裏に張り付けてあったんです」

「コースター？」

「はい。そのコースターも、キッチンに備え付けの食器棚の一番奥にありました」

久本の殺害場所は建物の外。室内で荒らされていたのは事務室だけ。物色された形跡のなかった住居部分は、事件に関係ないとみて、捜査の対象としなかった。後片付けの際に偶然出てきたＳＤカードに、田子はひっかかりを覚えたのだろう。

「もし娘さんが遺品を受け取ることになっても、先に見ておいた方がいいかなと思いまして」

「なるほどな」

デジカメで撮影した映像や写真がアルバムがわりに残されていたり、日記や金融資産の内訳を記したりしたものならまだいいが、なかには他人に見られたくないものが出てくることもある。たとえば、性的嗜好の類だ。田子はそうした内容が記録されていることを危惧している。コースターの裏に隠してあったなら、その可能性はぐっと高まる。

「それで中身は何だった？」

「まだ見ていません。なんだか見るのが怖くて。今から一緒に見てもらえませんか」

いったん部屋を出た田子が、会議室に自分のパソコンを持ってきた。スロットにＳＤカードを差し込むと、フォルダが表示された。動画ファイルが一つ入っている。

「開きますね」

怖々とした様子で田子がクリックすると、映像アプリが動き出した。木の枝や緑色の葉が画面を覆っていた。

パチパチ。小枝が折れる乾いた音。画面はひどくぶれている。

ハアハアと荒い息が聞こえる。男のものだ。草や土を踏む音もする。画面は左右に揺れていた。撮影者は足場の悪いところを急いで移動している。どうやら、日中に山林らしき場所を走っているらしい。

『アッ！』

男の叫び声がして、画面がぐるっと回転した。木々がこすれ合うような音。わあぁ、と発する声。音が途切れ、画面が急に暗くなった。端のあたりがわずかに白く映っている。

『イテテ』

男の声。チッと舌打ち。転倒でもしたか。

『これ以上は無理か』

画面が明るくなった。最初の映像と違うのは、目の前に大きな口を開けるように谷が広がっていた。先に進めない。それで撮影者は苛立っているらしい。

またも映像が暗くなった。『どこだ』という小声がときどき聞こえてくる。誰かに呼びかけているというより、独り言のようだ。

画面が明るくなった。

『オッ。ホントかよ……』

風で揺れる木葉が、陽に照らされて緑と黒い影のコントラストを描いていた。

木々の奥で何かが動いている。男の息が荒くなった。

「何だろ？　動物でもいたのかな」田子が画面を見たまま、いった。

「それなら、逃げるんじゃないか」

クマやイノシシだった場合、襲ってくる可能性があるので、うかつには近寄れない。

ズームで被写体が大きくなり、細長い輪郭が一つ現れた。人だった。フードを被っているので顔は見えない。

『こっちか』男は念じるように小声でいい続けている。

フードの人物のすぐ近くで、日光に反射して光を放っているものがある。

「あれは車だな」

緑葉に遮られて全容は見えないが、車の後ろ側のようだ。直方体のようなフォルムから察するに、おそらくミニバン。車体の色は黒。ナンバーまでは確認できない。

フードが上下に動き、モーターが回転するような機械音が聞こえてくる。

木でも切っているのか。比留の脳に電動のこぎりが浮かんだ。

しばらくするとモーター音が消えた。人影が動き、ドンという音とともに車のハッチバックのドアが閉まった。エンジンがかかり、ミニバンが発車した。

画面から車が消えると、『あーあ、行っちまった』と不満そうな声が聞こえた。

撮影者が歩き出した。林のなかを少し進んだところで映像は終わった。撮影時間は五分ほど。

「声は久本巡査部長のものか」

「おそらく、そうだと思います。いやあ、ほっとしました」

田子が愁眉を開く。

「実はちょっと不安だったんです。他県で最近、警察官が女性用トイレで盗撮していたって話があったでしょ。久本さん、離婚して長かったし、そんな想像もしちゃって。よく、わからない映像でしたけど、これなら問題ないですね」

はたしてそうだろうか。比留は、田子とは別の思いを宿していた。

妙な映像だった。久本らしき撮影者の焦りと興奮が混在した様子は、普通ではなかった。

珍しいもの、あるいはとんでもない何かを発見して、撮影しようとしていたのではないか。

「ファイルの作成者は誰になっている？」

田子が動画を閉じて、プロパティを開いた。作成者は空欄。作成日付は、昨年の八月十六日。時間は午前五時四十一分。

この日付は——。

気づいた瞬間、比留の全身が粟立った。

田子には、ＳＤカードのことは他言しないでくれと伝えた上で、事務室に戻らせた。

比留は、段ボールに囲まれた狭い部屋に、赤塚、生原、山羽、正恒を呼び出した。

SDカードの見つかった経緯を説明し、四人に動画を見せた。

「この動画が撮影された日時は、昨年、県境付近で起きたひき逃げ事件と同じだった」

比留の言葉に、四人の部下たちが一様に表情を強張らせた。なかでも、ひき逃げ事件を担当している生原が興奮を隠せない様子で「これはそのときの？」と口走った。

「わからん。この映像だけでは、事件のあった山間部とは断定できないからな」

「ひき逃げ事件の日時なんて、課長、よく覚えていましたね」

「たまたまだ。引継書を作るために、未解決事件の調書を読んでいて、それで覚えてた」

「でも、日時が一致するなんて、偶然とは思えないですね。もし映像がひき逃げ事件に関係するものなら、フードの人物がひき逃げに関わっている可能性は高いですよ」

「しかし、それなら」赤塚が割って入った。「久本さんはなぜ署に報告しなかったんだ」

赤塚の問いには比留がこたえた。

「映像の存在を秘密にしておきたい理由があったのかもしれん」

「もしかして……」生原がためらいがちに声を出した。「久本さんがひき逃げに関係してたとか」

肯定も否定もしなかった。可能性としてはある。久本がひき逃げ事件の加害者側の人間だったなら、署には報告しなかったのは納得がいく。

「あるいは」山羽がさらりと口にした。「ひき逃げとは関係ない動画だから報告しなかった可能性もあるんじゃないですか」

撮影場所がわからない以上、ひき逃げ事件に関係する映像との断定はできない。だが、妙な感触はぬぐえない。どうしてSDカードを隠しておく必要があったのか。

「久本巡査部長の自家用車は何だ」

「トヨタのアクアです」生原がこたえた。

「ひき逃げ事件の車種は、今もわからないんだな？」

「はい」生原がほんの少し顔をしかめる。「現場に塗装片がわずかでも落ちていれば、車種を特定できたんですが……」

現場に塗装片は一切なかった。これが事件を迷宮入りさせている一因でもあった。

ふと、比留の頭で閃くものがあった。

「映像のなかで、車が発車する前に鳴っていた音だが、あれはハンディクリーナーかもしれんな」

「そうか」と生原が目を開く。「フードを被った人物は、証拠隠滅のために、ハンディクリーナーで路上の塗装片を吸い上げていた。この動画はひき逃げ事件の直後の映像ってことですかね」

「でも、これがひき逃げ事件のものだとしても……」

赤塚が険しい顔でいう。「黒いミニバンってだけじゃ、車種は絞りづらいな」

「いや、そうでもないぞ」

動画を繰り返して見ていた正恒が顔を上げた。

「このエンジン音はディーゼル車だ。ミニバンでディーゼル車となると、国産の車なら、かなり絞り込める。トヨタのハイエースバンかグランエース、日産だとキャラバン、あとは三菱のデリカくらいだ。動画を科捜研に出せば、はっきりわかる」

生原が、よしと叫ぶ。車種が特定されれば、ひき逃げ事件は、一気に解決に向かうことが多い。

「ツネさん。とりあえず、この映像、科捜研にまわして、車種の絞り込みを依頼してくれ」

「わかった。すぐ連絡してみる」

正恒はスロットからSDカードを引き抜くと、部屋を出ていった。

比留たちは、積み上がった段ボール箱を下ろして、久本の私物を調べにかかった。

生活用品……洋服……箱をくまなく調べていくも、気になるものは出てこなかった。SDカードのように、人目につかないように隠していたものも、見当たらなかった。

比留は新たな箱を開けた。昇任試験の問題集が詰め込まれていた。古いものではない。五十歳を超えても、久本は昇任試験の勉強をしていたようだ。

本を一冊ずつ取り出していく。箱の底から黒革の手帳が出てきた。毎年、中身を入れ替えて使うバインダー式で、かなり使い込まれている。内表紙は昨年の西暦だった。ページをめくっていくと、地区のパトロール、小学校での交通安全指導、地区内の道路の補修工事の予定などが書き込んであった。

ひき逃げ事件のあった八月十六日のページを開いた。

〈山歩き〉と記されてある。

比留は部下たちを集めて手帳を見せた。

赤塚が「たしか久本さんは駐在所勤務になって山歩きを始めたという話でしたね」といった。

山歩きをしていて、偶然、事件の現場に遭遇したのか。

「もう少し、手がかりが欲しいな」

すべての箱を確かめたが、目ぼしいものは手帳のメモだけだった。

一息ついていると、ドアが開き、正恒が現れた。

「ツネさん、どうだった？」

「科捜研のよく知ってる奴に動画のデータを渡しておいた。忙しいらしくて、少し時間をくれといわれた」

今日はここまでか。にわかに脱力を感じていると、正恒がニヤッと笑った。

「おいおい、鑑識係をなめんなよ。鑑識部屋でＳＤカードの中身を見ていたら、面白いものを見つけたぞ」

「カードには動画しか入ってなかったんじゃないですか」

「復元ソフトを使って調べたら、画像が出てきた」

正恒は、手にしていたクリアファイルからＡ４の紙を取り出した。一目で高級品とわかる女性向けの腕時計の画像だった。画像は五枚。同じ時計を、角度を変えて撮ったものだ。

「これ、ピアジェですよ」と山羽がいった。

「ピアジェ？」

「スイス製の超高級時計です。人気の品だと百万円は下りません」

山羽は盗犯係なだけあって、宝飾品には詳しい。

「背景がどれも真っ白ですね。もしかして、ネットのオークションに出すために撮った画像なんじゃないかな」

「山羽。ビンゴだ」と正恒。「検索したら、オークションで同じ画像が使われた出品が見つかった。これだ」といって別の紙を取り出す。

『高級時計ピアジェ美品！』

オークションサイトの画像を印刷したものだ。さきほどの五枚の画像が貼られている。出品されたのは、昨年の十一月。八十八万円で時計は落札されていた。出品者は、taku0627。久本の名前は卓郎。

赤塚が手帳を取り出した。

「久本さんの誕生日は六月二十七日です」

出品者は、おそらく久本。高級時計は、久本の給与では容易《たやす》く買えるものではない。しかも、女物で華美なデザインである。

久本は、こんなものをどうやって手に入れたのか。同じSDカードには、ひき逃げ事件の現場映像と思しき動画もあった。

長机に置いてあった黒い手帳に視線を落とした。

久本の周辺に何かが漂っている。比留の脳内に疑問の糸が伸び始めた。

駐在所といえば……。シャッターの話が脳裏をよぎる。シャッターを上げたのは新藤ではない別の誰か。その人物が駐在所襲撃の罪を新藤に被せようとした。目的は、本当に拳銃の奪取だったのか。

突然、黒い手帳が明滅したように見えた。顔を上げると、天井で蛍光灯がゆらめいていた。思わず目を細めると、まぶたの裏を一本の光が走った。

駐在所襲撃は久本を狙ったもの。つまり、久本は誰かに命を狙われていたのではないか。

例の動画や高級時計をたどれば、何かが見えてくるのではないか。

真相を突き止めたい。そのための捜査をしたい。

強い思いが突き上げてくると同時に、非常線が再び目の前に浮かんできた。

ひき逃げ事件には駐在員だった久本が関係している可能性が高い。その久本は駐在所襲撃事件の被害者だ。久本の周辺を探ることは、捜査本部の領域を侵犯することになる。中池には、我慢しろと釘を刺されたばかりだ。

どうする――。胸の振り子が揺れていた。どうせ左遷人事が確定している。辞令が出るまでは、捜査本部に隠れて捜査をしてもいいのではないか。

いや、簡単に決めるな。刑事の性《さが》を何とか抑えつけて、思惟を巡らす。

極秘捜査をするとなれば、目の前の部下たちを巻き込むことになる。万が一、捜査をしていることが冨島に知れたら、今後の処遇に悪い影響が及ぶのは必至。取調官を外された赤塚などはリーチがかかった状態でもあるのだ。

いつのまにか、蛍光灯のゆらめきは止まっていた。

「課長」赤塚が比留をまっすぐ見ていた。

「やりましょう」

山羽、生原の二人もうなずく。

「おまえたち、いいのか」

まだ決断できずにいると、「比留ちゃん、よお」といって正恒が自分の頭の上をぽんぽんと叩いた。この仕草は、今朝も見た。

「鬼《デビル》の角《つの》は、折れたのかい」

そういう意味だったのか。

胸の振り子の揺れが大きくなっていく。揺らしているのは刑事部屋で聞いた拳をぶつける音だ。

振り子が止まった。もう迷いはなかった。

比留は部下たちにいった。

「ひき逃げも駐在所襲撃も刑事課のヤマだ。捜査を進めるぞ」


朝まで降っていた雨で、道路は濡れたままだった。

庁舎に入ると、一階に怒声が響いていた。カウンターで初老の男性が、早く拳銃を見つけろと署員にまくしたてている。

男性の背後を通り過ぎようとして、正面玄関の脇に立っている男が視界に入った。

細身のスーツにマスク姿。

肌が粟立った。白畑だ。

目が合うと、白畑はわずかに目を細めた。「仕事師」の眼差しに、思わず防御反応が働く。まるで、今から白畑の取り調べを受けるような錯覚に陥りそうになる。

白畑は床を滑るように音もなく歩き出した。

――シロは、シロだ。思うようにはさせん。

警察官の仕事は真実を造ることじゃない。たぐり寄せるものだ。動画と高級時計。この二つから駐在所の襲撃につながる新事実が見つかれば、新藤以外の犯人説を、冨島も蹴飛ばせなくなる。

捜査は、赤塚、正恒、生原、山羽の四名のみで進める〝極秘捜査〟とすることとした。ほかの刑事課の刑事には伝えない。意図はなくても、どこからか話が漏れて冨島に妨害されてはかなわない。

盗犯係の山羽は、初めて強行犯捜査に加わる。「時計の購入者を押さえます」と鼻息荒い様子で署を出ていった。赤塚と生原は、捜査本部の割り振りどおり、鑑取り班として久本の周辺を洗うが、気になる情報は逐一比留へ報告する手はずとなっている。

比留は、刑事課長という立場上、簡単には動けない。自席でtaku0627こと久本が出品したオークションサイトを見たが、出品していたのは、例のピアジェだけだった。副業として普段からオークションで小金を稼いでいたわけではなく、時計を売却するためにオークションを利用したらしい。

午後一時過ぎ、山羽が刑事部屋に戻ってきた。心なしか、山羽の顔が上気している。目配せして、二人で隣の小部屋に入った。

「時計の購入者がわかりました。県警ＯＢの佐治木《さじき》さんです」

「佐治木さんだと。あの元生安部長のか？」

山羽がうなずいた。佐治木悟郎《ごろう》。最終ポストは、生え抜き最高位の一つ、生活安全部長。その職を最後に二年前に退官している。

「購入の時期はいつだ」

「三年前の三月です。価格は百二十五万円。その買った店というのが、京都にある百貨店でした」

「京都？　ピアジェという時計は金沢では買えないのか」

「買えます」

石川県警の元幹部が、わざわざ京都で高級時計を購入している。しかも、百万円を超す超高級時計を……。

「おそらく奥さんのためではないでしょう」

情婦《イロ》と京都へ忍び旅か。しかし、愛人に贈った高級時計が、どうして久本の手に渡ったのか。それとも、佐治木と久本の間に何かつながりがあるのか。

佐治木の出身地は中能登町、久本は加賀市。地域的な接点はない。警察組織では、久本は地域課まわりの巡査部長。佐治木のほうは、警務部を軸に本部で出世していったエリート。二人に仕事上の結びつきがあるとも思えない。だとしたら、佐治木が時計を贈った女と久本との間に何らかのつながりがあるのかもしれない。

「佐治木さんにあたってみるか」

佐治木は、警察を退官後、金沢市に本店のある地方銀行で業務顧問の座についている。

山羽の顔に不安の色がのぞく。無理もない。相手は大物ＯＢだ。現役時代は警務畑が長く、今も人事への影響力は残っているだろう。関わりたくない相手だが、それは比留も同じだ。

比留は山羽に、「心配するな。おまえは、俺の横にいるだけでいい」といった。

金沢の玄関口といわれる金沢駅東口には、巨大な鼓を二つ並べた鼓門がそびえている。一方、反対側の西口には、金沢港へと続く片側三車線の広い道がまっすぐに伸びている。佐治木が顧問を務める銀行の本店ビルは、駅の西口を出たすぐ目の前に高々と立っていた。地上十一階建てのビルの十階が役員フロアとなっており、その一角に佐治木用の広い個室があった。

笑顔の佐治木に勧められて、比留と山羽は革製のソファに浅く座った。

「東京に逃げた犯人を事件当日に逮捕したってニュース、テレビで見て手を叩いたよ。だけど、拳銃は見つかっていないようだし、東部署は大変なんじゃないのか」

軽妙に話す佐治木に、比留は「ご心配をおかけして」と頭を下げた。

相手の気を和ませる話術、スマートな風体は警察官時代と変わらない。県警本部の中枢である警務畑を歩み続けながらも、警察臭のしない存在だった。

「今日は何を訊きたい？　まさか拳銃のありかを俺に訊きたいってわけでもないよな」

「高坂駐在所の件ではありません」

隣の山羽は銅像のようにじっとしている。普段なら、手帳を出してメモをとるところだが、何もするなと伝えてある。

「じゃあ、何？　ウチの銀行のことか」

「いえ。実は、佐治木さん個人のことで少しお話をうかがいたくて参りました」

「どういうこと？」柔らかかった佐治木の瞳に警戒の色が差した。

「ある事件を捜査している過程で、女性用の高級腕時計が出てきました。その時計の購入経路をたどっていましたら、佐治木さんにたどり着いたんです」

佐治木の目はもう笑っていなかった。

「今も佐治木さんのお手元に、その時計はございますか？」

「ノーコメントだ」佐治木が即答した。「だって、これ任意だろ」

比留は佐治木の顔を正視した。しばらく互いに視線をぶつけ合っていたが、佐治木がニヤッと笑った。

「冗談、冗談。後輩をいじめるのは、これくらいにしておくよ。ピアジェのことだろ」

佐治木がすらすらと話す。時計は手元にはない。あの時計は、いきつけのクラブのママへのプレゼントだという。

「プレゼントにしては、高価すぎませんか」

「誕生日だから、ねだられちゃって」

照れ笑いを浮かべながら、佐治木は交互に組んだ指を組み直している。

「クラブのママのこと、教えてもらえますか」

「それはちょっと勘弁してくれよ」

佐治木の眼差しに一瞬力がこもる。

「では、購入した時期と店を念のために確認させてください」

「時期はたしか二、三年前だったかな。場所は覚えてないな」

「購入したのは、三年前の三月。京都にある百貨店の宝飾売り場ですよね」

「わかっているなら、聞くなよ」

佐治木が舌打ちをくれ、真顔になった。ようやく素の顔が出た。だが、今日はここまでだ。裏が取れただけで十分である。これ以上尋ねても、女のことは口にしないだろう。喧嘩をふっ掛けるために、わざわざ銀行まで来たのではない。佐治木が本部に根回しでもすれば、その時点で捜査は遮断される。

山羽に合図を送って立ち上がった。

「お時間ちょうだいして、ありがとうございました」

「これ、何の捜査なんだ？　やはり教えてくれないのか」

「申し訳ございません」

「それにしても、刑事課長が自らお出ましとはな」

「いろいろありまして」

「がんばりすぎるなよ」

佐治木が片方の唇をつりあげた。

「そういえば、佐治木さんは、高坂駐在所の久本巡査部長とは、面識はおありでしたか？」

何気ない風を装って、比留は尋ねた。

「一緒に仕事をした人間は、全員、覚えているつもりだが……」

佐治木は軽薄な笑顔をたたえ、「彼のことは、知らないな」といった。


地下駐車場で車に乗り込んだところで「どう思う？」と山羽に意見を求めた。

「女の話のとき、少し様子が変でしたね」

比留も同じ印象を持っていた。女の話になると、佐治木は組んだ指をせわしなく組み直していた。隠そうと強く意識して嘘をつくときは、目よりも体に現れる。時計を贈った相手はおそらくクラブのママではない。

車が地上に出た。比留は外の景色を眺めながら、高級時計が久本に渡った経緯を考えた。佐治木には、外に付き合っている女がいて、三年前にその女のために時計を買った。金額からして相当親密な相手ということだろう。

女に贈った時計がどうして久本のもとに渡ったのか。

佐治木は、久本とは面識がないといった。そのことに関しては、嘘はなかったように思える。やはり佐治木の女が鍵だ。

頭のなかで推理の矢を飛ばした。佐治木には医薬品製造会社で役員を務める妻がいる。水商売の女と懇ろな関係だと佐治木はほのめかしたが、それが事実なら、クラブのママということさえ漏らさないのではないか。あえてそう口にしたのは、とっさに嘘をつくしかなかった。理由は、訳ありの女だから。たとえば犯罪歴のある女、もしくは暴力団関係者の女か。相手の素性に気づいたときには、泥沼に浸っていた。時計はプレゼントなどではない。背後にはヤクザがいて半ば脅しだった。

だが、そんな状況なら、平然と銀行の顧問の椅子にいられない。推理をリセットして弓を引き直す。佐治木は隙のない男だ。付き合うにせよ、安全な女を選んでいるはず。だから誰にもバレなかった。

さまよっていた推理の矢が的に当たった。

「相手は警察《カイシャ》の人間か」

「かもしれませんね」山羽の声には、驚きと納得が半分ずつ含まれていた。

女が今も現役なら、知られるわけにはいかない。だからこそ、佐治木はごまかした。

信号待ちで停車した。山羽が指先でハンドルを叩きながら「嫁に訊いてみましょうか」といった。

山羽は昨年結婚したばかりで、妻は、県警の事務職員だった。石川県警の職員の数は約二千三百名。うち女性警察官と女性の事務職員を合わせた数は二百名強。彼女たちの形成するネットワークはあなどれない。数は全体の一割にも満たないが、県警内に情報網が毛細血管のように張り巡らされている。女性職員の情報収集力は、監察部門を超えるといわれるのもあながち大げさな話ではない。

「署に戻ったら、携帯ですぐに連絡してみますよ」

「そんなに急がなくてもいい。嫁さんだって、仕事中だろ」

「今、これで休みなんで、家にいます」

山羽は、腹が膨らんだ仕草をしてみせた。

「遅い時間に家に帰っても、話す時間が取れないですし、それに」山羽ははにかむように軽く笑った。「なぜか、携帯のアプリのほうが話も弾むんです」

夫婦でもそうなのか。面と向かうと難しかった美香との会話が、アプリのときだとスムーズだったことを思い出した。

「しかし、話してくれるか？　うちのカイシャの女同士のつながりは強いぞ」

「大丈夫です。うちの嫁は俺のほうを選ぶと思います。早く出世してたくさん金を稼げって、うるさいですから」

出世か。昨年、ある警察官同士の不倫の話を耳にした。男は既婚、女は独身。上司と部下の関係から発展した。男は依願退職したが、女は何食わぬ顔で居座っているという。その女には前職でも上司との噂があった。

体質だろ——。そんな言葉で女を揶揄する声もあったが、体を張った点数稼ぎだったのかもしれない。ひと昔前よりも女性警察官の数は倍以上に増えている。彼女たちは、もはや見てくれのマスコットではない。将来を目指しての競争も当然熾烈《しれつ》だ。ライバルを蹴落とすためなら、なんでもする。女を武器にするくらい、当たり前。そこまで考えて、ある女の顔が脳裏に浮かんできた。南雲芽衣。

がんばりすぎるなよ。佐治木の含みのある声を思い出す。あのセリフは、捜査本部を出禁になったことを知っているとほのめかしたのではないか。佐治木にそれを伝えたのは、捜査に関わっている人間。そう南雲が……。

胸の鼓動がドクンと音を鳴らした。

捜査一課では唯一の女性警部。警察組織で成り上がるために、女を利用した。その最も効果的な相手として、出世街道をひた走ってきた佐治木を選んだ。

並べる材料はまだある。南雲は高級ブランドに身を包んでいる。最近買い替えた車も外車という話だ。ならば、宝飾品もこだわりの高級品しか身に着けないのではないか……。

想像するほど高揚感はなく、白けた思いに駆られた。理由は明白だ。突如、捜査一課の出世レースで前を走り出した女警部への嫉妬。この思いが、南雲を佐治木の女という輪郭にはめ込もうとしている。

東部署の建物が見えてきたところで、無線の連絡が舞い込んだ。管内で置き引き事件が発生したという。

「こんなときに」

山羽はぼやいたが、ヤマが動き出すときに限って、別の事件が起きる。珍しいことではない。署の裏で比留を降ろすと、山羽の運転する車は現場へと向かった。

山羽の妻からの情報は、少し先になるが仕方ない。刑事部屋に戻った比留は、佐治木の交際相手が南雲だったと仮定して、想像を巡らせた。

高級時計は、佐治木が南雲のために購入し、その後、南雲から久本へと渡った。

南雲と久本、つながりはどこで生まれた？

二人の経歴からして仕事上の付き合いがあったとは思えない。今、得ている情報から導き出されること、それは——。比留の心臓が跳ねた。

動画に映るフードの人物は、南雲。夏の早朝、南雲は山道を走行しているときに、対向してきた自転車と衝突した。証拠の隠滅を図っている途中、山歩きをしていた久本がそれを目撃、携帯電話のカメラで撮影した——。

推理のドミノは、さらに勢いよく倒れていく。

久本は南雲に、事件を口外しないかわりに金品を要求した。南雲は佐治木から贈られた高級時計を久本に渡し、久本はそれをネットオークションで売却した——。

これで三人が一本の線でつながったかのように思えるが、所詮は空説だ。証拠は何一つない。フードの人物が南雲でなくてもこの推論は成立する。

決定的な証拠となるのは、事故を起こした車だ。ひき逃げ事件では、車種が特定されれば、マル被の逮捕はほぼ確実となる。南雲は最近車を買い替えている。それは事件の証拠隠滅のためではないか？　買い替え前の車は？　それが国産のミニバンなら……。

しかし、どうやって車を調べる？　警察官のマイカー情報を把握しているのは、所属部門、本部の総務課、そして監察課だ。内々に教えてくれといっても、どの部署にも通用しないだろう。手段はないかと思索にふけるも、妙案はすぐには浮かんでこない。

——ここは、正攻法でいくしかない。

隣の小部屋に入り、ドアを閉めた。電話機の横のクリアケースには、本部の内線番号一覧が挟んである。指で押さえたのは、警務部監察課。望みを託せる人物が一人いる。相部《あいべ》昌孝《まさたか》。相部は、冨島と捜査一課長の座を争って負けた。刑事としては一流。人物も申し分ない。ただ対抗馬が強すぎた。その後は、人事にも恵まれず、金沢中央署の刑事官から本部の監察官に異動となった。刑事部が長かった相部なら、冨島と比留のぎくしゃくした関係を過去に耳にしたこともあるだろう。味方になってくれるなら、この男しかいない。

受話器を取り、ボタンを押す。ワンコールも待たなかった。

〈監察課です〉

聞き覚えのある穏やかな声だった。

「相部監察官をお願いします」

〈私です〉

「東部署の比留です」

〈これは、どうも。どうされましたか〉

他所《よそ》行きの声だった。

「警察官のマイカーの車種が知りたいのですが、協力いただけますか」

〈監察課では協力しかねます。他の部署を当たってください〉

「他の部署に確認すると、話が広がります。善処していただきたいのですが」

〈では、照会理由を話してください〉

「今動いている事件なので、お伝えできません。相部監察官なら、そのあたりご存じでしょう」

〈私にも立場があります。それに、刑事課なら刑事部が管理しているNシステムを利用する手もあるでしょう〉

「刑事部には照会できないヤマです」

数秒、間があった。ターゲットは刑事部の人間だと伝わったはずだ。

〈申し訳ないが〉声のトーンが急に強くなった。〈これで失礼する〉

「監察官っ」

ツーと鳴る音を聞きながら、比留は奥歯を嚙み締めた。

こちらの思惑がむしろ反感を買ったか。だが、最後のやり取りは、冷静な相部らしくなかった。少なくとも比留にはそう感じられた。あれは合図。そう考えるのはむしが良すぎるか。

祈る思いで小部屋に残った。五分が過ぎて、やはり相部を怒らせたかとあきらめかけたとき、胸の携帯電話が震えた。

〈相部だ〉

素の声だった。目の前にいない相部に、無意識に頭を下げた。電話を受けたとき、相部の周囲に人がいた。それで相部はひと芝居打ったのだ。

比留は、ひき逃げの被疑者を追っているとだけ伝えた。

〈ターゲットは誰だ〉

南雲の名前が出そうになって呑み込んだ。名前をいえば、監察部門は動く。だが、明示するだけの確信はない。

「そこまでは、いえません」

〈こっちだって簡単に情報は提供できない。わかるだろう〉

「承知しております。もし、ターゲットがクロだったら、真っ先に連絡します」

〈わかった。所属と階級は〉

「捜査一課の警部です」

〈欲しいのは車の登録リストでいいな〉

「昨年の四月一日時点のものをお願いします」

〈すぐメールで送る。容疑が固まったら、逮捕前に必ず私に連絡しろ。いいな〉

「承知しました」

これで車種を把握できる。自席に戻り、軽い高揚を覚えていると、相部からのメールが届いた。

添付されたファイルを開く。捜査一課の警部級は十二名。全員の名前と車、ナンバーが記録されていた。三行目に目が留まった。

『南雲芽衣　デリカD5　金沢三〇〇——』

唾をごくりと飲み下した。正恒が挙げていた車種の一つがデリカだった。

比留は動画を脳裏に浮かべた。木々の向こうに停まっていたのは、南雲のデリカ。フードを被っていたのは、南雲——。

いいや、決めつけるのは早い。こたえあわせをしてからだ。科捜研からもたらされる結果がデリカだったときに初めて、ひき逃げ犯が南雲という推理が現実味を帯びてくる。

今、正恒は自席にいない。鑑識部屋で仕事をしているのだろう。科捜研から連絡があれば、すぐに比留のところへ来るはずだ。

比留は刑事部屋を出て、自販機コーナーへ向かった。

炭酸水を買い、弾ける泡水を喉に流し込んでいると、携帯電話が着信を告げた。

山羽？　いや正恒か？　急いで懐から取り出す。画面に表示されていた名前は、小杉。一昨日、佐藤洋士について詳しく教えてほしいと頼んであったことを思い出した。

通話ボタンを押して、小杉と二言三言交わして、本題に入った。

〈佐藤に関する資料は、何も残ってなかったよ。今の規則だと、五年間保存したあとは、全部廃棄するらしいんだ。昔は期限なんて無視して、保管してたんだけどな〉

「うちのカイシャと同じですね」

〈ただ、児童支援施設の古い入所者名簿が残ってて、佐藤洋士の名前を見つけた。どの施設に入っていたのか、わかったよ〉

小杉が施設の名前を口にした。今も金沢市内にある施設だった。行って話を聞けば、佐藤のことが何かわかるかもしれないという。

〈近いうちにその施設に行く予定があるんだ。なんなら、少し聞いて来てやろうか〉

そこまでは、といいそうになって言葉を呑み込む。今、久本の件で職場を離れるのは難しい。ここは小杉に頼んだほうがいい。

「じゃあ、お願いします」

〈なんかわかったら、連絡するよ。比留さん、仕事熱心なのはいいけど、おでん屋のことも忘れないでくれよ〉

「もちろんです」といって電話を切る。

今のところ、佐藤からの連絡はない。人物像も不明だ。だからといって、このまま美香を待たせておくわけにはいかない。

佐藤の情報がとにかく欲しい。十三歳の少年が同居の男性を殺した理由は何だったのか。佐藤はどんな人物なのか。

薄暗い廊下の向こうからT新聞の長尾が歩いてきた。煙草の箱を握りしめている。建物の外にある喫煙スペースへと行こうとしているのだろう。

すれ違ってから、「おい」と声をかけた。振り返った長尾は、自分のあごを指さして、俺ですか？　という仕草をした。

手招きをすると、長尾が引き返してきた。緩い笑みを浮かべている。夜討ちで追い返されたことなど、どこ吹く風という雰囲気だ。

「この前はせっかく来てくれたのに悪かったな」

「いいえ、こちらこそ。お疲れのところ、いきなり押しかけて」

比留の言葉を嫌味だとは思っていない。

「ほかにも当たったのか」

「いいえ。比留課長のところだけですよ」

「一つ、頼みがある」

「何ですか」

「おまえの会社が持っている情報が欲しい」

「捜査協力ってやつですか。いいですけど、駐在所の事件で情報なんてないですよ」

「別件だ」

長尾はあごをかきながら、「とりあえず、内容を教えてくれますか」といった。

廊下で記者との立ち話は目立つ。かといって、二人で個室に入るとなお目立つ。

比留は、長尾に「つるやは、知っているな。五分後に、あそこの二階に来い」と告げた。


準備中の札がかかったつるやの引き戸を開けた。店主は煙草の煙を吐きながら再放送の昼ドラを見ている。比留が二階を指さすと、不愛想にうなずいた。

間を置かず、階段を上る足音がして、長尾が現れた。

「三十年前、珠洲市で殺人事件があった。犯人は、十三歳の中学一年生。当時、取材で得た情報がまだ残っていたら、教えてほしい」

「奥能登でそんな事件があったんですか。でも、警察にも事件の記録はありますよね？」

「最近はそうでもない。保存期間が過ぎれば、規則どおりに廃棄している。古い事件だから、担当した刑事は、もういなくてな」

「へえ、そうなんですね」

比留が知っている限りを話すと、長尾は手帳の上でペンを動かした。

「比留課長、もう一回訊きますが、これって新藤の事件と関係ないんですよね」

「ああ、そうだ。できれば、早めに情報が欲しい」

「すぐ能登支局に訊いてみますよ。ただ……」長尾は手帳を閉じると、上目遣いで比留を見た。

「駐在所の事件、なんかネタないですか」

「バーターじゃないと協力してくれないのか」

「そういうわけじゃないですけど」

「鬼ごっこで十分点数を稼いだだろ」

「そんなこといわずに」

立ち上がりかけて、比留は動きを止めた。

「じゃあ、一つ、教えてやる」

「なんですか」長尾がペンを握り直した。

「俺は捜査本部を出入り禁止になった。取調官も交代した。知ってたか」

「いいえ」首を振りながら、長尾が目を丸くした。「何があったんですか」

「さあな」

「それ、次の記者会見のときに、ぶつけてもいいですか」

「好きにすればいい。どうせ俺はその場にはいないからな」

長尾とは別々に店を出て署に戻った。

小一時間後、携帯電話に長尾からメールが来た。

『能登支局長の小平《こだいら》に連絡してみてください。電話番号は――』

隣の小部屋に入って、T新聞能登支局の電話番号を押した。

電話に出たのは小平本人で、意外に若い声だった。

〈三十年前のR町の殺人事件ですよね。当時の取材記録は残ってました。少年事件でしたから、ほとんど記事にはできなかったんですが、あの頃、ここにいた記者がのめり込んで取材していたみたいで。今から説明しますけど、いいですか〉

「お願いします」

〈加害者の名前は……もうご存じだと思うので、伏せないで、いっちゃいますね。佐藤洋士。母親は晴美《はるみ》といいます。この晴美というのが、地元では札付きのワルだったらしくて、非行を繰り返して高校を半年で中退しています。その後、珠洲を離れて関西に行き、長らく誰とも音信不通だったのですが、十年ほどたって、突然、珠洲に戻って実家に住み始めました。すでに晴美の親は亡くなっていたので実家は空き家だったようです。晴美は小さな子供を連れていて、それが洋士でした〉

「洋士の父親は？」

〈いませんでした。今でいうシングルマザーです。晴美は、珠洲に帰ってくる前は、いろんなところでホステスをやってて、珠洲に帰ってからも、水商売に就いたらしいんですが、すぐによくない噂が流れて〉

「よくない噂？」

〈日中、家で売春をしていたそうです。珠洲に戻る前から、やってたらしくて、洋士はそのときにできた子供なんじゃないかって、近所では噂されていました〉

匹婦の腹に生まれけり。室生犀星の句が脳裏をよぎった。

〈しばらくして、親子で住んでいた家に、男が同居するようになって、それが事件の被害者になる古代幸三で――〉

小平の説明が続く。幸三は流れ者の建設作業員だったが、珠洲市内の公共工事が終わったあと、珠洲に残って佐藤宅に住み着いた。幸三と佐藤親子は、家族のように仲よく暮らしていた。晴美は売春をやめ、近所の住民も、洋士のためにもよかったと安心していた。

〈ところがですね……〉小平が一拍置いた。

〈ある日、晴美が突然姿を消したんです。働いていたスナックで男に口説かれて、珠洲から出て行ったそうです〉

「洋士が何歳のときの話ですか」

〈事件の起きる二年前って書いてありますから、小学五年生のとき……十一歳ですね〉

洋士は置き去りにされ、ほかに行き場がなかった幸三は家にとどまった。

〈晴美がいなくなると、幸三は仕事にもあまり行かなくなり、昼間から酒を飲んでいたようです。洋士には暴力を振るうようになり、その暴力ってのが、かなり激しかったみたいで失神することもあったとか〉

こめかみに不快な汗がわいてきた。

〈それで、ついに事件が起きたんです。ある晩、酒に酔って寝ていた幸三を、洋士が納屋から持ち出した鈍器で何度も殴って〉

小平が苦いものを吐き出すようにいった。

〈幸三は全身を殴打されたようですが、頭部が特にひどくて、でこぼこになっていたそうです。かなり恨みが募っていたんでしょう。警察での取り調べでも、幸三をずっと憎んでいたと洋士は供述しています〉

気持ちの沈む話に、比留は深いため息をついた。

〈ほかに近所の子供から聞いた話で、ちょっと気になる情報がありまして。洋士はどうやら二重人格だったようです〉

「二重人格？」

〈いつもは、穏やかな性格なのに、ときどき、別人のように強気で暴力的になることがあったと〉

「どんな人間でも、感情が爆発することはあるでしょう。まして子供なら」

佐藤の肩を持つつもりはないが思わず反論した。

〈周りから見て、恐怖を感じるくらいの変わりようだったらしいです。普段は大人しい性格なのに、人格が変わると、話し方や行動が乱暴になって手がつけられなかったとか。おそらく、幸三の虐待で神経がどこかおかしくなったんじゃないですかね〉

当時は二重人格という言葉で片付けられていたが、今は解離性障害という精神障害の一つとされている。幼少期の強いストレスや大人からの虐待が原因で、別の人格が発芽する。まさに、佐藤はそれにあてはまる。

〈警察に逮捕されて聴取が終わったあと、佐藤洋士は、珠洲市を離れたとあります。取材記録に残っているのは以上です〉

悄然とした思いを抱えながら、小平に礼を伝えて電話を切った。安心材料は何一つなかった。

昨日の明け方に見た夢を思い出した。霧のなかで光る二つの目。美香の叫び声……。

その声がかき消され、外からパトカーのサイレンが聞こえてきた。

比留の耳には、それが危険を知らせる鐘の音のように聞こえた。

椅子を一八〇度まわして、立ち上がった。窓の外では、西日が曇り空をやわらかく染めている。

赤塚と生原から、連絡はなかった。置き引きの通報を受けて出て行った山羽もまだ戻っていない。正恒は自席についているが、比留に何もいわないところを見ると、科捜研からの結果は、まだ届いていないのだろう。

比留は、久本、南雲、佐治木の三名の関係に、ずっと思惟を巡らせていた。ミニバンの車種がデリカと特定されれば、久本と南雲は、ひき逃げ事件絡みでつながる。佐治木がピアジェを贈った相手が南雲なら、三人が南雲を介して一本の線でつながる。

南雲が佐治木の愛人なのか。もし、そうなら、接点は、いつ、どこであったのか。

最も期待しているのは、山羽の妻からもたらされる佐治木関連の情報だ。そこで、南雲の話でも出てくれれば……。

ブラインドで西日を遮って、視線を戻した。壁の時計は午後五時をまわっていた。会見場では定例の記者会見をしている時間帯である。

拳銃は今日も見つかっていない。記者たちからの質問攻めに中池はどうこたえているか。毎回、鋭意捜査中ですという判で押したような説明というわけにはいかない。文案を作成しているのは、おそらく南雲。広報室時代に鍛えられているから、レパートリーは豊富にあるだろう。

そのとき、比留の頭がすっと軽くなった。そうか、広報か。

佐治木は広報官を歴任している。その際、南雲は広報室にいたのではないか。過去の広報誌をたぐれば、編集者欄に二人の名前が出てくるかもしれない。

パソコン画面に向かい、マウスに手を添えた。過去十年の広報誌はすべて電子化されているはず。職員専用の電子掲示板にアクセスしようとしたときだった。

「少しよろしいですか」

女の声。顔を上げて、思わずうろたえた。

南雲だった。疲労の張りついた顔のなか、目だけがギラギラしている。

「別室でお話ししたいことが」

有無を言わせない口調だった。南雲が比留に対してこんな態度で迫るのは珍しい。

南雲を伴い、隣の小部屋に向かう。南雲の周辺を推理していた矢先、当の本人が現れた。比留は警戒心を抱きながら、ドアを閉めた。

「夕方の記者会見が、今、終わりました」

「何か新しい情報でも発表したのか」

「いいえ。ただ、記者の質問に想定外のものがあって、すんなりとは、いきませんでした」

「どんな質問だ」

「刑事課長が会見の場にいないことと、取調官が交代した理由を説明してくれというものでした」

ぶつけていいですか。半分冗談かと思っていたが、長尾は本気だったようだ。

思わず口元を緩ませると、南雲が刺すような眼光を向けてきた。

「記者に伝えたのは、比留課長ですよね？」

「だったら、どうなんだ」

「これ以上、冨島課長を怒らせないほうがいいと思います。昨晩も遅くまで残っていたらしいじゃないですか」

「久本巡査部長の遺品整理のことで田子から相談を受けていただけだ」

「とにかく、捜査本部の足を引っ張るような行動は慎んでください」

「帳場の編成担当なのに署のしつけができていないと上から嫌味でもいわれたのか」

「違います。本部の広報がずっと張りついているんです」

「それが、どうした」

「広報官は、会見の様子だけではなく、帳場の雰囲気も幹部へ報告しています。現場がうまく機能していない、そんな風にとられると、あとあと面倒なことになります」

「広報のこと、やけに詳しいな」

「前にいましたので」

比留は急に黙り込んで南雲をじっと見た。

「どうかしましたか」

「そのとき、広報官は誰だった？」

「一年目は青島《あおしま》さんで、二年目は佐治木さんでした」

心が宙に浮いた気がした。

「広報室で得るものはあったか」

「……どういう意味ですか」

「さあな」

南雲は怪訝そうな目をしていたが、「捜査本部に戻ります」といって部屋を出て行った。

少し踏み込み過ぎたか。しかし、比留の質問に、南雲は思うところがあったはずだ。

ドアをノックする音がした。入ってきたのは正恒だった。「おまたせ。車種が特定できたぞ」

息を吸い込んだ。いよいよ、こたえあわせだ。正恒が一枚の書類を差し出した。

『ハイエースワゴン。年式――』

文字がかすんだ。不正解。組み上げたジグソーパズルが崩れていく。

デリカではなかった。つまり、動画に映っていたフードの人物は、南雲ではない。

「条件に当てはまる車のうち、石川か富山在住の所有者を今洗い出しているところだ」

正恒の声に、半ば上の空で「わかった」とこたえて、刑事部屋の自席に戻った。

南雲の線は消えた。だが予想が外れた悔しさは安堵へと変わっていく。極秘捜査班の面々や相部に、先走って南雲の名前を告げなくてよかった。危うく俺は冨島になるところだった。

「今、戻りました」と声がした。山羽だった。

「課長。まず、置き引き事件ですが……」

スーパーで四十代の女が他人のバッグを持って出て行ったが、二時間後に店に戻ってきて、女は、うっかり持ち出したと主張しているという。

「さっきまで任意で事情を聴いていたんですが、窃盗罪で逮捕するのはちょっと難しいかと。被害者からも被害届は出さないといわれましたし」

短いあいづちを打って、先を促す。

「あと、例のSさんの件ですが」Sさん——佐治木のことだ。山羽が声を落として顔を近づけた。「嫁に確認しましたが、その手の噂は一切なかったとのことでした」

こっちも成果は無しか。頭の中が白く溶けていくようだった。

ただ、これでわかった。女性ネットワークにひっかからなかったとなると、佐治木の不倫相手は警察関係者ではないのかもしれない。

こうなったら、佐治木にもう一度直当たりするか。大物OBだろうが、腹を括るしかない。

その前に、まずは相部に連絡だ。情報提供の礼と、身内の線はなかったと伝えておかなければならない。立ち上がった瞬間、懐の携帯電話が震えた。万里子からのメールだった。

『美香ちゃんのことで、少し話したいんだけど、今、大丈夫?』

何があった？　内線電話をかけようとして受話器に手を伸ばしたが、思い直して二階の生活安全課へと向かうことにした。

生安の事務室を覗くと、比留の姿に気づいた万里子が立ち上がった。

相談ルームに入ると、万里子が首と肩をまわした。

「どうした?」

「DVの被害者とずっと話をしてて、疲れたの。施設に入ればって何度も説得しているんだけど、うんっていってくれないのよね。今よりもっと環境が悪くなると思い込んでいるみたいで」

返す言葉がなかった。自分は、美香にDVの加害者と思われている身なのだ。

「で、話って何だ。美香がどうした」

「私、あなたに嘘をついていたことがあって……」

万里子の顔つきが急に強張った。比留は、にわかに緊張を覚えた。

「実は、美香ちゃん、本当はDVシェルターには入っていないの」

「じゃあ、あいつは今どこにいるんだ」

「私のマンション」

「どうして、おまえのところに?」

「私が誘ったの」

思えば、美香からSNSで連絡があったとき、携帯電話が使える環境なのはどうしてなのか、疑問だった。あれはDVシェルターではなかったから、連絡できたのだ。

「美香ちゃん、あなたからDVを受けたなんて思っていないから。喧嘩のとき、ひどいことをいった自分は、むしろ叩かれて当然だっていってた」

「それなら、どうしてあいつはDVのアカウントなんて閲覧していたんだ」

「自分のこと、あなたを傷つけた加害者だと思ったからよ」

「美香が加害者?」

「そうよ。ＤＶの被害者がどれほど傷つけられたか、ＳＮＳでそういう人たちの実情を知って、反省していたのよ」

「家だと、そんな風には見えなかったが」

「そこは理解してあげないと」万里子の口調が強くなる。「ずっと嘘をつかれていたと知ったら、多感な年頃だもの、反発してしまうわ。だけど、あなたに悪いという思いもあって、心のバランスが取れなくなってたの。美香ちゃんなりに思い悩んで、親子の関係をこれ以上壊したくないと思って、とりあえず家を出ようとしたの」

美香は出生の秘密を知り比留に怒りをぶつけた。その一方で、比留を罵ったことに後悔の念を抱き、比留との関係について思案に暮れていた。

娘の気持ちを察してやれなかったと思うと、胸の奥から熱いものがこみ上げてきた。

「話を聞いてたら、ほっとけなくて。それで、私の家に来ればって誘ったの」

比留は感情の高ぶりを抑えながら、「迷惑かけたな」と口にした。

「いいのよ、どうせ私は独り身だし。ただね、美香ちゃんを家に呼んだこと、あなたにどう説明しようか悩んだの。いえば、すぐにでも美香ちゃんを迎えに来ようとするでしょ」

「きっと、そうしただろうな」比留は自嘲気味に笑った。

「でも、あなたがＳＮＳを見て、ＤＶシェルターにいるんじゃないかと勘違いしてくれたから、その流れで、嘘をついてしまおうと思ったの」

結果的には、それでよかった。時間と距離ができたことで、互いに落ち着きを取り戻しつつある。

「ただ……」万里子の顔が強張った。

「美香ちゃんから、ちらっと聞いたんだけど、本当の父親がわかるかもしれないって、どういうこと？　ああいうのは、普通わからないものじゃないの？　その話、嘘ってことはないわよね……」

もし嘘だったら、美香の心が再び壊れるかもしれないと、万里子は心配している。

断じて、嘘ではない。だが、万里子に易々といえる話ではない。佐藤洋士の過去、殺人犯という別の壁が今はたちはだかっている。

比留が黙っていると、万里子は何か察したのか、それ以上は、何も尋ねてこなかった。

「美香はいつまでそっちにいるつもりだ」

「今度、春の風物詩みたいなイベントがあって、二人で参加するって約束してるの。それが終わったら、家に帰るっていってた。どうせ、しばらくは忙しいんでしょ」

「まあな」

「それより」

万里子が改まった声を出した。

「美香ちゃん、あなたのこと、すごく考えてるし、悩んでもいる。それは、わかってあげて」

理解の意を込めて比留は深くうなずいた。

「話は以上よ。あー、これで楽になったわ。あなたに嘘をついていると思うと、顔を合わせても落ち着かなかったの」

万里子が両腕を上げて伸びをする。

「私、そろそろ帰るわ。美香ちゃんも待っているし。あなたには悪いけど、女の子が家にいると、楽しいのよね」

席を立とうとして、万里子の胸元がきらめいた。シルバーの小粒なペンダントが光っている。地味な装いの万里子がアクセサリーをつけていることに、少なからず驚いた。

ふと思いついて、比留は携帯電話を取り出した。ピアジェを画面に映して万里子に見せた。正恒が復活させたデータの画像を、携帯電話のカメラで撮影しておいたものである。

「これ、わかるか？　興味はないかもしれないが、高級品だ」

「ピアジェね。私だって知ってるわよ」

「女性警察官のなかに、持っている奴はいないよな」

「ピアジェとなると、ちょっと高すぎるわね。こういう時計って、持つ人を選ぶし」

やはり、警察の線はないのか。

しばらく画像を眺めていた万里子が、あっと声を出した。

「これと同じのを見たことがあるわ。たしか黒百合会のときだったかしら」

「黒百合会？」

「昭和生まれ限定の女性警察官の集まりよ。一年に一度、レストランなんかでやるんだけど、そのときに、ピアジェの時計をしてきた人がいたわ」

「誰だ、それは」

「あなたもよく知っている人、中池署長よ」

第四章　自白

刑事部屋に戻った比留は、極秘捜査班の面々を小会議室に集めた。

「画像の高級時計は、おそらくＯＢの佐治木さんが中池署長に贈ったものだ」

比留の言葉に、刑事たちは時間が止まったかのようにしばし固まった。

「さっき山羽から、佐治木さんが買ったものだと聞いただけでも驚きでしたが……」

生原が当惑した顔でいった。「どうやってわかったのですか」

「黒百合会という婦警の懇親会の席で、中池署長がこれと同じ時計をしていたのを、ある婦警が見ていた」

「時計が偶然同じだってこともあるんじゃないですか」

すると山羽が、「ピアジェの時計、しかも同じものが身近に二つあるなんて確率は、ほぼないに等しいですよ」とこたえた。

山羽のいうとおり、石川県警の関係者二名が希少な高級時計の同一品を偶然持っていたということは、まずありえないだろう。オークションに出品された時計は、佐治木が中池に買い与えたものとみていい。

「ってことは、二人は不倫関係か」と正恒がいった。

「多分な。問題は、中池署長から久本巡査部長にどういう経緯で時計が渡ったかだ」

中池と久本の間に誰かが介在しているのか。だが、百万円以上する高級時計が何人もの手を渡り歩くとは思えない。

思いつくこたえは、一つ。ひき逃げ事件に中池が関与している。つまり——。

「動画のフードの人物が署長ってことですか」生原が硬い声でいった。

県警幹部によるひき逃げ事件。考えただけで、全身が粟立った。事実なら、石川県警を揺るがす、すさまじい破壊力を持つ。しかも駐在員殺害にまで関与していたら……。

「もう一度、佐治木さんに当たりますか」

「いや」山羽の問いに比留は首を振った。「佐治木さんが正直に話すとは思えん」

二人が不倫関係なら、比留と山羽が銀行を訪問したあと、佐治木は中池に連絡して関係を認めないよう口裏を合わせたかもしれない。

ただ、佐治木は、久本のことを知らない様子だった。あれは演技ではない。銀行で久本のことを尋ねたときの態度が物語っている。

「佐治木さんはひき逃げには絡んでいない気がする。中池署長はまだ現役で、この先、もうワンポスト上に行く。だから、佐治木さんは迷惑をかけないよう、とっさに水商売女の存在をほのめかして嘘をついたんだろう」

「中池署長の自家用車は何でしたっけ」

山羽が誰にともなく尋ねた。

「たしかプリウスだ」と赤塚がこたえた。

「ハイエースじゃないってだけでは、シロともクロともいえませんね」

「そのハイエースのことでご報告があります」と生原がいった。「事故当時、現場近くのNシステムを通過した車種をもう一度、洗いました。ハイエースは三台通過していたのですが、車の色は白が二台、シルバーが一台で、黒はなかったです」

「あのあたりは、Nシステムの設置場所を避けて通れる道はあるのか」

「一つ、あります」

交通部の幹部だった中池なら、Nシステムの設置場所が頭に入っていてもおかしくはない。事故のあとに、その場所を避けた可能性もある。

「課長、どうします」赤塚が険しい目を比留に向けた。

比留は腕を組んだ。ひき逃げ犯は中池なのか？　今のところ、手がかりは、ピアジェしかない。

「まさか、署長に直当たりするつもりじゃないだろうな」

いつもは飄々《ひょうひょう》としている正恒が軽く狼狽しながらいった。

「必要ならやるつもりだ。だが、そのためには確たる証拠が欲しい。直当たりして、シロだったではすまされない相手だからな」

失敗したら、警察官人生は終わる。比留の言葉に、刑事たちは硬い表情でうなずいた。

帰宅したのは午後十時過ぎだった。リビングの灯をつけて、エアコンの暖房ボタンを押す。勢いよく出てくる風は冷たく、暖気に変わるには、まだしばらくかかりそうだ。

冷たい風を顔に受けながら、比留は目をつぶった。

中池にどう迫る？

あの動画だけでは、人物の特定は難しい。時計が久本に渡ったという事実のみを突きつけても、中池が久本との関係を話すとも思えない。

エアコンの風がようやく暖かいものに変わった。上着を脱いだ比留はダイニングチェアに背中を預けた。

テーブルに置いた携帯電話のランプが点滅している。メッセージの着信。知らない番号が表示された。怪しい勧誘かと思ったが、番号を見た瞬間、息が止まりそうになった。

中池のことも、久本のことも、一瞬にして頭から吹き飛んだ。

佐藤洋士。あのサトウから返事が来たのだ。

『比留様　はじめまして。どんなご用件でしょうか？　もしお電話いただけるようでしたら、今なら大丈夫です』

佐藤からの着信は五分前だった。今、佐藤はどこかで比留からの電話を待っている。画面の通話をタップすれば、すぐにつながる。だが、指先は数ミリ先の画面にはすぐに届かなかった。

佐藤に殺人の前科があるからか？　佐藤とつながれば警察の捜査情報を利用したことが表面化するかもしれないからか？　いや、そのどちらでもない。比留をためらわせているのは、いうなれば、説明のつかない不安だった。

硬くなった指を伸ばし、ようやく通話ボタンに触れた。

コール音が一回、二回と続く。音とともに思考がぐるぐるとまわる。

精子提供者。人殺し。どんな人物か。

五回を超えたところで、つながった。

「比留と申します。佐藤さんでしょうか」

〈そうです〉男性の声。声音はやや硬い。

これは予備審査だ。佐藤の声を長い刑事人生で構築した脳内フィルターに通していく。性格は。思想は。信条は。美香に会わせても危険はないか。

この通話で危険を示すフラグが立てば、美香とは会わせられないという結論を出す。

「メールの返信、ありがとうございました。今、お電話、大丈夫だったでしょうか」

鼓膜に全神経を集中する。

〈はい、大丈夫です〉

すくい取った佐藤の声を耳の奥で膨らませ、脳に送り込む。少しの緊張を含んでいるが、気になるところはない。

〈あの……ご用件というのは？〉

問われて、迷った。用件はただ一つ、美香のこと。だが、それをどう切り出していいものか。

〈それと、私の苗字をどこでお知りになったのでしょうか〉

訝《いぶか》しげな声で佐藤が尋ねた。脳内フィルターに何かがかすかに反応したが、フラグまでは立たなかった。それよりも比留の胸に芽生えていたのは焦心だった。不審な思いを抱いた佐藤に、急に電話を切られたりはしないか。

「込み入った話になりますので、できれば、会ってお話ししたいのですが」

〈いきなり、そういわれても……〉

露骨に警戒する声に変わった。

「セールスとか何かの勧誘だとか、そういったものではありません」

佐藤が黙った。無理もない。これが普通の反応だ。知らない男から急に会いたいといわれて応じるほうがおかしい。

佐藤を落ち着かせなくては。どういえば、納得してもらえる？　だが、何をいっても警戒心は増すだけではないか。

思考が空回りを始めたとき、まぶたの裏に千夏の顔が浮かんだ。

――正直に伝えたほうがいいんじゃない？

そうだ。佐藤と美香の件では、駆け引きや嘘はつかないと決めたのではなかったか。

「佐藤さん。私には」

比留は軽く息を吸った。「十七歳の娘がいます。ですが、娘とは血がつながっていません。私には生殖能力がなく、妻は第三者による精子提供を受けて、娘を授かりました」

電話の向こうで佐藤が〈精子提供〉と口にした。少なからず、思うところはあったようだ。

「その娘の実の父親というのが……佐藤さんなのです」

〈えっ〉佐藤の言葉が続かない。

「前に精子ドナーに登録なさっていましたよね」

〈は、はい。ですが、どうして私が父親だと、精子ドナーだったとご存じなのですか〉

「それは……」

今度は比留が言葉に詰まった。

「仕事で偶然、そうした情報を知る機会がありまして。もちろん、知ったとしても、自分のなかでとどめておくべきものと思い、ずっとそうしてきました」

その仕事とは何だと訊かれるかと思った。覚悟はできている。そのときは、警察官とこたえるつもりだ。それによって罰を受けることになっても仕方ない。

だが、佐藤は比留の職を問うことなく、〈はあ〉と、こたえるのみだった。

「昨年、妻が病気で他界したあとにＡＩＤの同意書が見つかって、娘は自分の出生について知ることになりました。それから徐々に精神状態が思わしくなくなって、自殺を図ったこともありました」

〈自殺？　大丈夫だったのですか〉

「幸い、早く気づいたので大事には至りませんでした。ただ、その後も、自分の存在を確かめたい、実の父親と会いたいと幾度となく口にしていまして。それで……一度、佐藤さんに娘と会っていただけないかと」

〈急な話で……〉

すぐに返事はなかった。

おそるおそるといった調子で、佐藤が口を開く。

〈今は、気持ちがついていかないというのが正直な思いです。少し、考える時間をいただけないでしょうか〉

「もちろんです。今日は話を聞いていただけただけで――」

感謝の意を伝えようとしたが、〈では、これで〉という言葉を残して電話は唐突に切れた。

携帯電話の画面を眺めた。通話時間四分十一秒。

ついに佐藤と接触した。

携帯電話を握る指先はひどく湿っていた。結局、フラグは立たなかった。予備審査はクリアした。会う前に決めるのは早いかもしれないが、佐藤に貼っていた殺人者のレッテルを、はがしてもいいのかもしれない。

まずは佐藤と会ってからと考えていたが、美香のことも話してしまった。ただ、方向は間違っていない、これは前進だと自分にいい聞かせた。

明日も仕事は忙しい。今のうちに美香に伝えておこうと携帯電話の画面に指を滑らせ、メッセージアプリを開く。

『起きてるか』

すぐに既読の表示。

『うん』

『万里子から聞いた。一緒にいるんだってな』

『そうなの。黙っててごめん』

『いや、いい。むしろ安心した。それより』

送信。いったん指が停まる。

『なに?』

『この前の話だが』

『実のお父さんのこと?』

『そう。連絡が取れた』

『ホント？』

『詳しいことは美香が家に戻ってきてから話す。それでいいか』

『うん。ありがと』

『じゃあな』と打ち込んでアプリを閉じた。

あとは、佐藤が会う気になってくれればいいのだが。

――今は、気持ちがついていかないというのが正直な思いです。

電話を切る直前の佐藤の声を思い出す。佐藤は穏やかな話し方で声も落ち着いていた。

ただ、比留の胸には、薄い布切れのようなものが引っかかっていた。はっきりとは思い出せないが、佐藤との会話のなかで、違和感を覚えた箇所がどこかにあったのだ。


翌朝、出勤して席に着くと、正恒からメールが届いていた。

『ひき逃げの件で伝えたいことがある。すぐに、みんなを集めてほしい』

小会議室に極秘捜査班の面々が集まると、正恒がノートパソコンを開いて話し始めた。

「動画に映っていたハイエース。あれと同じ年式の所有者の洗い出しが終わった」

黒色の車は、石川県内に二百六十台、富山には三百十五台あるという。

「合計五百七十五台か……。あたるのには時間がかかりますね」生原が顔をしかめた。

「いや、そうでもなさそうだ」

そういって正恒がマウスを動かす。

「所有者の名前に目を通したら、気になるのがあってな。これだ」

刑事たちの顔が画面の前に集まる。所有者欄には、「中池光男《なかいけみつお》」という名前が表示されていた。住所は金沢市法光寺町。年齢は八十五歳。

「リストにあった名前を見てピンときてな。比留ちゃんからのヒントがなかったら、素通りしていたかもしれない」

「中池光男って、署長の家族ですか」

「登録情報だけではわからん。だが、車は事故のあった一か月後に廃車手続きが行われている」

「それは気になりますね」と赤塚がいう。

事故で車の修理をしない場合、廃車となる。その際、自動車販売業者に依頼して手続きを行うことが多い。ひき逃げの捜査で洗い出された車両が膨大な数になるときは、修理した車や廃車手続きを行った車にまず当たっていく。

「中池光男の属性と廃車の手続きをした経緯をすぐ調べてくれ」

比留の指示を受けた刑事たちは、勢いよく部屋を飛び出していった。

中池光男のことも車の処分のこともそれほど時間はかからないだろう。いまのうちにと比留は刑事部屋の自席に着いて、事務仕事をこなした。

一時間ほどが過ぎた。手洗いに行こうと部屋を出ると、清掃中の黄色い看板が立っていた。捜査本部となっている三階は避けて、結局一階まで降りた。

廊下を進んでいくと、記者室から長尾が出てきた。

昨日の夕方、南雲が怒り心頭の顔で比留に突っかかってきたことを思い出した。T新聞が今は事件報道の先頭を走っている。さぞや長尾は、記者室でも悠々とした態度でいることだろう。

比留に気づいた長尾は、ぎょっとした顔をして、慌てて会釈をした。

「昨日は助かった」

「なら、よかったです」

「あの能登支局長、歳はいくつだ」

「知らないっす」

長尾はいつものへらりとした笑みを隠して、どこかよそよそしい態度だった。

「どうした？　出禁でも食らいそうなのか」

「いえ。そうじゃありません」

比留のことを避けようとしている。そうなると、刑事の本能で足止めしたくなる。

「駐在所の件で、何かわかったのか」

「いいえ」

「じゃあ、別のヤマで特ダネでも見つけたか」

「さあ、どうですかね」

明らかに何か隠している。比留の視線に気づいた長尾は、ようやく緩い笑みを浮かべると、

「では、失礼します」といって、比留の脇をすり抜けるようにして歩き出した。

今、ウチの署で抱えている大きなヤマはアポ電と駐在所襲撃だ。となると、東部署以外で何かあったのか。それならそれで、こちらとしてはありがたい。会見で攻めの一番手だった長尾が引いてくれたら、今後は南雲の負担も減るだろう。

部下たちが捜査に出て二時間が過ぎた頃、比留の携帯電話に赤塚から連絡があった。

小会議室に移動してから比留は話を聞いた。

〈光男は中池署長の父親でした。現在、自宅には住んでいません。近所の人の話だと、認知症が進んでいて、五年ほど前に金沢市内の芳寿苑《ほうじゅえん》という施設に入所したそうです〉

「光男の家族は」

〈妻は光男が施設に入る前に病気で亡くなっています。妻との死別が原因で、患っていた認知症が進んで施設に入ったそうです。子供は二人いまして、一男一女。長女が中池署長。長男は医師で、光男が入っている芳寿園を運営している理事長です〉

「ハイエースのことで何かわかったか」

〈隣の住民によると、ハイエースは光男の自宅のガレージに停めてあったそうです〉

施設に入っている光男が運転していたなんてことはあり得ない。

「誰がハイエースを使っていたんだ」

〈中池署長です。ときどき実家に帰ってきて、ハイエースに乗って外出していたという証言が得られました〉

全身の血が、かっと熱くなった。

赤塚は、〈もう少し周辺を当たってみます〉といって電話を切った。

興奮を抑えながら、比留は宙を見据えた。動画のハイエースを運転していたのは、中池で決まりだ。しかし、中池は何のために車を乗り換えていたのか。

思考を巡らせていると、山羽と正恒が部屋に現れた。

赤塚から入った情報を比留は二人と共有した。中池が父親のハイエースを使っていたと話すと、二人の顔が興奮で赤らんだ。

「私のほうは、ハイエースを処分した業者のところに行ってきました」

山羽が手帳を開いた。「金沢港の近くにある店で、一応中古車ディーラーという看板を上げていますが、実際は値段のつかない車を引き取って海外向けに売りさばくのが本業のようです。こっちが警察だと名乗ると、すごく警戒してましして。もしかしたら、盗難車の引き取りのようなこともやっているのかもしれません」

「例のハイエースについては？」

「車体に傷はなかったかと訊くと、覚えていないという回答でした」

「何だ、それは」

「車の写真を見せてくれと頼んだら、そんなものはないと。車はどうしたのかと尋ねたら、解体したといってました」

「解体？」

「ハイエースは、部品単位でも、海外向けでよく売れるそうです。古いものはそうやって売るんだといっていました」

引き取り時の写真はなく、すでに車は解体されている。解体前、車が無傷だった可能性はないに等しいが、ひき逃げの証拠は見つかりそうにない。

手がかりが期待できるのは、やはりあの動画か……。

「ツネさん、画像分析の結果は出たか」

「まだだ。科捜研に早くしてくれとせっついてるんだけど。ただ、比留ちゃんよ、あんまり期待しすぎんなよ。あの動画の見え方だと、結構、難しいんじゃないかと俺は思う」

映像には場所を特定できるものは何も映っていない。だが。心証としては、映像はひき逃げの直後のもので、フードの人物は中池だ。何とかしてフードを被っているのが中池だと特定しうる情報が欲しい。

「それとよ。さっき、帳場から出てきた本部の鑑識課の奴に聞いたんだが、新藤はそろそろヤバイって話だ。黒ハタの奴、かなり厳しい取り調べをやってるらしい」

新藤は落ちる寸前。自白すれば、即逮捕。夕方の会見で、冨島はそのことを発表するだろう。えん罪の可能性が高いというのに——。

焦りと怒りがないまぜになって体のなかを駆け巡る。

中池がひき逃げ事件への関与を認めれば、おのずとその先には、久本殺害の真相が見えてくる。そうなれば、捜査本部は新藤逮捕に踏み切ることはできなくなる。

何としても早く中池を落としたい。だが、決め手となる材料はない。腹を括って直当たりして、自供を引き出すか。いや、無理だ。コソ泥を相手にするのと訳が違う。それができる相手ではない。軽くいなされ、挙句、討ち死にするだけだ。

山羽が、ハアとため息をついた。

「久本巡査部長が、生前何をやってたのかわかんないですけど、誤認逮捕なんてことになったら、あの世で浮かばれませんよね」

「ひき逃げの被害者にしても同じだろうよ」と正恒がいった。「衝突する前に運転手の顔を見ているだろうし。警察は何やってるんだって思いで、今も成仏できてねえぞ」

「解決したいですよね。遺族の人たちにも申し訳ないですし」

遺族か……。

キーワードを与えられ、閃きのようなものが思考を動かした。

比留は事件調書を手に取り、ページをめくり始めた。


デジタル時計の表示は、午後十二時三十分。

比留は自身のスバルインプレッサに乗って駐車場で待機していた。目の前には、石川県女性センターの建物。色の剝げた外装の赤レンガは、日差しを浴びて一層古ぼけて見えた。

インプレッサの隣には署長専用車、黒塗りのトヨタヴェルファイアが停まっていた。運転席の事務官は、緊張感のない顔で携帯電話をいじっている。

署長に急な仕事が入ったから署に戻っていい。事務官にはそう伝えたものの、署長の了解を得ないといけないといって、ヴェルファイアは駐車場を動かなかった。

今、中池は女性センターで女性経営者主催のランチミーティングに参加している。

極秘捜査班の刑事たちは来させなかった。露骨な包囲網は警戒心を強くさせる。だから、俺一人で行くと説明したが、それだけが理由ではなかった。中池がシロである可能性もゼロではない。もし、そうだった場合、泥をかぶるのは左遷が決まっている自分だけでいい。

署を出る前、中池に関する情報をかき集めた。今、手にしているのは、石川県警が発刊する広報誌の昨年の六月号だった。あるページを開いた。『ワークウーマン』石川県警に属する女性警察官を毎月一人取り上げた記事だ。

女性の登用、活躍という風潮は、ここ最近、警察にも押し寄せている。市民にアピールするために、このコーナーが作られたのはいうまでもない。

そのページには中池のロングインタビューが掲載されていた。従来、『ワークウーマン』は一ページだけの企画だが、中池が掲載されたこの号だけは、見開き二ページの扱いで、写真の大きさも破格だった。

ウェットスーツ姿の中池は、サーフボードを抱えて微笑んでいる。素人なら不自然な満面の笑みになるところだが、自然な雰囲気でカメラの前に立てるのも、長年、県警の広告塔として培われた経験によるものだろう。

《中池久美子警視　正直に、そして恥を知る》
警察官になろうという思いは、実はそれほど強くはありませんでした。当時は、女性警察官の数は今よりもっと少なくて、警察官とは認められていない、制服を着ているだけの雑用係、そんな風にさえ、感じていました。
それが当たり前だったので、おかしいなんて気持ちもなかったです。自分ができることを日々精一杯やろう、そんな思いで仕事をしていました。
近頃は、働き方改革とか、女性管理職をもっと諸外国並みに増やせとか、世の中ではいわれています。公務員はその模範にならなければいけないと思いますが、女性である私から見ても、警察官という仕事でそれを実現するのは、なかなか難しいと感じます。

趣味の話をしますと、私は仕事の合間を縫っていろんなことに挑戦してきました。茶道、華道に陶芸と……どれも長続きはしませんでしたが（笑）、サーフィンだけは今も続けています。これは父の影響です。父がずっとサーフィンをしていて、それで私もするようになったんです。最近、特注品のサーフボードを作ったんです（写真参照）。これまで警察官として頑張ってきた自分へのご褒美です。加賀友禅の職人さんにお願いしたデザインで特別に作ってもらったもので、これは一生の宝物です。

もう警察官人生もあとわずかになってきました。こういうと年齢がわかってしまいますね。女性警察官が活躍できる道を切り開いてきた自負なんてありません。振り返ると、結果的に道ができていた。それは決して自分が作り上げたものではなく、周囲の皆様のお力で、できあがったものだと思っています。

警察官として心掛けていることですか？　正直であること、そして恥を知るということです。正直であれば堂々としていられる。だけど、堂々としすぎないよう、恥を知ることも必要ですし、そうすれば、自然と無欲でいられる。これは、警察官というより人生における座右の銘です。

ファイルを閉じた。顔を上げると、細身のシルエットが玄関のガラスドアに映った。

中池だった。淡いベージュのスーツにヒール。わざわざ制服から着替えて外出するところが中池らしい。

比留が車を降りると、その姿に気づいた中池が少し驚いた顔になった。

「署長からご指示を受けた件で、ご相談したいことがあったので、こちらで待たせていただいておりました」

「何の用？　急ぎ？」

「未解決事件の引き継ぎの件です。書類作成はほぼ終わったのですが、未解決の重大事件については、異動の前に遺族宅へ挨拶にいくのが慣例になっております。それで、署長にもぜひご同行いただけないかと」

「いいわよ」中池が軽くうなずく。「それで、何の事件？」

「昨年八月に県境近くで起きた、ひき逃げ事件です」

「遺族のお住まいは、どちらだったかしら」

「市内の間明《まぎら》です。アポも取ってあります」

間明は中心部から少し郊外にある住宅街だ。

「わかったわ。行きましょう」

中池にためらう様子はなかった。

「あっ、署長」

ヴェルファイアへ乗り込もうとする中池を比留は引き止めた。

「私の車に乗っていただけますか」

中池の表情にわずかに疑問の色が差し込む。

「署長車では目立ちます。遺族感情を考えて、私の車で二人だけのほうがよろしいかと」

「たしかに、そのほうがよさそうね」

比留がインプレッサの助手席のドアを開けて、中池が乗り込んだ。比留は運転を始める前に、ひき逃げ事件の概要が書かれた書類を中池に渡した。被害者、竹井吉成《たけいよしなり》。三十九歳。システムエンジニア。母親と二人暮らし。パート勤務だった母親は三年前に胃がんを患い、自宅で静養中。

「花を買いたいんだけど、どこかお店に寄ってくれる？」

「承知しました」

主要道の野田専光寺線沿いには自動車ディーラーやファミリーレストランが並んでいる。途中のスーパーに立ち寄って花束を買った。

主要道を折れると、道幅が狭くなり、古い住宅が多く目につくようになった。

「この事件、捜査に進展はあったの」

「手詰まりです。帳場が立ってからは、捜査員はそっちに駆り出されていますし」

竹井家が見えてきたので、比留は車の速度を緩めた。二階建ての小さな家の前で、ゆっくりと停車した。生垣の奥に覗く家はサイディングが新しい。おそらくここ数年の間に、リフォームしたものだ。

比留が玄関のインターフォンを鳴らすと、すぐに「はい」と女性の声がした。

「東部署の比留です」

ドアが開き、線香の匂いが鼻腔に入り込んできた。

六十代半ばの小柄な女性が立っていた。被害者の母親、嘉子《よしこ》だ。昨年末に会いに来て以来となる。嘉子はこの三か月で一段と老け込んだように見えた。

中池が自己紹介をしながら花を渡した。

「わざわざありがとうございます」

嘉子が丁寧に頭を下げる。

「お線香を上げさせていただけますか」

「どうぞ」

この被害者の母親は警察に対して感情的な態度を示したことはない。警察に迷惑をかけたかのように申し訳なさそうな様子で接してくる。しかも、表面的なものではなく、心底、そう思っているのが伝わってくる。

居間を横切り奥の部屋に入ると、小さな仏壇があった。中池と比留は仏前の座布団を横に動かして、畳に正座した。中池は火をつけた線香を香炉に寝かせ、静かに手を合わせた。中池が下がると、比留も前に出て手を合わせた。

嘉子に促されて、隣の居間に移った。六畳の和室は、タンスが一つとテレビしかないので、広く感じられた。掃除も行き届いている。

タンスの上には、嘉子と亡くなった息子の二人が映る写真が飾ってあった。

嘉子が座卓に茶を二つ置いた。比留はあえて黙ることにした。中池は何を語るのか、自分が運転していた車で撥ね飛ばし、転落死させた男の母親の前で、どんな顔をしてみせるのか、興味があった。

「竹井さん」

中池は両手の指先を畳にそっとつけた。

「息子さんの事件については、全力で捜査しておりますが、いまだ犯人を逮捕することはできていません。石川県警を代表して、本日は謝罪いたします」

中池の横顔を思わず見直した。その瞳は、はっきりとわかるほど潤んでいた。

「頭を上げてください。息子があんな山に自転車に乗って行ったのが悪いんです。それで、警察の方にもご迷惑をかけてしまって」

「ご迷惑だなんて、これが仕事ですので」

嘉子が、遺影に目を向けながら「なんだか、まだ信じられないんです」とつぶやいた。

「突然、ただいまって、帰ってきそうな気がして。自転車が見つかっていないんですよね。あの子、まだどこかを走っているんじゃないかって」

「実は、竹井さん」比留は嘉子に語りかけた。

「今日は一つお伝えしなくてはいけないことがあります。私は近いうちに人事異動で東部署を離れることになりました」

「えっ、そうなんですか」

嘉子がどこか不安げに目を細める。

「刑事課は、犯人を逮捕できるよう今後も全力を尽くします。後任の課長にもしっかり引き継いでおきますのでご安心を」

「どうかお願いします」

「逃げた犯人を決して野放しにせず、逮捕して罪を償わせますので」

聞かせているのは、嘉子ではなく中池にだった。犯人は、あんただろ。証拠隠滅まで図って、うまくやったつもりだろう。

だがな――。

「実は、新たな手がかりが見つかりました」

隣の中池が、比留のほうにさっと視線を流した。

「現段階では、具体的な内容まではお話しできませんが、捜査が進む可能性もあります」

「よろしくお願いします」

中池のことは気にしていないふりをして、比留は出されたお茶に口をつけた。

ここへ向かう途中、中池から、捜査に進展はあったのかと訊かれ、ないとこたえた。今、中池は何を思っている？　不安の渦がまわり始めていれば、こっちの思惑どおりだ。


嘉子に見送られて、家を出た。

車が進み出すと、「さっきの話、どういうこと？」と中池が不機嫌そうな声を出した。

「何のことでしょうか」

「竹井さんに新たな手がかりがあるとか、話してたけど」

「あのことですか」

怒っていると比留にわからせたいのか、中池は、聞こえよがしに短い息を吐いた。

「私には、手詰まりだっていってたじゃない」

「まだ署長にご報告するレベルではない、捜査班限りの話だったのですが、辛そうな竹井さんを見ていると、つい口にしてしまいまして」

「ならいいんだけど。未解決事件なんだから、些細なことでも私への報告は怠らないで」

「申し訳ございませんでした。署長、今からもう少しだけ、お付き合いいただけますか」

「まだどこかへ行くの？」

「ひき逃げ事件の現場をまわってから、署に戻りたいと思います。よろしいですか」

「いいわよ」

信号待ちで、比留は内ポケットから取り出した携帯電話に少し触れた。

主要道を進んでいく。建物が少なくなり、視界が広がった。道の先に高坂駐在所の緑の看板が見えてきた。

駐在所を通り過ぎ、さらに十分ほど走って県境を越えると、事故現場へと続く林道に入った。ハンドルを左右に回しながら、カーブの続く道を進んでいく。まだ三時過ぎだが、周囲を木々に囲まれているせいで視界は薄暗い。

「今、ひき逃げ車両が走ったのと同じ経路を走行しています。ブレーキ痕から見て、犯人は富山方面から金沢に向かっていたと思われます。上り坂では、かなりスピードを出していたようです。こんな感じで」

比留はハンドルを握り直し、アクセルを強く踏み込んだ。

カーブを曲がる手前で、円形の青い標識が見えた。ひらがなの「く」の字がひび割れたような絵が表示されている。〈警笛鳴らせ〉だ。

長めにクラクションを鳴らした比留はアクセルをさらに強く踏み込んだ。

うなりをあげてエンジンメーターの回転数が跳ね上がる。

「ちょっとスピード出し過ぎじゃ……」

中池が不安げな声を出した。

そのとき、突然、フロントガラスに自転車が映った。

ヘルメットにサングラス。坂を下る自転車は、上から降ってくるようだった。

自転車は勢いそのままに正面から突っ込んでくる。

「アッ」と中池が声を上げる。

比留はアクセルを踏み続けた。体が宙に浮いたように車が加速していく。

「ダメ。来ないでッ」

体を折った中池は、両手を前に突き出した。

自転車がフロントガラスに迫りくる。距離はもうほとんどない。

「キャアアアア」中池が叫んだ。

次の瞬間、自転車は運転席の横をかすめるように通り過ぎて行った。

アクセルを緩めてスピードを落とす。道幅が広くなったところで車を脇に寄せた。

「着きました。降りましょう」

中池は、両手をダッシュボードについたまま、じっと前を見ている。

「大丈夫ですか」

「……ええ」

比留が車を降りても、中池はすぐには降りてこなかった。比留が助手席のドアを開けると、中池がゆっくりとした動作で外に足を伸ばした。

比留は十メートルほど進み、谷底に向けて指を差した。「被害者はここで発見されました」

まだ気持ちが落ち着かないのか、中池からすぐに言葉はなかった。

「この事件、本当にひき逃げなの？」

「どういう意味でしょうか」

「塗膜片はなかったのよね」

「犯人は現場に証拠が残らないようにしたのでしょう。普通、ひき逃げ犯はすぐに現場から離れるので手がかりが残ります。しかし、この現場には、塗膜片はおろか、被害者の自転車もありませんでした。犯人は、悪知恵が働くというか、証拠を消すために何をすればいいか知識があります。素人とは思えません。もしかしたら、警察の捜査に詳しい人物かもしれません」

中池は、不安げな顔であごのあたりを指先で触れている。

――もう少しだ。比留は軽く上唇を舐めた。

突然の遺族宅訪問。新たな手がかりが見つかった不安。事故を再現するような自転車との遭遇。精神的な圧力に平静を失い、何かしらボロを出す。それが比留の狙いだった。

「比留課長、さっきいってた手がかりの話だけど、聞かせてくれないかしら」

「ああ、そうでしたね」

カアと烏の鳴き声がして、空を見上げた。動画の話をするには、今が頃合いだ。

軽い緊張を覚え、腹に力を込めていると、懐の携帯電話が音を立てた。赤塚だった。

中池に断って、少し離れて電話に出た。

〈今、署にいるんですが、新藤が殺しを自白しました〉

先を越された。瞬間、脳内が真空となった。

「どんな風に落ちたんだ？」

〈マジックミラーから見ていましたが〉赤塚が苦しげな声でいう。〈新藤は人格が崩壊したように泣きじゃくりながら殺しを認めました。白畑警部補に、おまえがやったんだろ、単独犯だろと、何度も念押しされて……〉

黒ハタの本領発揮。前に見た白畑の取り調べが目に浮かんだ。ターゲットの全身をナイフで切り刻んでいくように攻める。痛みに耐えられなくなった被疑者は、早く殺してくれという精神状態に陥る。白畑は、自供したほうが有利だぞと迫り、最後の一刺しで被疑者を楽にする。

〈白畑警部補の取り調べを見ていて、私はまだ甘かったのかなと反省する部分もありました。新藤の生い立ちから、現在、家族がどうしているのかまで、使えるものはなんでも使うという感じで。あそこまで追い込まないと自供させられないのかと〉

「拳銃のこと、新藤はどう話していた？」

〈そのあたりは、まだ自白していません。ただ、かなり自暴自棄になっている様子で。これから白畑警部補にうまく作文される可能性があります〉

怒りと悔しさが同時に胸に押し寄せてきた。白畑は、自供内容を書面に落とし、新藤に署名させる。万全の手続きを踏んだ捜査本部は、犯人逮捕の記者会見を行う。だが、それは自白の強要によって成り立っている、冨島プロデュースのえん罪という物語に過ぎない。

「会見は何時からだ」

〈決まっていません。おそらく七時くらいじゃないかと。課長、そちらのほうは〉

比留は、「まだだ」とこたえた。赤塚もその言葉だけで悟ったのか、それ以上のことは尋ねてこなかった。

電話を切り、振り返ると、中池も携帯電話で誰かと話をしていた。顔つきが明るくなっている。中池の電話が終わった。

「副署長からよ。新藤が殺しを自供したって」

「私にも同じ連絡がありました」

「これで解決ね。すぐに記者会見になるそうよ。署に戻りましょう」

中池が軽い足取りで車に乗り込む。さきほどまで気にしていた手がかりのことなど、もう忘れたかのようだ。

精神的に追い詰めたつもりだったが、新藤自白の連絡で、中池は持ち直した。今の状況で、中池を自白させるのは難しいかもしれない。だがこの場所から動いたら、中池を追い込む機会はなくなる。いったん署へ戻れば、会見まで一気にことは進んでしまう。

どうしたらいいかと悩んでいると、「車を出して」と助手席の中池がせかした。

イグニッションにキーを差し込む。車を動かしたくない。これを回したら、終わりだ。

「署に戻ったら、制服に着替えなきゃいけないし、発表用のペーパーにも目を通さなきゃ。あまり時間がないわね」中池の声が上ずる。「でも、運転、焦らなくていいから。さっきみたいに、自転車が急に現れたりすることもあるんだし」

「気をつけて運転しますので、ご安心を」

「よけたと思っても、車体の長い車だったりすると、車の横にぶつかるときだってあるんだから。現に、ここで起きた事故だってそうだったんだし」

比留は息を呑んだ。

今、中池は何といった？

車体の長い車……ここで起きた事故……。

現場には乗用車と自転車が衝突した証拠は残っていない。ましてや、走っていた乗用車が車体の長い車と断定する要素はない。知っているのは極秘捜査班だけだ。中池の発言は、当事者しか知りえない「秘密の暴露」にあたる。

まじまじと中池を見る。

新藤自白の報に、嬉しさあまって胸のなかに留めておいたものがついこぼれ落ちたのだ。

比留の視線を受け止める中池は、目を瞬かせて首をかしげている。自分のミスに気づいていない。

「どうしたの？　早く戻りましょう」

このまま戻っていいわけがない。

「署長に訊いていただきたいことがあります」

決意を固めると、神経が張り詰めた。

「何？」

「ここで発生したひき逃げ事件と、駐在所襲撃事件。この二つの事件はつながっていると、私は考えています」

「どういう意味？」

「久本巡査部長のことで重要な事実が判明しました。久本は、ひき逃げの現場に遭遇していたにもかかわらず、事件のことを署に報告していなかったのです」

「そんなこと、今、初めて聞いたわ」

中池が目を見開く。これが演技ならたいした女優だ。

「私も最近知りました。しかも、久本はひき逃げ事件の犯人を脅していました。脅されたほうは、口封じのために久本を殺害したと思われます」

「え？　それは……新藤がひき逃げの犯人だったってこと？」

「いいえ。新藤は、犯人に仕立てられただけで、本当の犯人は別にいます」

「また、その話」

中池がおおげさな仕草でシートに体を預けた。「比留課長には忠告したはずよね。捜査本部の方針に異を唱えるのは、あなたのためにはならないって」

「話を聞いてください。さきほどいいそびれた、ひき逃げ事件の手がかりのことなんですが、気になる動画が見つかったんです」

「動画？」

「ひき逃げ直後の動画です」

「その動画に犯人と車は映っていたの？」

「はい」即答して、中池の反応を見ようとした。

しかし――。

「じゃあ、犯人の特定はできたのね」中池の声は冷静だった。

できるわけがないわ。そんなニュアンスが含まれているようにも聞こえた。

「詰めの作業は、これからです」

「期待していいのね」

「はい」

中池の瞳は揺るがなかった。あの動画が発見されたのは、犯人にとっては不安材料のはず。ブラフをかけて動揺を誘うつもりだった。だが、中池は崩れなかった。

その様子に、ある考えが脳に差し込んだ。中池は動画の存在を知っていたのではないか。見たのだ。自分の顔が映っていないことを。場所が特定できないことを。だから、冷静でいられるのだ。

もはや攻めようがない。俺の負けか？

小心をすぐに打ち消す。剣を抜いた以上、戦うしかない。今の状況は細長い平均台の上で真剣勝負に挑んでいるようなもの。落ちれば、そこは奈落の底。辞職が待っている。後には引けない戦いだ。

「その動画が保存されていたSDカードのなかに別のデータが見つかったんです」

比留は、携帯電話を差し出した。万里子にも見せた画像だ。

「映っているのは、ピアジェというブランドの高級時計です」

中池がおもむろに左手を右手に重ねた。その仕草は、動揺が表れたといえるほどのものではない。

「時計の購入者を調べたところ、元生活安全部長の佐治木さんでした。型番も確認しているので間違いありません。佐治木さんはその時計を京都で購入しました。ある女性のために」

黙って中池を見据えた。剣先が触れる間合いに入った。

鼓動が胸を強く打つ。

「その女性というのは……署長ですよね」

静寂が時間を支配した。自分の心臓の音が中池に聞こえているのではないかとさえ思った。

中池の瞳がわずかに上下に動く。

「佐治木さんにも確認しています」

一瞬、様々な感情が中池の顔を駆け抜けたように見えた。

中池は額を細い指で支えた。刑事の直感が働いた。佐治木と中池は切れている。比留が二人の仲を探っているとの話は、中池に伝わっていない。

ここだと、比留は畳みかけた。

「画像のピアジェは、佐治木さんが署長に贈ったものなのに、どういうわけか久本がネットオークションで売り払っている。署長の時計が久本に渡った経緯をお話ししていただけませんか」

「なぜあなたに話さなくてはいけないの？」

「ひき逃げ事件と同時刻に撮影された動画、署長が持っていらっしゃった時計の画像、この二つは同じＳＤカードに保存されていました。動画と画像には何らかの関連がある。腕時計の持ち主、つまり中池署長がひき逃げ事件と関係していると私は考えています」

「待ちなさい。もう一度訊くけど、その動画というのは、本当にひき逃げ事件の現場のものだったといい切れるの？」

「まだ特定には至っていません」

「それで、よく――」

「では、署長にお尋ねしたいことがあります」

中池を遮って比留は続けた。

「さきほど車に戻ったときに、署長は、ひき逃げ事件の乗用車は、車体の長い車だとおっしゃった。でも、そんな情報はどこにもありません。どこでお知りになったのでしょうか」

「昨年、本部で事件の説明を聞いたときに、逃げた車は車体の長い車ではないかと誰かが推測をいったの。きっとそれが頭のどこかに残っていて、私のなかで、てっきり事実だと思い込んでいたのね」

「実際、そのとおりです。動画では、人物の特定には至っていませんが、車は黒色のハイエースと特定できました。署長は、実家に停めてある父親名義の黒色のハイエースをよく運転なさっているそうですね」

「だから、私がひき逃げの犯人とでもいいたいの?」

「そうはいっていません」

「比留課長」

感情的になるかと思いきや、中池の表情と声は落ち着いていた。

「あなた、想像を働かせすぎじゃないかしら」

やはり中池は動画を見ていると比留は確信した。そして、決定的な証拠になるものは映っていないと知っている。だからこそ、証拠を突きつけられても落ち着いていられるのだ。

「時計が久本の手に渡った経緯を教えていただけますか」

「プライベートなことよ。あなたに話す必要はない」

「大事なことです。署長への疑いが晴れます」

「疑いですって!」中池が声を荒らげた。やや芝居がかっていると比留は感じた。

「あなた、自分が何をいっているのか、わかっているの? 上司をひき逃げ犯だと疑っているのよ。しかも、ひき逃げ事件は駐在員殺しに関係しているといってたわよね。それも私がやったと疑っているわけ?」

「失礼なことを申し上げているのは承知の上です。しかし、捜査の過程で疑念を感じれば、調べるのが刑事の仕事です。その対象が今回は、たまたま署長だったということでご理解ください」

「わかったわ。そのかわり、あなたには覚悟はしてもらうから。いい?」

自分が潔白であることを証明する。しかし、上司に歯向かった比留には責任を取ってもらう。中池は、そうほのめかしているのだ。

中池の剣先は比留の喉元に向けられている。互いに引けない場面だ。受けて立つしかない。

比留は、「わかりました」とうなずいた。

「私は」

中池が少しあごを上げて宙を見た。「佐治木さんと長い間、交際していた。それが不適切な付き合いだったことも認める。だけど、ようやく踏ん切りがついて関係を清算したの」

「それはいつですか」

「二年前よ。あの時計をいただいたあとだわ。皮肉な話だけど、高級時計がこれからも二人の関係を縛る象徴のように思えて、私の気持ちが急に冷めていって。それで佐治木さんとは別れたの」

「久本との関係を教えてください」

「佐治木さんと別れたあとに付き合い始めたの。二人とも独身だったし支障はなかった」

「知り合ったきっかけは」

「お互いこの世界は長いから、昔からの知り合いだった。付き合うようになったら、佐治木さんとの過去の思い出は捨ててしまいたくて。それで、久本さんに佐治木さんとのことを話して、時計をネットオークションで売却してもらったの」

「署長と久本がお付き合いしていた証拠はありますか」

「携帯電話の着信履歴なら残っているけど」

確認しようとは思わなかった。連絡を取り合っていたからといって、交際していたとは限らない。

「襲撃事件で久本が亡くなったとき、署長は悲しんでおられるようには見えませんでしたが」

「私の個人的な思いを部下の前で見せる必要はないでしょう。もちろん、心のなかでは……」

中池の瞳が潤み、鼻声になった。だが、比留の目には見事な演技としか映らない。

「比留課長」

「何でしょうか」

涙目の中池が比留を正視した。

「こんなの仕事といえるかしら。昼食会の会場で待ち伏せして、遺族のところへ連れて行って。この事故現場に連れてきたのも、私をひき逃げの犯人と疑ったからなのよね。しかも、私が久本さんの襲撃にも関わっているなんて妄想まで膨らませて。私への恨みは相当強いようね」

「恨みなどありません」

「次に行くポストが不満だから？　私があなたを追いやったと思っているの？　でも、こんなやり方をすれば、自分の首をもっと絞めることになるのよ」

比留は感情をあらわにする中池を冷静に見ていた。泣き顔にしては、悲しみも動揺も表面的なものにしか見えない。

佐治木だけでなく、久本とも男女の関係だったというが、それは脅されていたことを隠すための嘘だろう。ただし、話のつじつまは合う。否定するだけの材料も見つからない。

焦りがじわりと胸に広がった。このままでは詰め切れない。優勢だと思ったがそうではなかった。浮世離れしている女署長を甘く見ていた。

「犯罪者扱いされるなんて、こんな侮辱は初めてよ。比留さん。あなた、覚悟はできているんでしょうね」

中池が鋭利な視線をぶつけてくる。

「今の話をお聞きしても、署長への疑念が晴れたとは思えません」

「まだ、いうの？　もう付き合い切れないわ。あなた、署に戻ったら、辞表を書きなさい」

そのとき、懐の携帯電話が着信を告げた。取り出して画面を見る。『正恒』の表示。

中池の怒声を背に受けながら、急いで車を降りた。いつのまにか、空は夕陽で赤く染まっている。

〈さっきメール送ったの、見たか〉

「取り込んでいて、気づきませんでした」

〈科捜研に頼んであった動画の画像処理が終わったぞ〉

「何かわかりましたか」

〈手がかりは、なしだ〉

夕陽に染まる視界が暗転した。

「フードの人物については」

〈輪郭ははっきりしたんだけど、ずっと背中を向けてて人相は確認できなかった。一瞬でも顔が見えたら、何とかできたんだけどな〉

言葉を発しない比留に、正恒が低い声で、〈まだ署長と二人か〉と尋ねた。

「……ああ」

〈どうするんだ〉

「わからない」

電話を切り、とりあえずメールを確かめる。

画像は三枚添付されていた。どれも画像処理をしているため、鮮明に映っている。

フードの人物は三枚とも後ろ姿だった。性別さえもわからない。カメラに背を向けるようにしてハイエースのハッチのドアを上げて立っている。証拠隠滅に使ったハンディクリーナーを片付けているところのようだ。

荷台のなかは薄暗かった。フードの人物の真上、ちょうど天井のあたりが水色に光っている。それが何なのかわからない。薄青い色目は、おぼろげな記憶と重なったようにも思えたが、記憶の断片はすぐに消えていった。今は、画像処理の当てが外れ、最後の望みが消え失せたことへのショックが大きかった。

もはや、ここまでか――。

携帯電話の画面を消して、車に戻った。

「誰と話していたの？」

「部下です」

「私のこと、まだ調べさせているの？　しかも、こんなものまで用意して」

掲げた手に紙の束がぱたぱたと揺れていた。警察の広報誌。後部座席に置いてあったのを見つけたのだろう。

「私をひき逃げ犯にでっちあげるための材料でも見つけようとしてたの？」

「――」

「これで何かわかった？　わかるわけないわよね。ほんと、あなたにはあきれたわ。今日のことは、決して許されることじゃない。覚悟しておきなさい」

中池が広報誌を比留めがけて投げつけた。

リングに投げ込まれた白いタオルのごとく、紙は比留の頭からひざ元へばらばらと落ちていく。

――このままＴＫＯか。

感情を抑えて、それらを拾い上げた。

なかの一枚に目が留まった。ウェットスーツ姿の中池の写真。見出しは『中池久美子警視　正直に、そして恥を知る』

石川県警の女性警察官の頂点。戦うには相手が悪すぎたか。

写真の中池は眩しく輝いていた。白い肌。濡れそぼった毛先。

不意に、ある一点に目が奪われた。

——これは。

脳に電流が走る。慌てて携帯電話を取り出し、正恒からのメールを開く。

荷台の天井……。水色の光……。

わかった！　わかったぞ！

「何をしているの、早く運転しなさい」

「この書類は、でっちあげのための材料ではありません」

「はっ？　何をいっているの」

「広報誌の写真には、署長がひき逃げの犯人だという証拠が映っています」

「まだ、そんなことを！」

携帯電話の画面を中池に見せた。

「例の動画を切り取って拡大した画像です」

フードの人物と車の荷台が映っている。

比留は、天井のあたりを指差した。

「ここだけ色が違います。水色の細長いものが括りつけられています。これが何かわかりますよね。サーフボードです。この色とデザインは私にも見覚えがあります。広報誌で署長が抱えていたのと同じものです」

「似たようなものを持っている人は、私のほかにもいるでしょう」

夕陽が中池の顔を照らす。その頬は引きつっていた。

「いいえ。それはありえません。なぜなら、このサーフボードは特注品だと署長自ら語っています。よく見てください。ここに映っている模様、広報誌の写真と同じです。科捜研の最新技術を駆使して画像分析を行っていますので、はっきり見えます。花びらと水流をイメージした薄青い加賀友禅のボードは世界に一つしかありません。それを持っているのは、中池署長。あなただけです」

夕陽に染まっていた中池の顔に、黒い影が落ちた。


ひき逃げ事件の現場を訪れて、もう一時間以上が過ぎている。夕陽はその役割を終え、周囲には薄い闇がたちこめつつある。

署に戻れば、比留が中池を取り調べることはできない。取り調べどころか、比留が警察幹部の聴取を受けるかもしれない。

車中を取調室にする。中池が自供するまでこの場から車を動かさないと比留は腹を決めた。

さきほどまで怒りをぶちまけていた中池は、空気が抜けたようにおとなしくなっている。中池に悟られないよう気を配りながら、比留はポケットに忍ばせてあったボイスレコーダーの録音ボタンを押した。

「ひき逃げ事件で、自転車をはねた車は、署長が運転していたハイエースですね」

「……ええ」

よしっ、と比留は心のなかで叫んだ。

「車は事件の一か月後に処分しているようですが、被害者の自転車はどうしたのですか」

「実家のガレージの奥に置いてあるわ」

「では、事件当日のことを教えてください。どうして、早朝にこの道を通ったのですか」

「前の日、八月十五日に、墓参りのために富山県の南砺《なんと》市にある母方の実家に泊まって、翌朝早くに出たの。その日は、仲間と内灘海岸でサーフィンをする予定があったから」

「それで、時間短縮のために県境の山道を通った？」

「そうよ。カーブで突然自転車が現れて、急いでハンドルを切ったんだけど……」

手を額に当て、中池はおびえたように目を伏せた。

「ぶつかったとき、爆発音のようなものすごい音がしたわ。車は横にグラッと揺れて、横転するかと思った」

「衝突したあと、どうしましたか」

「すぐに車から降りて、自転車に乗っていた人の様子を確かめようとしたの。だけど、路上には折れ曲がった自転車が倒れているだけで、人は見当たらなかった」

中池の横顔に陰鬱な色が増していく。

「道路の外に放り出されたのかと思って、谷のほうを覗き込んだら、川原でうつぶせに倒れている人が見えたの。全く動いていなくて、死んでいると思ったわ」

「それから、どうしたんですか」

「車の荷台に自転車を積んで……」

自分のとった行動を恥じているのか、中池の口調が重くなる。

「ハンディクリーナーで塗膜片を吸い上げた？」

「ええ」

「ハンディクリーナーなんて、よく持っていましたね」

「あの車はサーフィンやキャンプに行くときに使ってたから、車内を掃除するために、いつも車に積んであったの」

「署長の車はNシステムではヒットしませんでした。山道を抜けたあと、設置場所を意図的に回避したからですよね」

不承不承に中池がうなずく。証拠隠滅のための行為はどれも悪質だ。比留は不快な思いを募らせた。

「なぜ事故現場から逃げたんです？　通報しようとは思わなかったのですか」

「隠せると思ったからよ」

「交通事故は逃げたら犯罪になります。警察官ならわかってますよね」

「もちろんよ。だから逃げたの。交通部の首席参事官が、交通事故で人を死なせたなんて、あってはならないでしょう」

中池が同情を誘うような眼差しを向けてくるも、比留はその視線を跳ね返した。

「でもそれは逃げてもいい理由にはなりません。真実が露呈すれば、石川県警は市民の信頼を根底から失うことになります。署長のとった行動は、ほかの警察官への裏切りともいえるものです」

「失点したくなかったの。私は、ほかの女性警察官の何倍もの努力をして成果をあげてきた。歴代の誰一人として歩んだことのない道を拓いてきた自負があった。こんなところで失敗するわけにはいかなかったの」

こめかみに疼きを覚えた。道を拓いてきた自負？　失敗するわけにはいかない？　くだらない能書きをこれ以上聞きたくなかった。

「男のあなたには、わからないでしょうけど」

限界だった。腹の底のマグマがボンッと音を立てて溢れ出した。

「うおおおお」

比留は、獣のような声を上げながら、ハンドルの真ん中に掌底を押しつけた。

甲高いクラクションが山林に鳴り響き、鳥たちが一斉に狭い空に散っていく。

クラクションを鳴らして、叫び続けた。

ようやくマグマを吐き出すと、両手をハンドルに叩きつけた。

「許されるわけがない。結局は、あんたの保身だろう。違うか！」

比留が刺すような視線をぶつけると、中池の顔にひびが入った。

興奮はすぐには収まらなかった。三度、深呼吸をして、比留は息を整えた。

「久本と交際していたというのは嘘ですね」

おびえた顔の中池が弱々しくうなずく。

「久本との関係を教えてください」

しばしの間、車内に沈黙が落ちた。

「事故のあとに、連絡があったの」

中池は重い息を吐き出すと、問わず語りに話し始めた。

がなり立てるような蟬の声が、両耳の聴覚を支配した。

鼻先が道路に触れそうなほど顔を近づけた。汗が顔を伝って道路に滴り落ちる。体は熱を帯びたように熱い。だが、フードを取ることも、コートを脱ぐわけにもいかない。

吸い残した塗膜片がないか、中池は確かめていた。

地面から離した手のひらを凝視した。何もついていない。もう大丈夫。ブレーキ痕は残るが、ほかに証拠がなければ、バレることはない。そう自分にいい聞かせて、ようやく車に戻った。

サーフィン仲間には、夏風邪をひいて体調が悪いから今日は行かないとメールを打った。

衝突した際、車体についた傷は、車が古いせいかあまり目立たなかった。まだ六時前で街中でも人目につきにくい。これなら逃げ切れると思った。

Nシステムが設置された場所は通らないようにして、実家に向かった。実家に着くと、自転車を物置の一番奥に隠し、古い毛布をかぶせた。

車を乗り換えて自宅マンションに戻ると、カーテンを締め切った部屋でテレビのニュースをチェックした。事故が最初に報じられたのは夕方になってからだった。

〈今日の午後、金沢市の山間部で男性が谷底に転落しているのが発見されました。近くでキャンプをしていた家族連れが見つけ、すぐに一一〇番通報を――〉

男性は死亡していた。名前は竹井吉成。年齢は三十九歳。

陰鬱な思いを抱きつつも、死亡と聞いて安心する気持ちもあった。あの場で何が起きたのかを知る者は自分以外にはいない。

〈警察はひき逃げの可能性もあるとみて、事件と事故の両方から捜査にあたっています〉

チャンネルを変えて、ほかのニュースも確かめた。報道内容はどれも同じだった。

ほとんど眠れずに朝を迎え、いつもどおり出勤した。

石川県警察本部の二階、交通部の大部屋一番奥の広い机が、首席参事官である中池のデスクだった。パソコンを開くと、電子メールが届いていた。交通部幹部に配信される死亡事故情報のメールだった。

『富山県との県境付近で自転車走行中と思われる男性が谷底に転落して死亡――』

昨日の報道と内容は同じだった。管轄の金沢東部署では手がかりになるような情報は摑んでいないらしい。

とはいえ、安心できなかった。交通事故担当の課長補佐に、捜査の進展を管轄の金沢東部署に確かめるよう指示した。個別事案に中池が口を挟むなどこれまでなかった。課長補佐に疑問を持たれないかとの不安がよぎったが、確かめたい気持ちのほうが上まわった。

「東部署からの報告では、被害者が乗っていた自転車はまだ見つかっていないとのことです」

課長補佐の説明によると、自転車と衝突した車に乗っていた人物が自転車を持ち去った可能性が高いという。署ではひき逃げの線が強いとみて、交通課と刑事課による合同捜査を始めるとのことだった。

「ひき逃げなら、塗膜片が現場に残っているんじゃないの」

「残っていたのはブレーキ痕だけで、塗膜片は見つからなかったそうです。捜査は難航するかもしれません」

胸のつかえが消えた。塗膜片がなければ、犯人の特定は難しい。このまま未解決事件になると思った。

ところが――。

翌日、出勤すると、デスクの電話が鳴った。

電話の音はいつも同じはずだが、よからぬ電話のときは、不思議と音が少し違って聞こえる。そのときも、音が少し違っていた。嫌な予感を抱きつつ、受話器を取った。

〈お忙しいところ、すみません〉

男の声だった。

電話の相手は、金沢東部署高坂駐在所の久本と名乗った。久本という駐在員のことは名前も顔も知らなかった。初めは、番号を間違えて電話をかけてきたのかと思った。

〈中池参事官ですよね〉

なれなれしい口調に警戒心がわいた。

「そうですが」

〈先日県境付近で発生した、ひき逃げ事件のことで参事官にお話があります〉

胸の鼓動が飛び跳ねた。あの場には誰もいなかった。ならば、どうして私に連絡してくるのか。周囲に目を配ったが、誰も電話を気にしている様子はない。受話器を持つ手が震えないように強く握り、久本の出方をもう少し探ることにした。

「事件のことなら、署の交通課でお話しなさってください」

〈えっ。それで、よろしいんですか〉

挑発するような含みがあった。

「どういう意味でしょうか」

冷たい口調で返したのには、圧力をかける意味もあった。この世界で長く生きていれば、警察は階級社会という意識が骨髄まで染みわたっている。駐在所勤務なら、おそらく巡査部長。そんな人間が三階級も上の警視に直に接触するのがどれほど無礼なことか、わかっているはず。

中池の態度が功を奏したのか、電話口の久本は引き気味の声で、〈いや、その〉と、あいまいに言葉を途切れさせた。

「では、切らせていただきます」

そう告げたときだった。

〈携帯電話で撮影しました〉

その声は、見えない紐のように、中池の喉を一瞬で圧迫した。

〈一度、お会いできませんかね〉

心臓がでたらめに脈を打ち始めた。

ここは、どうこたえるべきか。必死に頭を動かそうとするも、恐怖心がそれを阻んだ。

ようやく出てきたのは、「わかりました」というかすれた声だった。

久本にいわれるまま、携帯電話の番号を教えた。その間、視界がかすんでいくようだった。実際、電話を切ったときには、しばらくの間、何も見えなくなった。

県警の電子掲示板で、金沢東部署の警察官一覧に視線をなぞらせた。久本卓郎。その名前はたしかに高坂駐在所にあった。

その晩、不安と緊張を抱えながら、久本に会いに行った。誰かに見られては困るので、中池から、郊外にある二十四時間営業のショッピングセンターの駐車場を提案して、会うことになった。

周囲に目を配りながら、久本の車に乗り込んだ。

「お忙しいところ、すみません」

久本が頭を下げた。体は大きいが、威圧感はなく顔立ちも地味だった。

うまくやれば丸めこめる。そんな期待を抱いていると、久本が勝手に話し始めた。

「駐在所勤務のかたわら、週末は一人で山歩きをしていましてね。今の季節、早朝は涼しくて気持ちいいんですわ。この前の日曜日も、朝早く起きて山の中を歩いていたんですけど、衝突音のようなものが聞こえましてね。何だろうと思って音のほうに近づいてみると、林の向こうでフードを被った人間が不審な動きをしているじゃないですか」

表情は変えないようにしたが、内心ひどく動揺した。まさか、あの場を見られていたとは。

「その人物は、道路を掃除していました。そこに人は倒れていなかったので、どうやら事故ではなさそうだと私も安心したんですが、昼過ぎに、県境付近の川底で男性が死んでいるとの情報が入ってきたんです。それでピンときました。朝、目撃したあれのことじゃないかって」

事故直後の現場を見ても、すぐにひき逃げと気づかないあたり、久本は感度の低い警察官なのだろう。

「これは一大事だと思いましたよ。フードの人物には見覚えがありましたから。それが誰かっていうと」

久本が一重まぶたの目を大げさに開く。

「参事官。あなただったんです」

「私じゃないわ」軽い笑いを含んだ声でこたえた。「そんなところにいるはずがないもの」

久本が中池の顔をじっと見ていた。居心地の悪さを感じていると、突然、久本は体を上下に揺すって笑い出した。

「じゃあ、どうして参事官はわざわざこんなところまでいらしたんですか？　後ろめたいことがあるからでしょう」

「東部署の駐在員の話にちょっと興味を覚えたから。ただ、それだけよ」

階級社会の枠組みを意識させるために、駐在員という言葉を強調した。これが一番の攻撃になるはず。だが効果はなかった。

「いやいや、あれはたしかに参事官でしたよ。あなたの運転する車が自転車と衝突して、男性を道路から撥ね飛ばしたんです。それなのに、あろうことか、あなたは現場の証拠を消して逃げた」

「それ以上、でたらめをいうと許さないわよ」

「でたらめじゃないです。あの場を撮影した動画もありますから」

「じゃあ、その動画を見せなさい」

「だめです。大事な動画ですから、簡単にお見せするわけにはいきません」

悪寒がするのに、汗が首筋をつたっていく。どう返せばいいかと必死に言葉を探していると、久本が「心配しないでください。誰にもいいませんから」と上目遣いの視線を送ってくる。

「県警の幹部、しかも交通部のナンバー2がひき逃げしたなんてことが知れたら、あなただけの問題じゃなくなります。石川県警全体が批判の的にされます。そうでしょ」

「あなた、どうして私のことを知っているの」

「そらあ、知ってますよ。石川県警であなたを知らない警察官なんていませんから。なにせ、ミス石川県警と長い間いわれ続けてきた方ですし、女性警察官のトップでもある。あなたが知らなくても、みんな、あなたのことを知っていますよ」

久本が、胸のポケットから光る小さなものを取り出した。アルミ包装のチューインガムだった。二粒取り出すと、口の中に放り込んだ。

久本がクチャクチャと音を立てて噛むたびに、甘ったるい匂いが鼻に入り込んでくる。

「とりあえず百万」

「脅すつもり?」

「何とでもいってください」

「まず動画を見せなさい」

久本はジャケットから携帯電話を取り出し、画面の上で太い指を動かした。

「どうぞ」

かざした携帯電話が暗闇で光っていた。長方形の画面のなかには、黒いハイエースとフードをかぶった人物の後ろ姿。たしかに、あの日の映像だった。

「これ、私じゃないわ」

「顔は映っていませんけど、私は現場で直に見ましたから。証言すれば一発でしょ。車という証拠もあるわけですし」

震えそうな奥歯を必死に噛み締めていると、満足げな顔の久本が携帯電話の画面を消した。

「金は今週中にお願いします」

「その動画、削除してくれるのよね」

「さっき、とりあえず、といったのが聞こえませんでしたか。百万は頭金ですよ」

「頭金……」

「それと、今日だって時間作ってここまで来たんですから。足代をもらわないと」

「……いくらほしいの？」

「金とは、いってないでしょ」

久本の視線が中池にからみつく。湿り気のある細い目は蛇のようだった。久本は口のなかに二本の指を入れてガムを取り出した。つまんだガムを見てにやりと笑う。中池の体は金縛りにあったように動かなかった。

久本がガムをおもむろに中池の額に押し当てた。ヒッという声が、思わず喉の奥から漏れた。

「中池警視、あなたをひき逃げ犯に任命する」

いい放った久本が盛大な声で笑った。

「ぼうっとするな。敬礼ッ」

体はすぐに反応できなかった。

「ほら、俺に向かって敬礼しろ」

震えそうな上唇を噛み締めて、中池はゆるゆると右手をかざした。

久本の瞳は昏い光を放っていた。その瞳の奥には、階級社会で辛酸をなめ続けたことへの憎悪と万能感に満ちた快楽の両方が宿っていた。

恐怖と屈辱に耐え切れず、顔が震えた。額に貼りついていたガムが鼻をつたってひざの上に落ちた。久本はガムを拾うと、手のひらに乗せて中池の顔の前に突き出した。

「食え」

「いや」

「なら、動画をバラすぞ！　いいのかッ」

狭い車内に怒声が響いた。

仕方なく、手を伸ばした。

「だめだ。直接、口をつけろ」

目をきつく閉じて、吸い上げるようにして、ガムを口のなかに入れた。

「手のひらがベタベタする。なめとけ」

いわれたとおりにした。久本の手は、ざらついていて、土と塩の混じった味がした。

「犬みてえだな」

久本の歪んだ笑い声がした。なぶられている。警視と巡査部長。その立場は完全に逆転していた。

よし、と久本が手を引っ込めた。

「もういいでしょ」

ドアレバーを握ると、「まだだ」と久本に腕を掴まれた。

「さっきから気になってたんだけど、その腕時計、キラキラしてて参事官そのものって感じだよなあ。今日はとりあえず、それで我慢しといてやるよ」

左手首に視線を落とす。ピアジェ。以前、佐治木からもらったものだ。その佐治木との関係は終わっていた。

時計に未練はない。この場から逃れたい一心で、時計を外して久本に渡した。

「うわあ、高そうな時計だあ」

久本は匂いを嗅ぐように時計を鼻に近づけた。その間に中池は車の外に出た。

路上にガムを吐き、後ろを振り返らずにひたすら走った。舌には久本の手のひらの味が残っていた。何度唾を吐いても、それは消えなかった。


「それから、ときどき呼び出されて金を渡したの」

「金はどれくらい渡したのですか」

「かなりの額よ。でも、お金は正直どうでもよかった」

憂鬱な陰が、中池の顔全体を覆っていく。それを見て、ある考えがよぎった。

「体の関係を求められたのですか」

中池が目をつぶった。かすかに震える唇が、質問へのこたえを意味していた。

——まだ何かある。

夕闇とともに、翳りを増した中池の横顔を見ながら、比留は思惟を巡らせた。今年初めに中池は、署内のごたごたで急きょ東部署の署長に就いた。その配下には、自分を脅している久本がいる。さぞや人事の巡りあわせを恨んだのは、想像に難くない。

久本のほうはどうか。脅しの対象が近くに来た。しかも自分の属する組織の長として。今までよりもっと強い要求をしたのではないか。

「署長に就任してからも、久本からの要求は続いた。そうですね」

目を開けた中池が「ええ」とうなずく。

久本が要求したのは、金。中池の体。出世頭の女性警察官をいたぶることの快感。ほかには？

閃くものがあった。久本殺害に至った動機は、おそらくそこにある。

――どんな思いで駐在員をやってたのかしら。

久本の元妻、秋子の言葉を思い出した。地域住民には一年で転勤すると久本はほのめかしていた。巡査部長クラスの人事なら、署長の進言でいくらでも動かすのは可能――。

「久本は、今の駐在員という処遇を何とかしろと求めてきたのではないですか」

「それだけじゃない。警部補への昇任を要求してきたの」

久本の遺品のなかに、昇任試験の問題集があったことを思い出した。

「しかし、署長が口ぞえしても、筆記試験があるでしょう」

「特別昇任なら筆記試験は免除よ」

筆記試験は、法令や通達など範囲が多岐にわたる。そのため、加齢に伴い記憶力が落ちていく年配の警察官にとって、筆記試験は大きな関門となって立ちはだかる。特別昇任は、そんな彼らのために導入された特例制度だ。長年の勤務成績がよかったベテランの巡査部長に無試験での昇任を認める。選ばれるのは、毎年、二、三名である。

「あの制度は、署長の推薦のほかに相応の勤務成績が伴っているのが条件なの。久本の勤務成績は、ほかの警察官と比べて特に秀でたものではなかった。むしろ見劣りしていたわ。もし、無理やり推薦すれば、人事課は私のほうに不審な目を向けてくると思った。だから推薦しなかったの」

「久本には、それを伝えたんですか」

「いえなかった。特別昇任の推薦をしたと伝えたわ」

「嘘をついたのですか」

「仕方なかったのよ。人事の要求には、久本の強い思いが感じられたし。だから推薦しなかったなんていえなかった」

昇任を期待していた久本にとって、内示日は待ち遠しかった。だが、実際には、昇任できないどころか、異動者リストにも名前はなかった。特別昇任がないと久本が知れば、激怒し、ひき逃げのことを公にしただろう。

だが、久本は知らずに死んだ。人事異動の内示日に、駐在所襲撃が起きたからだ。

すとん、と胸に落ちるものがあった。

「口封じのために、久本を殺したのですか」

中池は黙った。ただし、その息遣いが荒くなっていく。

「殺《や》ったのは……私じゃない」

たしかに、女性である中池が抵抗を許さずに久本を殺すなど、まず不可能だ。

「ほかにも久本殺しに関わった人間がいるってことですか」

「私は反対したの。だけど、彼らがこうするしかないって」

彼ら？

比留は、拳で叩くようにして、天井のルームライトをつけた。中池が、腫れぼったい目をまぶしそうに細めた。

「複数犯なのですか」

その問いにはこたえず、中池は、「この場所から離れて」といった。

「なんだかすごく怖いの。さっき坂を下りてくる自転車を見てから衝突したときの恐怖がよみがえって。お願いだから、ここから車を動かして」

「その前に、久本を殺した連中のことを教えてください」

比留は中池に顔を寄せた。耳たぶを真っ赤にした中池は、顔を小刻みに震わせている。

こたえを待つも、中池の口からは小さな嗚咽しか漏れてこない。

「質問を変えます。久本を殺したのは、新藤ではない。これはたしかですよね」

中池の頭が縦に揺れた。かなり憔悴しているように見える。そろそろ限界かもしれない。実行犯の名前を自白させるには、少し時間がかかりそうだ。ただ、サーフボードの証拠もあるし、中池がひき逃げ犯であることは揺るがない。佐治木や久本との関係もピアジェの時計がネットオークションで売却されたことで否定のしようがない。

あとは署に戻ってから。そう考えたとき、

「比留課長……ここまでにしない？」

中池がか細い声でいった。「今ならまだ間に合うのよ」

「間に合う？　何のことですか」

「ひき逃げ事件に私は関係なかったという結論にすれば、石川県警は傷つかなくて済む」

額がじわりと熱を帯びた。

「北署交通課長への異動が不満なのは知っている。その次のポストは期待して。あなたを昇任させるために私は手を尽くす。だから、今日のことは全部胸にしまってもらえないかしら」

「これ以上、幻滅させないでもらえませんか」

比留は殴りつけたくなる衝動をこらえて、手元にあった広報誌を握りしめた。

「ここにある、あなたの記事……正直であること、恥を知ること。この座右の銘は嘘だったのですか」

「私が否認すれば、県警幹部はきっと私の味方をしてくれる。だってそれが組織を守るためになるから。あなたのほうが厳しい立場に追い込まれるかもしれないわよ。いいえ、きっとそうなる。その覚悟はあるの？」

「覚悟？　そんなもの任官したときからずっと変わっていません。たとえ相手が幹部であろうとも、厳しい立場に追いやられようとも、やるべきことは何も変わりません。それが警察官の使命です。それに、署長が否認しても、私との会話はボイスレコーダーに記録しています」

中池の瞳におびえの色が浮かんだ。

「この場で逮捕しないのは、ためらいがあるからでも、人事の駆け引きのためでもありません。今まで仕えた上司への最低限の敬意だと思ってください」

「あなたって人は」

突然、中池が高々と笑い声をあげた。

「鬼ね。だからデビルっていわれているのね」

笑い続けていた中池は、感情の波を抑え切れなくなっているのか、今度は急にすすり泣きを始めた。

時計は午後五時四十分を指していた。赤塚から新藤逮捕の連絡はない。かりに逮捕されていたとしても、捜査本部長の中池が不在である以上、冨島一人で勝手に会見はできない。

署に戻るか。その前に、監察官の相部へ連絡しなくてはいけない。

ただ、迷いもあった。警察の警察ともいわれる監察部門は絶対的な正義というわけではない。組織のメンツを優先する県警上層部にとって、監察官は、所詮、駒だ。別件で中池を処分してひき逃げは闇に葬るという荒業を画策しないとも限らない。

——監察部門を全面的に信用してもいいのか。かといって、今の自分に何ができる？

迷っていると、聞き覚えのない着信音が鳴り始めた。

中池がバッグから携帯電話を取り出した。

「冨島課長よ」

どうすればいい？　中池がうつろな視線を向けてくる。中池抜きでは、新藤逮捕の会見は始められない。署に戻ってこない中池にしびれを切らして、冨島は電話してきたのだろう。

「私が出ます」中池から電話を受け取った。

「比留です」

一瞬、間があった。

〈どうしておまえが出るんだ？　中池署長はどうした〉

「ここにいらっしゃいます」

〈替わってくれ〉

「電話に出られる状況ではありません」

〈比留。おまえ、また何か、わけのわからんことを企んでいるんじゃないだろうな〉

声はぶっきらぼうだが、どこか嬉々としているようにも聞こえる。もうこのヤマは片付いたも同然。そんな気分なのだろう。

まわりくどい説明をしている場合ではない。比留は、結論から伝えることにした。

「新藤は久本殺しの犯人ではありません」

電話の向こうから、〈ハッ〉と息を吐く音が聞こえた。

〈まだ、そんな寝言を口にしているのか。もういい加減やめておけ〉

「中池署長です」

〈署長がどうしたって？〉

「中池署長が久本殺しに関与しています。本人がお認めになっています」

〈おまえ、何をいってるか、わかっているのか〉

「駐在所襲撃事件の捜査本部長である中池署長が、事件に関わっていたんです」

〈バカなッ。殺しの犯人は新藤で決まりだ。自白もとれている〉

「白畑が強引にしゃべらせただけでしょう。今、新藤がやったと発表すれば、石川県警は永遠にぬぐえない恥を背負うことになります。冨島課長にその覚悟はおありですか」

〈じゃあ訊くが、おまえの話に証拠はあるのか〉

「証拠は押さえています」

冨島が急に押し黙った。冨島も刑事だ。比留の言葉に、本気の何かを嗅ぎ取ったはずだ。

〈本当なんだな〉冨島が低い声を発した。

「話せば長くなります。もし、今、周囲に人がいるなら、いったん場所を移動していただけませんか」

〈少し待て〉

靴音がした。

〈よし、話せ〉

比留は要点だけを手短に説明した。昨年発生したひき逃げ事件の加害者が中池であること、それを偶然目撃した久本が中池を脅していたこと、脅しに耐えられなくなった中池が久本殺しに関わったこと……。

〈中池は、殺しを認めたのか〉

「関与は認めましたが、実行犯ではないようです」

〈おまえたち、今どこにいる〉

「ひき逃げ事件のあった現場の近くです」

〈とりあえず戻ってこい。署の近くで、人目につきにくいところはないか。今からそこで合流だ〉

比留は、主要国道の八号線沿いにある大型スーパーの駐車場を指定して、車のエンジンをかけた。

十五分後、駐車場に到着した。

冨島に電話すると〈もうついている〉と横柄な声が返ってきた。

サッカー場ほどの広さのある駐車場は、四分の一ほどが車で埋まっている。周囲を見渡すと、捜査一課長専用車、黒塗りのクラウンが駐車場の端で気配を消すようにしてひっそりと停まっていた。

インプレッサをクラウンの左側に停めると、クラウンを降りた冨島が後部座席に乗り込んできた。

比留は体をひねって、冨島に頭を下げた。助手席の中池は、冨島のほうを見ようともせず、うつむき加減でじっとしている。その様子に冨島が短いため息をついた。比留の話は嘘ではないと悟ったのだろう。

「さっきの電話の話、もう少し詳しく聞かせろ」

比留はひき逃げ事件を起こした中池が証拠隠滅を図って逃げたところから、久本殺しの動機までを事細かに説明した。

話し終えると、冨島が大きく舌打ちした。

「中池署長と二人だけにしてくれ」

どうして？　と目で問いかけた。自分を抜きにして、妙な取り交わしでもするつもりではないか。そんな疑念が胸をかすめる。

比留の思いを見透かしたのか、冨島は「五分だけだ」といつになく平板な口調で告げた。こういわれると、無下にはできない。比留は車を降りてクラウンの助手席に移った。運転席にいるのは知らない顔だった。年齢は三十前後。捜一の一年生刑事だろう。

「車を少し前に動かしてくれ」

「はい」

一年生刑事がサイドブレーキを解除する。クラウンは一つ前の区画に進んだ。

サイドミラーから車の様子がよく見えた。冨島が何か語っている。中池のほうは、時折うなずいている。中池が犯行を否認することは、もはやなさそうだ。新藤逮捕はこれでなくなった。

心が緩みそうになったが、ある想像が胸をよぎった。冨島はここで中池を逮捕する気ではないか。新藤の自白など、なかったことにする。中池を駐在員殺しの容疑者として逮捕すれば、冨島の成果となる。刑事の世界は結果がすべて。冨島はそうやって全勝街道を走ってきた。

今、冨島が頭で描いているシナリオは、中池からもう一度自白を取り、容疑を確定させ、帳場に連絡をすることではないのか。

目の前の暗い駐車場が、赤いランプで埋め尽くされる光景が不意に浮かんできた。

――逮捕の前に必ず連絡しろ。

耳に相部の声がよみがえり、胸が騒ぎ出した。情報を提供してくれた相部との約束がある。冨島が手錠をかける前に、相部に連絡しなくてはいけない。

冨島を止めなくては。

時計を確かめる。四分経過。比留はドアを押して外に出た。

ほぼ同時に、背後の車のドアが開いた。

「おい、乗れ」冨島の太い声がした。

飛びつくように運転席側のドアレバーを摑むと、ドアを開放した。

中池の手元に視線を差し向けた。手錠は――かけられていなかった。

比留は運転席に腰を落とし、ドアを閉めた。

「比留課長」

中池の声は明瞭だった。さきほどまで顔じゅうにはびこっていた陰鬱さは薄れている。

妙だ。何か取引でもしたのか。

じっと中池を見ていると、「自首するわ」と中池がいった。

「今からですか」

「明日だ」冨島が横から声を出した。「明日の朝でいい」

「あなたは不満かもしれないけど、冨島クンにいわれたとおりにする。明日の朝、東部署に出頭する。それでいいでしょ」

今夜の逮捕はない。ならば、今日中に相部へ連絡すれば、義理は果たせる。

わかりました、と比留はうなずいた。

意外にも、冨島は自首を促したが、冷静に考えれば、それが最善の対処なのかもしれない。中池の、そして石川県警のプライドを守るギリギリの着地点と解することもできる。

「今日はこれからどうなさいますか」と冨島に尋ねた。

「何もしない。もちろん、おまえもだ。中池署長をこのまま家に送ってやれ。今日はそれで終わりだ。わかったな」

「明日からも、この件については刑事課が主担ということでよろしいですね」

冨島は明確な返事をせず、ふんと鼻を鳴らして車を降りた。

捜一の一年生は、冨島が出てくるのを予想していたかのように、クラウンの後部座席の前で立っていた。

冨島を乗せたクラウンが這うように進んでいく。

少し間を空けて、比留は自車を発進させたのだった。


中池のマンションの前で車を停めた。

比留に「ありがとう」と小声で告げた中池が車を降りる。普段は、突き進むように歩く中池だが、よろよろとした足取りは、見えない錘を括りつけられたかのようだった。

エントランスに消えていく後ろ姿を見届けて、比留は相部に電話をかけた。

「今よろしいですか」

〈大丈夫だ〉

「逮捕の前に連絡をと思いまして」

〈ホシは誰なんだ〉

「東部署の中池署長です」

〈ふむ〉相部の声からは驚いた様子は伝わってこなかった。

〈ひき逃げの被疑者か〉

「それだけじゃありません。高坂駐在所の駐在員殺しにも関与していました」

〈何だと〉今度は声が裏返った。

比留は相部に一連の話をして聞かせた。

「冨島課長からの指示で、中池署長は、明朝、東部署に自首することになりました」

〈今、中池署長は〉

「自宅です。私が車で送りました」

〈ご苦労だったな〉

「監察官は、どうなさるおつもりですか」

〈とりあえず警務部長に報告する〉

「今から監察部門が中池署長に接触する可能性はありますか」

〈何ともいえない。警務部長がどう判断するかだ。ただ、私個人の考えをいわせてもらえば、メディアへのリークの心配がなければ、接触するしないにかかわらず、自首という形がいいと思う。部長にもそう伝えるつもりだ〉

相部との電話が終わると、赤塚の番号を押した。

「署長が落ちた」

〈……そうですか〉

声には喜びのかけらもなかった。

「殺しのほうも関与は認めたが、実行犯ではないらしい。だが、これで新藤の関与がないことは、はっきりした」

〈夕方、冨島課長が急に帳場を飛び出していったのは、署長の件とは何か関係あるのですか〉

「さっきまで冨島課長と一緒にいた」

〈どういうことですか〉

「ひき逃げの現場で署長から供述を引き出しているときに、冨島課長から署長の携帯に連絡があったんだ。電話を取ったのは俺だが、全部話すしかなかった」

〈今、署長はどうしているのですか〉

「自宅にいる。明朝、東部署に自首することになった」

〈自首ですか……〉

「冨島課長の指示だ。あとな、冨島課長から今日はもう動くなともいわれた。俺もそれでいいと思っている」

赤塚が黙った。冨島の横やりと、比留がそれに従ったことに不満があるのだろう。

「明日、取り調べをやるのは俺たちだ。冨島課長には、何としても認めさせるつもりだ」

〈わかりました〉

「悪いが、今日は直帰させてもらう」

電話を切ろうとして、林道を猛スピードで下ってきた自転車を思い出した。

「山羽に、ご苦労だったと伝えておいてくれ」

＋＋

朝六時三十分。男は白い息を吐きながら川沿いを走っていた。

昨晩、中池から電話がかかってきた。

——私、もうダメ。

今は連絡するなといってあっただろうが！　怒鳴りつけて、電話を切った。

中池は、自分がひき逃げ事件の犯人だと部下に自白した。

こんなことになるなら、久本のようなゲス野郎は、もっと早くに始末すればよかった。なのに、中池はぐずぐずしていた。それで結局、新藤というチンピラに罪をかぶせて、殺すしかなかった。

だが、この計画が嫌だったわけじゃない。

失敗の許されない大仕事に、俺たちの心はいつになく弾んだ。情報を集めて、入念に計画を立てた。新藤に関する情報は、中池経由で東部署から得ることができたし、付き合いのある悪い連中からの情報も役に立った。

はたして久本を殺し、新藤を犯人に仕立て上げることに成功した。

と思ったのに——。

走る速度を緩めて、携帯電話に表示されたランニング距離と時間を確かめていると、遠くから救急車のサイレンの音が聞こえた。

予感がした。

最終章　真犯人

男は門の脇で立ち止まっていた。

今は人目につきたくない。敷地には入らず、建物を見上げた。

コンクリートを打ち放した巨大な建物は、周囲を大きな木々に囲まれていた。

――灰色の箱。

外観こそ無機的な印象を受けるが、漂ってくるのは人の匂い。しかも死の匂いである。

耳をすましていると、寂しげに揺れる木々の音に混じって生死の境をさまよう人々の声が聞こえてきそうだ。実際、なかに入るとそんな場面に何度か出くわしたこともある。

終《つい》の棲家《すみか》ともいえる場所。生きる望みを持つ人間が入るところではない。

申し訳ないという思いは今も消えない。だが、ここしかなかった。

「驚かずに聞いてほしい。中池さんが亡くなったよ」

男は、二階の右端のほうを向いて語り出した。

あの人には、今までよくしてもらった。

感謝はしてるけど、こっちだって尽くしてきたんだ。

だから、気兼ねすることなんて何もない。
今回だって無事に終わる予定だった。
だけど、あの人、踏ん張り切れなかった。僕たちと違って、弱かったんだ。
ただ、困ったことになってね……。

そのとき、遠くからエンジンの音が聞こえて、男は慌てて木の陰に移動した。
この建物を出入りする見慣れた白いワゴン車だった。
関係なかった……。安堵のため息が漏れる。
だが、何があるかわからない。油断してはいけない。
男は再び灰色の箱を見上げて語り出した。

中池さん、いろいろとしゃべったみたいで、しばらくは身を隠すことにしたよ。
その間、顔を見ることはできなくなるけど、寂しがらないでね。
身体の調子はどう？　よくなるように祈っているから。

「——じゃあね。母さん」

男はバックパックを肩にかけ直すと、その場を立ち去った。

＋＋

靴音だけが響く、石川県警本部の某会議室。

比留は、広い部屋を一人歩きまわっていた。壁時計の針は午前九時十分を指している。待てといわれた以上、ここにいるしかなかった。気持ちを落ち着かせようと、窓辺から外の景色を見下ろした。金沢駅西口と金沢港を結ぶ片側三車線の広い道路が左右に伸びている。通勤ラッシュのピークが過ぎても、車の往来は途切れることがない。

本部長室での御前会議が終わるまでの間、比留は〝幽閉〟を命じられた。その会議が始まって二十分が経過しようとしていた。

結局、中池のマンションには行けなかった。塩見から中池自殺の報があった直後、相部から同様の連絡があり、〈今すぐ県警本部に来てくれ〉との指示を受けた。

県警本部へ向かった。比留の到着を待っていた相部とともに警務部長室に入った。

警務部長は、県警本部長に次ぐ県警ナンバー2だ。部長室には、警務部長の仁志田《にしだ》のほか、首席監察官の本庄《ほんじょう》、刑事部長の羽鳥《はとり》、そして冨島がいた。生え抜き幹部が居並ぶなか、警察庁採用の準キャリアである仁志田が一番若い。年齢は五十手前。比留よりたしか三つほど上だ。

「昨日から今日にかけて、何があったのか説明してください」

上座に座る仁志田が、比留に早口で命じた。その声から、噂で聞いた〝かんしゃく持ちのお坊ちゃん〟とのフレーズが一瞬、脳をかすめた。

ひき逃げ事件の手がかりとなったSDカードに始まり、駐在所襲撃に中池が関与したと自白したところまで比留は説明した。話を聞く間、仁志田は指の爪先をテーブルにこすりつけていた。

比留の説明が終わると、爪をこする音が停まった。

「ひき逃げの犯人は、中池署長で間違いないのですか」

「本人がお認めになりました」

「駐在員殺しも？」

「はい」

再び、仁志田の爪がテーブルをこする乾いた音だけが鳴り響く。

場に重苦しい空気が流れた。

「ひとつ、おうかがいしたいことがあります。監察は、昨晩、中池署長に接触したのですか」

仁志田の指の音が消えた。室内の気温が急に下がったように感じた。

不機嫌な顔の仁志田が、「接触していません」と強い口調でこたえた。

「昨晩、首席監察官から中池署長に電話をして、事実を確認してもらいました。そこで彼女は」

仁志田が比留を射るような目をした。「私は何一つやましいことはしていない、とこたえたそうです」

「そんなはずは」

「言葉もしっかりしていて、自首するなんてありえないと。そうですよね、首席監察官」

振られた本庄がダメ押しに深くうなずく。

「ですので、昨日の時点では監察部門の対応は必要なしと私が判断しました」

中池はどうして嘘をついたのか。自首するつもりなどなかったというのか。

視線を横に流して冨島の様子をうかがったが、今のやり取りに動じた様子はない。

「では、本部長室に参りましょう。あなたは、しばらく待っていなさい」

立ち上がった仁志田の目は、もう比留を見ていなかった。


警察幹部たちは、本部長室で御前会議の最中だ。中池の起こした事件について、今後の対応方針を話し合っている。仁志田が比留に待てと命じたのは、御前会議の結果が出るまで情報を外に出さないようにする狙いがあるのだろう。

中池の自宅マンションの様子が気になっていた。マンションは金沢東部署管内にあるので、比留たち刑事課が現場検証を担う。今頃、赤塚と生原はマンションにいるだろう。

時計の針が進む。ここでただ時間を浪費するわけにはいかない。比留は携帯電話を取り出して赤塚を呼び出した。

赤塚は、比留を待っていたかのように、すぐに出た。

「わかったことを教えてくれ」

〈自殺で間違いないと思います。飛び降りたのはバルコニーからでした。マンションの廊下の防犯カメラを見ましたが、中池署長の部屋を出入りする人間はいなかったので、部屋ではずっと一人だったと思われます。遺書も見つかりました〉

「どんな内容だった」

〈ほんの数行で、家族への感謝と謝罪がつづってありました。事件については何も触れていませ

ん〉

「携帯電話とパソコンは押さえたか」

〈監察に荒らされる前に、ツネさんが署に持ち帰りました〉

中池は、久本殺しで複数の実行犯がいるとほのめかした。メッセージアプリや電話の通話履歴に、実行犯との通話記録が残っているかもしれない。

〈それと〉赤塚が声を低くした。〈副署長から、署長に何があったか知らないかと訊かれましたが、わかりませんとこたえておきました〉

「それでいい。まだ事件のことは話すな」

塩見は、比留が県警本部に急きょ呼び出されたことは知っている。何かあると感じているだろう。しかし、御前会議の結果を聞くまでは、警察内部とはいえ、中池に関する情報は漏らすわけにはいかない。極秘捜査班にさえ、久本殺しのいきさつは、まだ何も伝えていないのだ。

〈比留課長のほうは、今、どんな状況ですか〉

「知っていることは全部、幹部に話した。今、本部長室で話し合いがもたれている。いわば、待ちの状態だ」

〈我々は捜査を続けてもよいのでしょうか〉

「当たり前だ。俺たちのやることは変わらない。署に戻ったら、詳しいことを話す」

〈では、こちらも早々にマンションから引き上げます〉

通話のあと、携帯電話の暗い画面を見つめた。

画面に映る顔の輪郭が、自分のものではなく、中池に置き換わっていく。

――どうして、自供を覆したんだ？

赤塚には、捜査を続けると伝えたが、気がかりな要素ではあった。死ぬ前の中池が犯行を否定したことが、今後の捜査方針に影響を与えるかもしれない。

不安な思いに駆られていると、ドアが開いた。

冨島が「方針が決まったぞ」とぶっきらぼうな声を放つ。

「駐在所襲撃の捜査は続行だ。ただし、中池の自殺との関係性は、中にも外にも漏らすな。おまえが動かしている部下にもきつくいっとけ」

「帳場の捜査員には、どう伝えるのですか」

「当面、伏せる」

「伏せる？　では、捜査を担うのは――」

「おまえの班だけだ」

捜査本部全体で実行犯を捜すほうが早期の解決につながるのはいうまでもない。ただ、そうなると、中池の関与を捜査員全員につまびらかにする必要がある。たとえ、かん口令を敷いても、大所帯の捜査本部では、すぐにマスコミに気づかれる。県警幹部としては、それは何としても避けたい。つまるところ、比留の班だけが動くのは、組織防衛を優先しての発想ともいえる。

だが、比留は落胆しなかった。警察上層部は、比留が率いる極秘捜査班に対し、実行犯逮捕の任務に励めとお墨付きを与えたのだ。

「おまえにいっておくことがある」

冨島が冷えた目で比留を見る。「与えられた猶予は、今日、明日の二日だけだ」

「どういう意味ですか」

「明日までに、おまえのいう実行犯とやらが見つからなければ、新藤からもう一度よく話を聞くことになる」

　話を聞く？　すぐにその意味を悟った。比留たち極秘捜査班が手がかりを見つけ出せなければ、新藤への強引な取り調べを再開するつもりなのだ。

「新藤はやっていません」

「あいつは自白して、調書にも署名している」

「それは白畑が無理やり取ったものでしょ。中池署長は自身の関与を認めたんですよ」

「監察から訊かれて中池は否定した。おまえが中池から取った自白も、白畑が新藤から取った自白も、信ぴょう性は五分五分だ」

「冨島課長はそれでいいと思っているんですか。車内で中池署長から直に話を聞いたじゃないですか」

「仁志田部長が考えたシナリオだ」

　シナリオ。その言葉に愕然とした。真犯人が見つからなくても、駐在員殺しは新藤の自供でカタがつく。県警幹部にとって真犯人などどっちでもいい。優先すべきは、早く犯人を逮捕して幕引きを図ること。それだけじゃない。新藤が犯人なら、中池関与説は消え、石川県警は傷つかない。御前会議で仁志田はそんな案を提示して、本部長を納得させたのだ。

　その場合、ひき逃げ事件はどうなる？　中池が被疑者なのはまぎれもない事実だ。あれもお宮入りさせるつもりか。ならば、ただの隠ぺいではないか。

そう考えて比留は、ハッとした。県警が傷つかない着地点を望んでいるのは仁志田だけじゃない。元々冨島は新藤逮捕で事件を終結させたいと考えていたではないか。

昨晩、駐車場で見た光景が脳裏をよぎった。

車内で冨島が中池に語りかけていた。あれは……。胸のなかに黒い染みが滲んでいく。

「冨島課長。スーパーの駐車場で中池署長と二人だけのとき、自首するようにと促したのですよね」

「それがどうかしたか」

「中池署長を自首させるために、どんな風に説得したのか、気になりまして」

「おまえに、いちいちいうことでもないだろ」

「それはそうですが」

冨島は苛立った様子で懐から煙草の箱を取り出した。

だが、煙草を抜こうとした手を止めて、鋭利な眼差しを比留に向けた。

「聞きたいなら、特別に話してやる」

比留は、うなずいた。

「事実なら責任を取れといったんだ。アイツは困った顔をしていたがな」

「簡単には納得しなかったんじゃないですか」

「だからといって恫喝したとでもいうのか？　相手は東部署の署長サマだぞ。しかも、あいつは同期採用でもあるわけだし」

「同期採用だから、いいにくいこともいえたんじゃないですか」

「逆だ。いいにくいことではなく、いいたいことをいったまでだ」

――いいたいこと。それは自首ではなく……。

冨島が箱から煙草を取り出した。

「自首するのは翌朝でいいといったのは、どうしてですか」

煙草をくわえようとしていた冨島の手が止まる。

「何がいいたい」

「身の処し方を考える時間を与えた。つまり、暗に――」

煙草がはじけ飛び、冨島の分厚い手が伸びてきた。

ドンッ！

一瞬、意識がとんだ。かかとが浮いたまま、背中を壁に押しつけられている。

「つまらんことをいうな」

金剛力士の形相が鼻先に迫っていた。額にはハチ切れそうな太い血管が浮かび上がっている。

「いいえ。いわせてもらいます。あなたは、中池署長が自殺することを想定、いや期待していたのではないですか！」

「だったら、どうなんだ！　あいつはそれだけのことをやったんだろうが」

「だからといって、死なせていいわけがない。しかも、別の人間に罪をかぶせるなど」

「そんなもの、小事にすぎん」

今、なんといった？　小事だと。

比留は冨島の胸ぐらを摑み返し、ドスを利かせて、いった。

「あんた、正気か？」

「犯罪は永遠に発生する。警察はそれを追い続ける。立ち止まってはいられない。まして、揺らぐわけにはいかない。中池はそれをわかっていて自らを裁いた。死をもって警察組織を守った。残された我々は、その思いにこたえてやるべきだ。でなきゃ、あいつが報われないだろ」

「報われる必要などない！　組織防衛が犯罪の上にいっていいわけがない。警察は正義を前提に成り立つ組織だ。違うか！」

「青臭せえこというなっ」

「揺るがない正論だ」

「正論だけで組織が成り立つか！」

「それが警察だろ！」

「じゃあ、おまえは何をしたっ。自白した中池をすぐに逮捕しなかった。監察に連絡したのはなぜだ？　中池が警察官だからか？　いや、署長だから逮捕できなかった。そうだろ、違うか！おまえだって俺のことをどうこういえないはずだ。おまえも共犯なんだ！」

共犯――。自首を許さず署に連行していたら結果は変わったとでもいうのか。

冨島のシャツを摑んでいた指先から力が抜ける。冨島がその手を弾いた。

二人の男は、獣のような荒い息を吐きながら、無言で対峙した。

優先されるは、組織防衛。しかし、それならそれで疑問がわく。

「私に……捜査の時間が与えられたのはどうしてですか」

「本部長室では、ハナからホンボシは新藤で話は進んだ。中池は、仕事の悩みで心身に異常をきたしていた。精神的に追い詰められて衝動的に自殺した。マスコミにはこう発表すると決まりかけた。ところが――」

　歯ぎしりの音が聞こえそうなほど冨島が歯をむき出しにした。

「相部のバカが一席ぶったんだ。駐在員殺しの事件は、中池関与の信憑性が高い。真犯人は別にいるといって譲らなかった。戸惑う本部長に、比留の班だけを動かせばいい、そのための時間をくれと迫った。本部長は今日明日という条件で渋々認めるしかなかった」

　本部長室で一人、相部は体を張った。想像するだけで感動が胸に押し寄せた。

「相部は自分の提案が県警のメンツを潰すことになると気づいていない。あいつはいつもそうだ。幹部の前で青臭せえことをいうから、出世ルートから外れたんだ。おまえもあいつのようになりたくなかったら、真犯人捜しなんてあきらめろ」

「絶対、あきらめません」

　比留は刺し貫くほど、冨島を睨めつけた。「冨島課長、あなたは間違ってる」

「何だと」

「警察のメンツが潰れるのは、犯人を逮捕できなかったときですよ」

　前に進んだ比留は、冨島を押しのけて部屋を出た。

　県警本部の駐車場から佐治木のいる銀行へ電話をかけた。県警本部から東部署までの道の途中に佐治木の銀行はある。

　交換手から佐治木につながった。比留が名乗ると、〈また、おまえか〉と声音が尖った。

「今朝、中池署長が自殺しました」

〈何だって〉

「その件で、今からそちらにうかがいます。佐治木さんと中池署長のことはすべて把握しておりますから」


十分後、銀行の顧問室で佐治木と向かい合った。

「何があった？」

比留は佐治木の言葉を無視して、「最近、中池署長と連絡を取ったことは？」と尋ねた。

佐々木は比留の無礼に眉をひそめたが、比留のほうは「こたえてください」と語気を強めた。元警察幹部への礼儀など、この際、どうでもいい。

「一年以上、会ったことも連絡を取ったこともない」

佐治木がふて腐れた顔でこたえた。

「あなたは中池署長と交際していた。間違いありませんね」

「……」

「あの高級時計がクラブのママへのプレゼントというのも嘘でしょ」

「……」

佐治木の表情に変化はない。コイツも保身か――。

熱い感情が溢れそうになり、比留がテーブルに思い切り拳を落とすと、ガツッという音が静かな部屋に響き渡った。

「ここ数日で、石川県警の人間が二人も死んでいるんです。一人は殺され、もう一人は自殺した。詳しいことはお話しできませんが、二人が死に至る背景には、いくつか疑念があります。佐治木さん、あなたも県警のOBなら、正直に話してほしい」

比留は穴が開くほど、佐治木を凝視した。やがて佐治木は、比留の発する怒気に気圧されたのか、目を伏せて、「おまえのいうとおり、中池と付き合っていた」とこたえた。

中池の交友関係で思い当たることはないかと比留が尋ねると、佐治木は少し考えて、「ないな」と首を横に振った。嘘をついている様子はない。

何か思い出してくれないかと、比留が黙って見守っていると、「彼女は優秀な警察官だった」と佐治木がつぶやいた。

「容姿で出世したわけじゃない。行く先々のポストでしっかり実績を残していた」

「存じています。本部長表彰も何度か受けておられましたし」

「本部長表彰といえば……」佐治木が顔を上げた。「中央署にいた中池が連続窃盗犯を逮捕して、表彰されたことがあった。二人で祝杯を挙げたとき、よく逮捕できたなと褒めたら、あいつ、『私一人じゃ無理だった』ってぽろっと漏らしたんだ。意味深ないいまわしだったから気になって、俺のほかに付き合っている警察官がいるのかと、冗談交じりに訊いてみたんだが、うまくはぐらかされた」

「突き止めようとは思わなかったのですか」

「それは刑事の発想だな」佐治木が力なく笑った。「気にはなったが、そもそも他人にはいえない付き合いだ。問い詰める立場でもないだろ」

佐治木はソファに背を預けて、ぼんやりした顔で天井を見上げた。

スマートな銀行員の顔は、もはや完全に剝がれ落ちていた。


署に戻ると、一階の廊下で山羽と出くわした。

「例の中古車ディーラーにもう一度行ってきました。至急、お伝えしたいことがあります」

「こっちも大事な話がある」

刑事部屋にいた赤塚、生原を呼び小部屋に入った。鑑識部屋で押収品の分析作業に取りかかっている正恒には、作業を優先してもらうため、声をかけなかった。

「心して聞いてくれ」

比留は、部下たちに中池の自白の詳しい内容と本部での決定事項を伝えた。

「今日、明日の二日間で、犯人を捜し出せなければ、どうなるんですか」

「新藤逮捕で進めるつもりらしい」

「それでいいんですか」

「いいわけないだろ。手がかりを見つけて、俺たちで何としても真犯人を逮捕する」

「その手がかりですが」山羽が手帳を開いた。「ディーラーに車を処分しに来たのは、中池署長ではなく、父親の光男の代理人を名乗る人物でした」

名前は、田澤洋士《たざわようじ》。四十歳前後だという。

ひき逃げの証拠隠滅に協力したのなら、久本殺しにも関与した可能性が高いと比留は思った。

「田澤について、わかったことは」

「それが、ほとんど何もわからずじまいで」

「どういうことだ。中古車ディーラーに田澤の身分証の写しはなかったのか」

「名前しか聞いていないの一点張りで。ディーラーの社長をキツく問いつめたんですけど、うちは、そういうやり方で成り立っているんだと開き直る始末でして」

「怪しい会社だな」

「今度、札取ってガサかけてやりましょう」そういって山羽は気色ばんだ。

「その田澤って……」赤塚が眉を寄せる。「石川県警《ウチ》の人間ってことはないですよね」

「そういえば、署長には自分とは別に付き合っていた警察官がいたかもしれないと佐治木さんがいってたな」

「ウチに田澤という警察官がいないか調べてみましょう」

ローカルネットワーク内で検索すればすぐにわかる。生原がパソコンのキーボードを叩いた。

「一人ヒットしました。田沢瑞枝《たざわみずえ》。七尾署交通課。漢字も違うし、田澤洋士とは、関係なさそうですね」

田澤が身内ではなかったことに、刑事たちは安堵のため息をついた。

小部屋の電話が鳴った。比留が電話を取ると、電話の相手は正恒だった。中池の携帯電話に残っていた通話履歴の分析作業が終わったという。

「こっちは、全員そろっている」

「じゃあ、すぐそっちに行く」

正恒が小部屋に現れた。

「携帯に二か月分の履歴が残っていた。これだ」

正恒が差し出した紙には、通話時刻、電話番号、相手の名前が書いてある。名前欄には、人名だけでなく、カタカナやアルファベットの店名らしきものも並んでいた。欄外に、正恒の手書きで店の種類が記されてあった。レストラン、美容室……。電話の回数はそう多くはない。個人あての通話歴も少なかった。

最終ページに視線をなぞらせた。派手な交友関係を想像していたが、思いのほか、そうでもない。最後の行には、Rainbowへの発信とある。昨夕以降は、冨島からの着信、本庄首席監察官からの着信、田澤という名前は見当たらなかった。

「このRainbowって何だ？　飲食店か？」

「金沢市内にある花屋だ」

中池は、花を飾るのが趣味だった。自ら依頼し、毎週のように花屋に新しい花を署長室に持って来させていた。

濃厚な花の香を思い出し、頭のどこかを電極で刺激された気がした。

比留は電話の受話器を取り、警務課長の内線番号を押した。

「署長室に花を運び込んでいた花屋は、Rainbowでよかったでしょうか」

〈ええと……たしか、そんな名前だったな〉

「出入りの配送員の名前はわかりますか」

〈いや、そこまでは、わからん〉

電話を切って、番号履歴を見ながら十桁の番号を打ち込む。

〈Rainbowです〉若い女の声だった。

「そちらに田澤さんという男性の方はいらっしゃいますか」
〈はい、おります〉女は快活にこたえた。

田澤は店を休んでいた。花屋の店員によると、体調が悪いので休ませてほしいと、今朝早く、連絡があったという。

店員に警察だと告げ、わかる限りの情報を聞き出した。田澤洋士。四十三歳。住所は金沢市内にあるアパート。独身。

捜査班全員で田澤の住まいに向かった。その古いアパートは、署から約一キロ離れた小学校の裏手にあった。逮捕令状を取る時間も惜しいので、大家の立ち会いのもと、鍵を開けさせて部屋に入った。間取りは二間。ダンベル、衣類、新聞、雑誌、いろいろなものが雑然と置いてある。部屋の一角には大きな机があり、ノートや書類が乱雑に積み上がっていた。

あるノートの表紙が目に留まった。ペンで高坂駐在所と書いてある。

比留は、ページ数枚に目を通したあと、「これを見てくれ」と部下たちに声をかけた。

「駐在所襲撃の計画書のようだ」

最初のページには、高坂駐在所の見取り図。次のページからは、横書きの文章がページをびっしりと埋め尽くしていた。内容は、駐在所を襲撃する手順だった。準備の段階から事細かに記されてあった。

〈新藤への接触方法〉

①アポ電強盗グループの番頭に扮して、南日奈子あてに、とばしの携帯電話を宅配便で送る。
②新藤を駐在所襲撃へ向かわせるため、グループ内での昇格をほのめかして、その気にさせる。

「取り調べで新藤から聞いた話とも一致しますね」赤塚が語気を強めた。

「田澤はどうやって新藤に関する情報を得たんでしょうか」と山羽が首をかしげる。

比留は、「出どころは、中池署長じゃないか。署長なら、サーバー経由で全課にアクセスできるからな」とこたえた。

罪をなすりつけるには、アポ電強盗犯の新藤は、はまり役だった。中池は、刑事課に保管してあった新藤に関する情報を引っ張りだして、田澤に伝えていたのだろう。


〈殺害方法〉
①携帯電話で久本を建物の裏に呼び出す。
②屋根から飛び降りてバットで久本の脳天を一撃。
③倒れた久本の後頭部を潰せばジ・エンド。

久本の死体の画像が脳裏によみがえった。このとおり実行したのであれば、屈強な体軀の久本が無抵抗で倒されたのも納得がいく。

〈新藤を殺人犯に仕立てる手順〉

①新藤が駐在所玄関から侵入できるようにパイプシャッターを上げておく。
②新藤が駐在所を襲撃。
③倒れている久本を発見した新藤は逃走を図る。
④新藤から連絡があった場合、東金沢駅にバットを置いて逃げろと指示する。
⑤もしも連絡がない場合は、こちらから連絡して④の指示をする。
⑥新藤が置いていったギターケースとバットを東金沢駅で入手。
⑦死体の損傷部分から採取した血液をバットに付着させる。
⑧ギターケースとバットを金腐川の河原に捨てる。
⑨バットを発見した警察は新藤を犯人とみなして逮捕する。

字を目で追いながら、思わず舌打ちが出た。嵌められたのは新藤だけではない。警察もだ。実際、警察は新藤を犯人と見立てて落としにかかっていた。

ページをめくった。

〈実行記録〉と書かれたページは、それまでとは違い、ページ中央に大きな円が描かれ、円のなかには、「作戦成功」と跳ねるような文字が記されていた。

「犯人は田澤で決まりですね」

声を弾ませる山羽に、比留は「気を引き締めろ」とたしなめた。

「マル被を一人特定しただけだ。署長との関係もまだわからん」

中池は、久本殺しの実行犯は複数とほのめかした。だが、ここまで田澤の計画書を見る限り、田澤以外の、別の人間が犯行に関わったことを示す書き込みはない。

「比留ちゃん、どうするよ」と正恒が訊いた。

言葉の裏の意味をくみ取った。

――この先も俺たちだけでやるのか？

実行犯の一人を特定し、証拠も押さえた。これで駐在員殺しに関する新藤の容疑は晴れた。

比留は、迷いなく冨島に電話をかけた。

〈なんだ〉

「駐在員殺しの実行犯がわかりました」

比留が説明する間、冨島は、投げやりなあいづちを何度も打った。まさか、こんなに早く実行犯を特定するとは思っていなかったのだろう。

〈一斉捜査に切り替えてやろうか〉冨島が横柄な口調でいった。

「いいえ。私の班だけで捜査を続けます」

「強がるな」

強がりで拒否したわけではなかった。急に一斉捜査に舵を切れば、その動きは田澤に嗅ぎつけられ、より警戒が強まる気がした。現に田澤は姿を消している。犯罪者特有の鋭敏な嗅覚を持つ、あなどれない相手だ。

もうひとつ。この事件の捜査のど真ん中にいるのは、比留率いる極秘捜査班という自負があった。この期に及んで新藤犯人説を唱えようとした県警幹部、その指揮下にある捜査本部を比留は信用していなかった。

〈とりあえず幹部へ報告しておく。何か指示があれば、すぐ連絡するからな〉

電話のあとも、しばらくアパートの家宅捜索を続けた。拳銃は見つからなかったが、押し入れの段ボール箱から、新聞記事のスクラップが出てきた。石川県内の刑事事件を取り上げたベタ記事ばかりだが、大きな記事も数枚あった。その一つに、中央署時代の中池が犯人を逮捕した連続窃盗事件があった。佐治木から聞いた事件だ。この事件では、捜査に協力した人物がいると中池は佐治木にほのめかした。おそらく田澤と見て間違いない。

中池の協力者は田澤。だが——。

協力者の存在自体は珍しいことではない。警察に恩がある、あるいは大きな借りがある、そうした人間を飼いならし捜査に協力させる。昔からあるやり方だ。しかし、協力者が警察官の個人的な事情に関わり、殺人にまで手を貸すのは常軌を逸している。

「署長と田澤の関係をどう思う」比留は赤塚に尋ねた。

「単なる男女の関係とは違う気がします。この部屋を見ても、中池署長に関するものは何もありませんし」

赤塚の言葉に比留もうなずく。中池と田澤。二人にはもっと別の結びつきがあるように思える。

アパートの住人に聞き取りをしていた山羽が戻ってきた。

住人三名から話を聞いたが、田澤とは挨拶を交わす程度で何も知らないという。

「おうい。比留ちゃん」

棚の引き出しを物色していた正恒が、薄いビニールの冊子を掲げた。「これって署長の父親が入っている施設だよな」

正恒から冊子を受け取った。表紙には「芳寿苑」とプリントされている。中池と田澤のつながりらしきものが、ようやく見つかった。冊子を開くと、施設紹介のパンフレットと一枚の紙——署名と捺印のある連帯保証承諾書が挟んであった。

入居者、近田晴美《ちかだはるみ》。生年月日、昭和——。

連帯保証人、田澤洋士。本人との続柄、子。

近田晴美というのは、田澤の母親のようだ。年齢は六十歳。

刑事たちも比留の周りに集まって、承諾書に視線を落とした。

「この母親ですが、六十歳で施設に入っているのは、ちょっと早すぎませんか」と山羽がいった。

「重い病気だとか?」と生原。

「親子なのに苗字が違うのはどうしてですかね」山羽が眉を寄せた。「田澤は未婚ですし……」

「田澤は今四十三歳だから、母親が田澤を産んだのは十七歳のとき。つまり、未成年のときか」

「想像ですが、母親は田澤を産んですぐ誰かに預けたとか? しばらくは親子の関係が途切れていたのかもしれませんね。それで苗字が違うのかも」

十七歳のとき……。親子の関係が途切れていた……。何かが比留の頭蓋を叩く。

保証承諾書をもう一度眺めると、頭の後ろがすっと冷たくなった。

精子ドナーの佐藤洋士も、母親の名は、たしか晴美だった。

アッと声を上げそうになった。

田澤の名前は洋士。そして佐藤の名前も洋士。

読み方は違えど、漢字は一致する。それだけじゃない。田澤は四十三歳。三十年前、珠洲市で殺人事件があったとき、田澤は十三歳だった。

こんな偶然があるだろうか。

「田澤の生年月日はいつだった？」

赤塚が手帳を取り出してこたえる。「昭和――」

心臓が大きく跳ねた。記憶している佐藤の誕生日と同じだった。

鼓動が急速に速まっていく。

まさか佐藤が田澤なのか？　田澤が殺ったのか？　三十年前も、今も……。

膨張し続ける疑問符に脳が支配され、不安な思いを掻き立てられる。

「用を足しに近くのコンビニに行ってくる」

「歩くとちょっと遠いですよ。車で送りましょうか」と山羽がいった。

「いや、一人で行ってくる」

山羽からキーを受け取った比留は、急ぎ足で車に乗り込んだ。

主要道に出て、信号を二つ過ぎたところで、コンビニの駐車場に入った。

サイドブレーキを引き上げ、携帯電話を取り出した。探したのは、小杉の電話番号だった。

〈おう、比留さん。どうした〉

「佐藤洋士のことで、教えてほしいことがあるんです。佐藤は事件のあとに、姓名を変えましたか」

〈変えたよ〉小杉があっさりこたえる。

未成年が世間を揺るがす大きな事件を起こした場合、犯人である少年は、家裁の許可を得て、姓を変えることが多い。

「名前はわかりますか」

〈この前、施設に行ったときに、わしも初めて知ったんだが、田澤洋士って名前だった〉

ヘッドレストに頭を押しつけて、天井を見上げた。

〈下の名前は、変えるときとそうでないときがあるんだけど、佐藤の場合、漢字はそのままで、読み方だけ変えたみたいだな。それが、どうかしたのかい〉

「いえ、なんでもありません。ちょっと確かめたかっただけです」

礼をいって電話を切った。

佐藤が田澤だったなんて。どうして、どうして……。

携帯電話が手から滑り落ちそうになり、両手で握りしめた。息が荒くなり、腹の底から何かがせりあがってきた。

転がるように車を降りた。よろめきながら店に入り、トイレのドアを押して個室に飛び込んだ。レバーをまわし、吠えるようにして、黄色い胃液を便器にぶちまけた。

美香は殺人犯の子。二人の人間を殺した悪魔のような男の血を引いているのか……。

息を吸ってはむせてを繰り返した。あふれ出る涙を止めようと目頭をきつくつまんだ。

しゃがみこんで息を整えた。洗面所で口をゆすぐと、店の外に出た。車には戻らず、歩道をさまよい歩いた。

本当に佐藤が田澤なのか？

シャッターに貼られた貸店舗の紙が目に留まる。三階建ての古い鉄骨ビルだった。建物の裏にまわると、狭い通路を風が通り抜けていった。

佐藤本人に尋ねるしかない。携帯電話を取り出し、佐藤洋士の番号を見つけ出した。

佐藤が田澤だったら、どうするつもりだ?

こたえなど、ない。自分が冷静でないのもわかっている。それでも訊かずにはいられなかった。

画面に映る佐藤の番号に触れた。神経が張り詰めているせいか、コール音が鼓膜に強く響く。

佐藤は田澤なのか? 佐藤は田澤なのか?

頭のなかで同じ質問を繰り返すうちに、ふと気づいた。この前、佐藤と話をしたときに覚えた違和感の正体だ。佐藤は「私の苗字をどこでお知りになったのでしょう」と比留に尋ねた。あのとき、苗字といういい方にひっかかった。名前といわず、あえてそういったのは、今は佐藤という苗字を名乗っていないからではないか。だから佐藤は気にしたのだ。

コール音が途切れた。

〈はい〉

落ち着いた声が聞こえて、思考の歯車が停まった。

「比留です」

〈あ、どうも〉

「急にすみません。佐藤さんにお尋ねしたいことがありまして」

〈何でしょう〉

「佐藤さんは、今も佐藤という苗字なのでしょうか」

すぐに、こたえは返ってこない。息をひそめて佐藤の言葉を待った。

〈私の苗字は……佐藤ですが〉

声が硬かった。嘘をついている。刑事の嗅覚が反応した。

〈それが、どうかしましたか〉

「いえ。変なことを訊いてすみませんでした」

〈私も比留さんにお訊きしたいことがあります〉

「何でしょうか」

〈あなたは警察官ではありませんか〉

「そうです」

〈やっぱり！　あんた、金沢東部署刑事課長の比留公介さんだろ？〉

佐藤のしゃべり方が急に荒くなる。比留の脳に警告ランプが点灯した。

〈この前、連絡をくれたあと、ちょっとばかし調べたんだ。警察は、警部以上だと、ネットで調べたら、すぐにわかるからな〉

声が最初の印象と明らかに変わった。同じ人物とは思えない。得体のしれない不安が胸に広がっていく。

「佐藤さん。私のほうも、もう少し訊きたいことがあります。あなたは――」

〈田澤洋士〉

全身を電流が突き抜けた。

意表を衝かれた比留は、言葉を失った。携帯電話から、ククッ、ククッと小さな笑い声が聞こえてきた。

〈あんた、俺が田澤じゃないかと思ってんだろ？〉

「――」

〈そのとおり！　俺は田澤だ。ただ、佐藤でもあるがな〉

佐藤でもある――。含みを持たせたいいまわしが気になった。

「どういう意味だ」

比留の口調が自然と刑事モードに切り替わる。

〈調べたんだろ。俺の、昔のこと〉

「十三歳のときに起こした事件のことは知っている」

ククッ。ククッ。不快な笑い声が続く。

〈まあ、いい。教えてやるよ。佐藤と田澤は一つの体を使っているんだ。あんたが電話で最初に話していたのが佐藤で、今の俺は田澤。元々、俺のほうには名前なんてなかったが、名前を変えてからは、俺たち二人のなかで、佐藤、田澤と名前をわけて呼ぶことにした〉

洋士はどうやら二重人格だったようです――。T新聞の能登支局長から聞いた話を思い出した。

佐藤は子供の頃、解離性障害を発症していた。その症状は今も続いているということか。

〈思ったより早かったが、どうやって俺にたどり着いた？〉

「中古車ディーラーだ。おまえ、事故車の処分を中池署長から引き受けただろ」

〈やっぱり、そこか。そういやあ、例の動画を見て、車に積んであったのがサーフボードだと気づいたんだってな。普通は気づかないだろ。あんたみたいな優秀な警察官が部下にいて、中池さん、ついていなかったな〉

その声に、中池を憐れむ気配は感じられなかった。

「署長とは、いつからの知り合いだ?」

〈昔、中池さんが少年係だった頃、俺のいた施設によく来てたんだ。あの人、誰とも交わらない俺たちによく話しかけてきてよ。佐藤は話すようになったけど、俺はずっとシカトしてた〉

「そんなおまえが、署長のために力を貸すようになったのは、なぜだ」

〈消息不明だったおふくろを見つけてくれたからな。加賀温泉近くの売春宿が摘発されたとき、おふくろがそこにいたんだ。中池さん、俺の情報記録に書いてあった家族構成を覚えていたらしくて、おふくろの名前を見て気づいたんだと〉

「おまえ、母親に会いたかったのか」

〈そんなわけねえだろ。ガキんのときにおふくろに捨てられて、ずっと憎しみしかなかった。ところがよ、不思議なもんで、見つかったって聞いたら、それまでの恨みつらみより、嬉しい気持ちのほうが上まわってよ〉

田澤が歌うように語る。楽しげな声は、どこか狂気じみたものを感じさせた。

〈中池さんに恩返しをしたいと伝えたら、気にせず定職に就いて働けばいいといってくれた。だけど、どこで働いても、人を殺したって噂がいつのまにか立って、一つの仕事を長く続けることはできなかった。そんなとき、中池さんから仕事の手伝いをしてほしいと頼まれて、一月ほどアパートの監視をしたことがあった。よくわからない仕事だったけど、あとで中池さんから、犯人の逮捕につながったと感謝されてよ。それ以来、暇なときは、あの人の仕事を手伝うようになった〉

「今、おまえの母親は施設に入っているんだってな」

〈おふくろは……〉軽かった田澤の口調が急に重くなった。〈エイズ患者なんだ。ずっとそういう商売をしていたから、ツケがきたんだろ。体が動くうちは、俺と一緒に暮らしていたんだけど、自宅での生活が難しくなって、三年ほど前に中池さんの口利きで施設に入れてもらった。エイズ患者を受け入れてくれる施設は、なかなかなくて本当にありがたかった。でも、遠慮はなかったぜ。こっちだって、いろんな捜査に協力している、いわば五分五分の関係ってやつだからな〉

中池と田澤のつながりは、これでわかった。しかし、まだ、訊きたいことがある。

「精子ドナーに登録したのはどうしてだ」

〈あれは面白半分だ。清掃業者として働いていた頃、ある病院で精子ドナー募集のチラシを目にしたんだ。田澤に改姓することが決まってた時期で、佐藤洋士としての思い出作りみたいな気持ちで登録した。でも、まさか、俺の精子が使われていたとはな。あんたから連絡をもらったときは、俺たち二人ともマジでビビったぜ〉

えもいわれぬ不快感が全身を包んでいた。高邁な精神など微塵も含まれていない。こんな奴の種で、美香は生まれたのか。

〈しかもよ。あんた、警察官という立場でも、俺を見つけたんだぜ。これって、すごいことだよな。単なる偶然とは思えない。なんだか、引き寄せ合っているよな〉

暴発しそうな感情に蓋をして、比留は「久本殺しはおまえがやったのか」と尋ねた。

〈ああ、そうだ〉田澤が軽くこたえる。

「署長の指示か」

〈中池さんはためらっていた。だけど、あのゲスな駐在員は殺すしかなかった。俺は今でもそう思っているし、中池さんも最後は承諾した〉

「署長のために、どうして人殺しまでやる？　恩義があるというだけでそこまではしないだろ」

〈恩義がどうこうじゃない。殺したかったから。ただそれだけだ〉

「佐藤は、おまえをとがめたりはしないのか」

〈とがめる？　んなわけないだろ。アイツと俺は、性格も体力も正反対だが、反目しあっているわけじゃない。お互い、足りない部分を補っている関係だ。今回も駐在所の襲撃計画を佐藤が作って、俺が実行した。つまり、あいつが演出家で俺が役者。珠洲で殺しをやったときから、ずっとそうだ。中池さんもそんな俺たちに頼っていた。日雇いで知り合った連中のネットワークなんかを使って情報を集めたりしてたしな。だから、あの新藤とかいう間抜けなチンピラの連絡先や行動パターンも簡単に把握することができた〉

「おまえ、拳銃はどうした」

〈持ってる〉

「新藤に罪を被せたいなら、バットと一緒にギターケースに入れて捨てたほうが、よかったんじゃないか」

〈最初はそのつもりだった。佐藤の計画でもそうなっていた。だけど、捨てようとしたら、急にもったいなくなってよ。持っているのさえバレなければ、逃げるときも、あったほうが何かと便利だしな。それに、一度でいいから、どこかでバーンと撃ってみたかったんだ。エアガンを撃ったことはあるんだけど、本物はないからな〉

苛立ちが腹の底でたぎった。こいつはまれにいる違法行為に一切のためらいを覚えない輩だ。拳銃を所持してうろつかれたら、何をするかわからない。早く身柄を押さえなくてはいけない。

「おまえ、今どこにいる?」

〈ハッ。いうわけないだろ。それより、あんたの質問には散々こたえてきたんだから、こっちにも質問させろ。娘の実の父親がこんな人間だとわかった今、どうするつもりだ〉

すぐに言葉を返せなかった。考えを整理できずにいると、〈わかんないなら、俺が教えてやる。おまえは俺を助けろ〉と田澤がいった。

「助ける?」

〈逮捕されないように、うまく俺を逃がせ〉

「できるわけないだろ」

〈いや、できる。新藤を逮捕すりゃ一件落着じゃないか。凶器の証拠だってしっかり残ってる。しかも、中池さんはもうこの世にいないんだ。事実は永遠に闇のなか。警察にとって都合のいい事実ができあがるだろ〉

「警察をなめるな」

〈そう怒るなよ〉ククッと笑い声。〈あんた、噂どおりだな。あだ名はデビルだって? どんな顔しているんだ? 東部署へ花を配達に行ったとき、いろんなサツカンの顔を拝ませてもらったけど、どいつがあんただったんだろうな〉

署の廊下ですれ違ったデニムのエプロン姿が脳裏に再生された。少しおびえたような顔で頭を下げていたあの男が、久本を撲殺し、そして美香の実父だった……。

〈まあ、いいや。とにかく新藤を犯人にして俺を見逃せ〉

「犯人はおまえだ。新藤ではない」

〈じゃあ、こんな取引はどうだ。新藤が逮捕、起訴されたら、俺はあんたの娘と会ってもいい〉

「何だと……」

〈そのときは、俺じゃなくて佐藤が会えばいい。あいつは穏やかで人当たりもいいからな。実の父親はいい人でしたってほうが、娘にとってもいいだろ。精神的に不安定だっていってたじゃないか。どうだ、いい条件の取引だと思わないか〉

これは悪魔の取引。わかっていても、すぐに跳ね返せなかった。比留のなかの父親の部分が強く作用していた。美香に、実の父と会わせると約束した。会わせられなくなったと知れば、美香は落胆するだろう。いや、落胆ぐらいで済めばいい。絶望してまた自殺を図るのではとの不安が頭をよぎる。

〈とりあえず、今晩は動かないでくれよな〉

「夜のうちに逃げるつもりか」

〈やんなきゃいけないことがあってな。それが終わればすぐに金沢を離れるし、逃げ切る自信もある〉

どうする？　比留はギュッと目をつぶった。田澤はまだ金沢にいる。今ならまだ射程内だ。刑事として……。父親として……。二つの感情がシーソーのように動き続ける。

苦しい息を二度三度と吐いた。

ようやく出てきたのは、「法の下ではすべての民は平等」という言葉だった。

〈は？　どうした急に〉

「犯した罪には、それに見合うだけの量刑が必要だ。だから俺は警察官としておまえを逃がすわけにはいかない」

田澤が黙した。不快な笑いは聞こえてこない。

〈あの……それでいいんですか〉

落ち着いた声。急に声音が変わった。

「佐藤なのか」

はい、とこたえる声には物怖じしたところはなく、どこか理知的でさえあった。

〈僕らを捕まえたら……娘さんに真実を話せますか。娘さんは知らなくてもいいことまで知ってしまうかもしれませんよ〉

「できれば娘を傷つけたくない。かといって、殺人犯を逃がしていいわけがない」

〈難しいですね〉

「佐藤よ、おまえはどう思う？　逃げるという選択は、間違っているとは思わないか」

沈黙。

ビル風の音が反対の耳から聞こえてくる。

「おい、佐藤」

〈失礼します〉

電話は切れた。すぐにかけ直したが、電話は通じなかった。

田澤のアパートの家宅捜索は続いていたが、比留だけ先に署に戻った。

駐在員殺しのホシが娘の実父。その衝撃は比留を打ちのめした。ホシである田澤からは、取引を持ち掛けられた。だが、警察官としてのベクトルは揺らがなかった。逃がさないと田澤にも告げた。

金沢市内のどこかに田澤は潜伏している。今こそ逮捕に向けて全力を傾ける場面である。しかし、何かに縛られたように思考も動作も鈍いままだった。

自販機コーナーでブラックコーヒーを買い、その場でベンチに腰を下ろした。カップに口をつけた。熱さを舌に感じるだけで、苦みはほとんど伝わってこない。

「ここにいたんですね」

顔を上げると、南雲が比留を見下ろしていた。

無視していると、南雲が比留の隣に座った。

「中池署長の件でマスコミ向けの説明文を作っておけと上からいわれました」

「おまえの得意分野だろ」

「プライベートな事柄で事件性はない、そう強調しろと監察から指示を受けたんです。こんな具体的な指示、ちょっと変だと思いませんか」

「――」

「中池署長、どうして自殺なんか……。比留課長、何かご存じではないですか」

「さあな」

「今、東部署で何が起きているんですか」

「駐在所が襲われ、おまえたち本部が押しかけてきて帳場が立った。それだけだ」

「ごまかすのはやめてください。刑事部屋の奥にある小部屋を何人かの刑事が出たり入ったりしているらしいじゃないですか」

「――」

「昨日の夕方から捜査一課長の様子もおかしいですし。中池署長の自殺と何か関係あるんですか」

「俺からいうことは何もない」

「取調官交代の質問が出たとき、記者会見はかなり混乱したんです。比留課長が漏らしたせいですよ。借りを返してください」

「じゃあ、一つだけ教えてやる。自分の耳に入ってこない情報は、知らないほうがいいということだ」

「情報なら、私も摑んでいます」南雲は周囲をうかがうと、声を潜めていった。「駐在所襲撃の真犯人が見つかった。違いますか」

「どうしてそう思う？　帳場は新藤逮捕で動いているだろ」

「本部の秘書課にいる後輩から連絡があったんです」

後輩――。こいつも、女性警察官のネットワークを張っているのか。

「駐在所襲撃は一斉捜査に切り替えて真犯人を追い込むと、本部長室から出てきた刑事部長と捜査一課長が小声で話していたそうです」

「たいしたもんだな。駄賃はランチ一回か」

顔には出さなかったが、比留の心は騒いでいた。県警本部は、田澤逮捕へ全面的に方針転換を図るのか。

「それだけじゃありません」

南雲がさらに声を落とした。「射殺許可について話し合っているのが聞こえたらしいんです」

「何だと」

横面を張られたような衝撃に、思わず握りしめたカップから熱い汁が指に飛び散った。

南雲のささやき声がなおも続く。マル被は拳銃を所持している。万が一にも一般人に被害が及ばないよう、拳銃の発砲、最悪の場合は、射殺もやむを得ない。そんなやり取りが聞こえたという。

濡れた指先に軽いしびれを感じながら、比留は県警上層部の思惑を想像した。

一斉捜査はまだいい。しかし射殺許可は急ぎ過ぎだ。おそらく真の狙いは別にある。田澤の口封じ。田澤が死ねば、中池と田澤の関係は明らかにされないまま、事件は終結する。中池の犯した罪が世にさらされることはなく、警察の威信は保たれる。

これは暗黙の射殺命令だ。

射殺後は、お決まりの文章を発表して幕引きを図る。本事件における警察官の拳銃発砲は、市民の安全を第一に考えたやむを得ない措置で、適正な行為だった。

南雲が比留との間の距離を空けた。廊下の先に二人組の人影が見えた。捜査本部の刑事だ。

「射殺の件、動きがあれば、情報をくれ」

「今、何が起きているのか、教えてください」南雲が早口でいう。

「おまえの想像どおりだ」

「それだけじゃわかりません」

「いえるのはここまでだ」

南雲の瞳には不満の色が差したが、きびすを返してその場を去っていった。

刑事二人が自販機の前に立った。比留は紙カップを捻じ曲げて、ごみ箱に捨てた。

南雲のおかげでスイッチが入った。ぼんやりしている暇はない。

だが——。ある思いがよぎり、比留は胸の奥に鈍い痛みを感じた。

射殺命令が下されたとき、目の前に田澤が現れたら、俺は奴を撃てるだろうか。


比留は極秘捜査班を小部屋に集め、明日あたり、田澤追跡が一斉捜査に切り替わるかもしれないと伝えた。ただ、射殺命令のことは伏せた。

「ホシを特定したのは我々なのに、本部は手柄だけ横取りですか」山羽が不満げな声を出した。

「早期の逮捕を目指すなら、捜査員の数は多いほうがいいからな」

「それはそうですけど、何かしゃくですよね」

「俺たちが先に逮捕してしまえばいいだけのことだ」と赤塚。

「ですが、田澤が急に仕事を休んだのは、逃走のためですよね。もう遠くまで行ってしまったかもしれませんよ。あ、でも、そうだとしたら、やっぱり、一斉捜査のほうがいいのか」

部下たちの顔に、焦りや落胆の色が浮かんでいる。捜査班にいえないのは歯がゆいが、田澤はまだ金沢にいる。逮捕の機会はあるはず。比留は冷静に思考を働かせた。

「ツネさん、田澤の部屋にあったパソコンから何か出てこなかったか」

「三台のうち、古い一台はパスワードが簡単に解けて中身を見ることはできた。個人データは何も残っていなかったが、田澤のものらしきSNSを見つけることができた」

「それ大きな手がかりじゃないですか！」山羽が大げさに声を出す。

「しかし、パッとしない内容だった。フォロワーも少ないんだ。これ見てみろ」

正恒がノートパソコンでウェブサイトの画面を皆に見せた。

魚眠洞。

見覚えのあるアカウントに、比留は思わず息を止めた。

「このハンドルネーム、どんな意味があるんですかね」

山羽が画面を見ながら首をひねる。

比留の思いは複雑だった。これまで何度となく閲覧していた佐藤のアカウントが皆の目にさらされた。まるで自らの秘密を暴露されたような気持ちだった。

ＳＮＳの最終更新は今朝の六時四十五分。街なかを流れる川の画像が掲載されていた。川面が朝日に照らされて白い光を放っている。

「浅野川か。後ろに見えるのは卯辰山だな」

画像の下に添えられた句を正恒が読んだ。

「今宵こそ、彼岸大願、七つ抜け」

今宵こそ――。胸のうちで反芻する。

今晩、やることがあると田澤はいっていた。あいつは何をするつもりなのか。もしかしたら、この句にヒントが隠されているかもしれない。

「ツネさん。室生犀星に詳しい人、知らないか」

「室生犀星？　急にどうしたんだ」

「魚眠洞っていうのは、室生犀星の別号だ」

「ほう。比留ちゃん、博学だな」

　正恒が目を丸くする。

「たまたまだ」比留は軽く流した。「もし、この句が室生犀星の詠んだものだとしたら、何か意味があるような気がする」

「室生犀星ねえ」正恒が口をへの字に曲げた。

「大学の研究者にでもあたるか。でも、そうなると、時間がかかるかもしれん」

　赤塚が咳払いをした。表情が少しぎこちない。

「室生犀星について詳しい人間を一人知っています」

「誰だ」

「別れた妻です。金沢市内にある室生犀星記念館で働いてまして」

　赤塚は三年前に離婚していた。元妻の名前は有紀《ゆき》。学芸員をしているという。

「頼めるか」

　赤塚が携帯電話で連絡を取り、すぐにつながった。二、三言言葉を交わして、比留に携帯電話を手渡した。比留は手短に自己紹介をしたあと、ＳＮＳに書き込まれていた俳句を読んだ。

　有紀は〈うーん〉と思案する声を出した。

〈犀星の俳句は、全部覚えているつもりですが、今の句は聞いたことありません〉

「そうですか」

〈私が知らないだけかもしれないので調べてみます。俳句はすべてデータベース化されていますので、すぐにわかります〉

しばらく待つと、お待たせしましたと声が返ってきた。

〈見つかりませんでした。あれは犀星の句ではないと思います〉

「では、これはどうですか」

比留はSNSを目で追いながら、過去に掲載されていた俳句を二つ読んだ。

有紀は、「どちらも犀星が詠んだ句です」と即答した。

では、今朝、更新された句は、ほかの俳人が詠んだもの、あるいは田澤が自ら作ったものということか。

「有紀さんにお尋ねしたいのですが、最初に読んだ、今宵こそ……の句にはどんな意味があると思われますか」

〈そうですね……〉

急に個人的な見解を訊かれて、有紀は困惑している様子だった。

「ヒントになるかわかりませんが、俳句と一緒に浅野川の写真がSNSに掲載されていました」

〈浅野川ですか。彼岸大願……七つ抜け……もしかして〉

有紀の声のトーンが上がった。〈七つ抜けというのは、七つ橋渡りのことを意味しているのかもしれません〉

「七つ橋渡り？」

〈東山に古くから伝わる風習らしいのですが、今も残っているのか定かではありません。私も三島の小説で知っただけですので〉

「三島って、あの三島由紀夫ですか」

〈はい。三島の小説は卒業論文のテーマにしたくらい好きで、作品は全部読んでいます。そのなかで、三島の短編小説で『橋づくし』という物語があって――〉

江戸時代、花街の女性の間で流行ったある俗信のことが描かれていた。その俗信とは、満月の夜、誰とも口をきかずに七つの橋を渡れば、願いが叶うというものだった。

〈三島の母方の家系が金沢出身で、物語は、金沢にあった古い風習をモチーフにして書かれたのではないかといわれています。浅野川と七つ抜けという言葉から、なんとなく七つ橋渡りが思い出されて……。私のただの思いつきなので、間違っているかもしれませんが〉

「いいえ、すごく参考になりました。ありがとうございます」

電話を切り、七つ橋渡りのことを部下たちに伝えたが、風習自体、知る者はなかった。

「けっこうヒットしました。今もやってるようです」

山羽が携帯電話の画面を皆に見せた。深夜、浅野川上流の常盤橋から下流にかけて七本の橋を渡り歩く風習で、今も行われているとあった。東山の茶屋街が遊郭だった時代、遊女たちが性病の予防や治癒を願掛けするために始めたという説があり、今では、本人や家族の無病息災だけでなく、個人的な思いを叶えるための願掛け参りとして続いている。春と秋の彼岸の中日、深夜零時から行われており、三回続けて参加すると願いが叶いやすくなるという。

「田澤は、七つ抜けって言葉を使った句を、今回も含めて三回ＳＮＳに掲載しているぞ」

正恒がパソコンの画面を眺めながらいった。

「時期はいつだ」

「最初は一年前の三月十九日。二度目は半年前の九月二十一日。どちらも彼岸中日の前夜だ」

「七つ抜けは、七つ橋渡りのことを意味しているとみて間違いなさそうだな。これがわかったのは大きいぞ」

比留がうなっていると、正恒がおおげさに笑みを作って赤塚を見た。

「おまえの元奥さんのおかげだ」

赤塚のほうは、口をへの字にして、目線を斜め上へと向けていた。

「しかし、奴は何を願掛けしたんでしょうか」と生原が尋ねた。

口にはしなかったが、比留には予想がついた。七つ橋渡りには、遊女たちが性病治癒を願うことを由来とする説がある。田澤の母親はエイズの治療で療養中。おそらく田澤は、母が病から回復するのを願って、ここ二回、七つ橋渡りに参加している。

願掛けは、三回続けると願いが叶いやすくなる。田澤にとっては、次が三回目の願掛け。今朝更新されたＳＮＳにあった「今宵こそ彼岸大願」という文言には、田澤の強い思いが込められている。

春彼岸の中日は明日。つまり、今日の夜深夜零時に願掛け行事が始まる。

「今夜、田澤は三度目の願掛けのために七つ橋渡りに現れる」

比留は全員の顔を見渡した。「そこで田澤の身柄を確保する」

七つ橋渡りの経路図を、山羽が皆に配った。

常盤橋を起点に、天神橋、梅ノ橋、浅野川大橋、中の橋、小橋、昌永橋の七つの橋を一筆書きのようにジグザグに巡り、昌永橋の先にある廣誓寺を参拝して願掛けは完結する。

「この願掛け行事は、ただ歩くだけじゃなくて、いろいろと決まりごとがあるようです」

参加するには、真新しい白い下着を着けて、数珠を手にして臨む。願掛け参りの間は、言葉を発したり、後ろを振り向いたりしてはいけないという禁忌があり、咳払い、飲食、携帯電話に触れるなども禁止されている。

「ほかにも、それぞれの橋の渡り始め、橋の真ん中、渡り終わりにと、三度合掌して礼をすることになっています」

「もし禁を破ったらどうなるんだ」と正恒。

「そのときは、おまじないの呪文があるそうです」

「ふーん。ところで、比留ちゃんよ」正恒が険しい目を比留に向ける。「水を差すつもりはないが、七つ橋渡りの監視は、俺たちだけでいいのか。田澤が現れるかもしれないと捜査本部に話しとかなくていいか」

「ツネさん、僕は反対ですよ」

比留より先に、山羽がこたえた。

「これは我々刑事課のヤマじゃないですか。最後まで僕たちだけでやりましょうよ」

「しかし、なあ」正恒が腕を組む。

「赤塚さんも、生原さんも、いや極秘捜査に関わっていない刑事課のメンバーさえも、きっと同じ思いですよ」

赤塚と生原に目を向けると、二人は口を結んでうなずいた。赤塚が取調官から外されたとき、刑事部屋にいた刑事たちが拳を打ち付けた音は、今も比留の耳の奥に残っていた。

「しかもですよ。比留課長に角はどうしたって煽ったの、ツネさんじゃないですか」

「あのときは、そういったけど、これは大変なヤマだぞ。田澤が現れたのに、身柄を確保できなかったり、一般人に被害が及んだりしたらどう責任を取るんだ」

正恒がいうのも道理だった。田澤確保に失敗すれば、ここにいる全員の首が飛ぶだけじゃすまない。だが、比留には、七つ橋渡りの監視を捜査本部へ伝えたくない別の理由があった。捜査本部に田澤の動きを伝えれば、冨島はすぐに動く。田澤射殺という影の計画が現実味を帯びてくる。田澤が射殺されれば、真実は闇に葬られる。そうならないよう田澤を生け捕りにしなくてはいけない。

さらに、もう一つ。美香の実父が警察の手によって射殺されるという結末は、何としても避けたかった。これは理屈抜きの強い願望でもあった。

「ツネさん。すまないが、俺たちだけでやらせてくれないか」

正恒はあきらめたように長い息を吐くと、今度は気持ちを鼓舞するかのように、急に雄々しい顔つきになって、「よし。こうなったら、チームデビルは一蓮托生だ！」といった。

極秘捜査班は、願掛け参りの監視方法について話し合った。

「午前零時のスタート前に、参加者は最初の橋、常盤橋の前に集まります。そこで田澤を見つけたら、身柄を確保するということでよいですか」

赤塚の問いに、比留は首を振った。

「あまり強引なことはしたくない。最後の寺の参拝が終わったところで確保できればいいと思っている。俺たちが監視で失敗しなければ、参加者の身に危険は及ばないはずだからな」

「拳銃の携帯はどうしますか」

比留は「なしだ」とこたえた。「参拝が終わったら、すぐに田澤を囲む。奴が拳銃を出す場面を作らせない」

願掛け参りの間、ルートの途中に各自が待機して、田澤の監視をすることで話はまとまった。つるやから出前が届き、極秘捜査班五名は、無言で丼をかき込んだ。

壁時計は八時を指していた。食事のあとは願掛けルートを確認するために浅野川へ向かう。丼を空にして番茶を口に含んでいると、懐の携帯電話が震えた。

美香からのSNSのメッセージだった。

『明日、帰るからね』

返信せずに画面を閉じた。今は願掛け参りの監視に集中したかった。捜査の判断に支障が出ないよう美香と田澤を切り離しておきたかった。


「こちら比留、聞こえるか」

〈聞こえます。こちら赤塚、聞こえますか〉

夜十一時。吐く息が白かった。気温は五度くらいにまで下がっている。

起点となる常盤橋は、ひがし茶屋街から一キロメートルほど上流の古い町並みに位置している。その常盤橋から百メートルほど離れた空き駐車場に、覆面車両のワゴンを停めた。正恒だけ車で待機し、比留、赤塚、生原、山羽は、それぞれの監視場所に散った。

比留は、橋の左岸側にある空き家の庭に潜んで、眼下の橋を眺めていた。監視役の四名のなかで、田澤の顔をはっきりと見ているのは比留だけだった。田澤が現れたとき、本人と特定するために、比留が橋に一番近い場所にとどまることにした。比留以外の刑事は、暗視用の望遠鏡で橋とその周辺を監視している。

無線通信の確認を終えると、静寂が訪れた。常盤橋にまだ人影はない。周辺に灯りはなく、暗がりのなか橋がぼんやりと浮かんでいる。もしも和服の遊女がふわりと現れても、何の違和感もない雰囲気が漂っている。

比留は、その昔、深夜、人知れず願掛け参りをしていた遊女たちに思いをはせた。彼女たちは、性病にかからぬよう、あるいはかかったことをひた隠しにして、願掛け参りに参加していた。

遊女たちだけではない。田澤も母親の回復を……。

田澤の母、晴美は長く売春まがいのことをしていた。それが原因でエイズになったと田澤はいっていた。

不思議なもんで――。田澤の楽しげな声が耳によみがえる。見つかったたって聞いたら、それまでの恨みつらみより、嬉しい気持ちのほうが上まわってよ。

夏の日の匹婦の腹に生まれけり。SNSにあった室生犀星の一句。あれは犀星が自身の生まれを厭い、母を揶揄する思いを表現したものかと思ったが、それだけではなかった。恨みや憎しみを超える母親に向けた愛情。胸の奥のそんな思いを五七五、十七音の裏に沁みこませていた。犀星と似た思いを抱えていた佐藤と田澤には、あの句の持つ意味が心の深いところまで届いていた。

待機して三十分が過ぎた頃、橋の前に二つの人影が現れた。

〈女性二名。年齢は五十代から六十代〉イヤフォンから赤塚の声が聞こえてくる。

その後も一人、また一人と現れ、人影が増えていった。想像したよりも人数は多い。

〈もう二十人はいるな〉

〈参加者は、毎回、十人程度だとネットには書いてあったんですがね〉

〈観光客が参加したのかもな〉

赤塚と山羽の会話を聞きながら、緊張の度数が一目盛り上がった。人数が多い分、何かあったときに被害が出ないよう注意を払わなければいけない。

開始十五分前、橋の手前は、人の群れができていた。参加者は三十人ほどか。女性がやや多いか。子供はいないが、若者から高齢者まで年齢層は広い。

〈課長。田澤はいますか〉と赤塚。

「わからない」

思ったより人数が多いため、比留の場所からでもすべてを見通せなかった。防寒対策として顔にマスクを着けている者も多く、顔の確認もできない。

「もう少し橋に近づいてみる」

比留は、かぶっていた帽子のつばを下げて顔にマスクを着けた。そのときだった。

〈気になる人物を見つけました〉

興奮を押し殺した生原の声に、「田澤か?」と確かめた。

〈いいえ。集団のなかに、生活安全課の渡辺係長がいます〉

「何だと」

〈カメラをズームにして確認したので、間違いありません〉

万里子がいる? どういうことだ。

空き家の庭を出て、橋に近づいた。集団から十メートルほど離れた位置で立ち止まる。万里子らしき人物の姿は見つからない。集団のなかに入り込めば、確かめることはできるが、今は目立ちたくはない。

横に動いて、集団の先頭まで見通せる位置で立ち止まった。橋のすぐ手前に、パーカー姿の女性が二人いた。マスクはしていない。一人は万里子。もう一人は美香だった。

どうして二人がここに?

比留はピンマイクを口元に当てた。「渡辺のほかに、俺の娘がいる」

部下たちが、驚きの声を上げた。比留ちゃん、それってどういうことよ! 車で待機している正恒の声が一番大きかった。

比留は、ここ数日、美香が万里子の家にいたことを手短に説明した。

「――だが、七つ橋渡りに参加するなんて話は聞いていなかった」

〈課長。出発までにまだ時間があります〉

赤塚が冷静な声でいった。〈渡辺と課長のお嬢さんを集団から引き離しますか〉

今なら集団をかき分けて、二人に声をかけることもできなくはない。だが、そんなことをすれば、周囲の目を引く。近くに田澤がいて、監視に気づかれるようなことはあってはならない。

「二人のことは放っておこう。田澤がいないか捜してみる」

比留はゆっくりと集団の最後尾に近づいた。皆、橋のほうを向いているので、背中ばかりが目につく。雑談する際、顔を横に向けることもあるが、マスクをしている参加者が多く、一人一人の顔を確認するのは難しい。

〈どうだ、いるか〉

「わからない」

田澤はどこだ。参加しないのか。いや、それはない。あいつは必ずこの願掛け行事に参加する。

十一時五十五分。黄色いキャップとジャンパー姿の男性が、橋を背にして集団の前に立った。この黄色のジャンパーは金沢ではボランティアガイドの目印だ。観光客と一緒にここへ来たのだろう。

「皆さん、こんばんは」

集団からひそひそ声が消え、あたりは静かになった。

マスクをしたまま、ボランティアガイドが七つ橋渡りの風習の由来を話し始めた。

「この願掛け行事には約束事があります。話をしてはいけませんし、後ろを振り向くのも禁止です。マスクをしている方が多く見受けられますが、咳もがまんしてください」

説明を聞きながら、背筋に這い上がるものを感じていた。

参加者の間から、ボランティアガイドの黄色いキャップの下の顔を確かめた。

つばを呑むと、ごくりと音がした。数歩下がり、ピンマイクをゆっくり口元に近づける。

「こちら比留。田澤らしき男を発見」

〈どこですか〉と赤塚。

「集団の一番前。ボランティアガイドだ」

まさかガイド役として参加しているとは思わなかった。皆には田澤と伝えたが、ガイドの穏やかな声は佐藤のものだ。

〈こちらからもマル被を確認〉と赤塚がいう。〈マル被は集団から離れて立っています。出発前に囲んでしまいますか〉

作戦変更の提案。その選択も悪くはない。赤塚と生原は橋の右岸にいる。今のうちに田澤の背後に接近することもできる。

だが、もし田澤が抵抗し、発砲したらどうする?

逮捕優先か、参加者の安全優先か。田澤の近くには美香と万里子もいるのだ。

様々な要素を並べて思考を巡らせていると、「カウントダウン」と誰かが声を発した。

時計に視線を落とす。十一時五十九分。開始まであと一分しかない。最善の策は——。

比留はピンマイクを口に当てる。

「計画どおり寺でマル被を確保だ。俺はこのまま願掛けの集団に加わる」

〈課長がですか〉

「参加している間は、言葉を発することはできなくなる。ただ、イヤフォンはつけたままにしておくので、報告はこまめに入れてくれ」

午前零時。先頭の田澤は参加者に背を向けると、常盤橋に向かって一礼して歩き始めた。

田澤とは少し距離を空けて、参加者たちの黒い影が動き出す。万里子と美香は集団の前のほうにいる。比留は最後尾から出発した。

いよいよ七つ橋渡りが始まった。終点まで約三キロ。四十分の願掛けが続く。

最後尾の比留が常盤橋を渡り終えると、集団は長さ三十メートルほどの緩やかな行列を形成した。人々が暗い道を無言で歩き続ける姿は、何かに取り憑かれて異世界をさまよっているようにも見えた。

刑事たちは願掛けの集団が通る道を常に先回りして、監視を続けている。

〈先頭の田澤、二本目の天神橋を今渡りました〉

田澤を先頭とする行列は、天神橋を渡ると左岸を歩いた。周囲を囲む風景から古い住宅が消え、橙色の灯に照らされた高層マンションが立ち並ぶ。

道の先には、三本目の梅ノ橋が金色に輝いている。橋の柵の下がＬＥＤでライトアップされて、橋全体が川面《かわも》に浮いているかのように見えた。黄色ジャンパーの田澤は、前を見てひたすら進んでいる。ガイドの役割を担ったのは始まるときまでで、今は願掛け参りにのめり込んでいる。小型のリュックを背負っているが、拳銃を所持しているかどうかはわからない。

〈田澤が梅ノ橋を通ります。すぐ後ろに渡辺係長がいます〉

黄金に輝く梅ノ橋を田澤が先頭で渡り、その後ろを万里子と美香が続く。

春の風物詩みたいなイベントがあって――。万里子がほのめかしたのは、七つ橋渡りのことだった。どうして万里子たちが参加したのか気になるが、理由探しは二の次だ。今は参加者の願掛け参りを無事に終わらせて、田澤を逮捕することが使命である。

比留も梅ノ橋を渡った。この先しばらくは、ひがし茶屋街の外側に沿って暗い道が続く。足を速めて数名追い抜き、行列の真ん中あたりまで順位を上げた。視線は常に、田澤、万里子、美香を捉えていた。

田澤と美香。二人の後ろ姿を眺めていると、なんともいえない感覚に襲われた。実の親子が互いのことを知らないまま、同じ時間に同じ空間を共有している。

なぜこんなことになったのだ。

自分に問いかけていると、比留の脳裏に、ある光景が浮かび、急に恐ろしくなった。

それは数日前に見た夢だった。比留は幼い美香と二人で歩いていた。途中、美香は田澤を見つけて駆け出した。田澤は美香を受け入れるのかと思いきや、凶器を手にして美香に襲いかかった。

歩調がおのずと速くなり、先頭との距離を縮めていく。四本目「浅野川大橋」、五本目「中の橋」と渡り、集団は川沿いの夜道を進んでいった。頬にあたる外気は真冬並みの冷たさだが、全身は汗ばんでいた。夢の光景が頭から消えず、妙なざわめきが体内でくすぶっている。

心を落ち着けようと、寺での田澤確保の手順を頭のなかで反芻した。参加者は到着順に左側の門から境内に入り、参拝のあとは正門から外に出る。全員が参拝を終え、解散となったところで、一人になった田澤を囲む。

田澤を取り囲んだあとは、警察車両までおとなしく移動させ、署へ連行する。七つ橋渡りの参加者には、願掛け行事を平穏に全うさせたい。参加者に何が起きているのか気づかれることなく田澤を確保してしまうのが理想だ。大捕物にはしたくない。

犯人逮捕のためとはいえ、古くから伝わる風習行事を警察がぶち壊しにしたという汚点は残したくなかった。住民のために存在する警察は、こうした点にも注意を払わなければならない。若い頃、先輩に教えられた。地域の祭りや風習をおろそかにして捜査をしてはいけない。警察なら何でも許されると勘違いしたら、住民に愛想をつかされるからな。

民家の屋根を越えるしだれ柳が、音もなく揺れていた。六本目、小橋の目印だ。集団は揺れる柳に押し出されるように小橋を渡っていく。この橋を渡れば、最後の昌永橋が待っている。昌永橋を渡り、廣誓寺で参拝をすれば、願掛け参りは終わりを迎える。

〈彦三大通りを横切ります〉

大通りにかかる彦三大橋は比較的新しい橋で願掛けから除外されていた。行列集団は彦三大橋を渡らず、まっすぐ横断歩道を渡った。この先は川に面しておらず、街なかの細い路地を進む。

道の両側には古い家が並び、暗い道は左右に蛇行していた。次の橋が視界に入らないせいか、歩いている時間がひどく長く感じられる。灯りは少なく、周囲の風景も闇に染まっている。魔物が跋扈する暗黒界に落ちた人間たちが出口を捜しているようにも思えてくる。

〈赤塚、生原、山羽は、これから廣誓寺周辺で待機します〉

前を行く数名を抜き、比留の前にいるのは、田澤、万里子、美香だけとなった。この三名は歩くのが速く、比留以下の集団と少し距離が空いている。

暗い穴から抜けるように、道が徐々に明度を上げていく。

田澤が右に折れた。いよいよ橋は近い。

軽く息を吸った、そのときだった。

〈赤塚です。今、南雲補佐から私の携帯にメールがきました。比留課長への伝言だそうです〉

黙って耳を澄ます。常盤橋での監視が始まる直前、携帯電話の電源は切ってあった。

〈刑事部が銃器対策部隊《ジュウタイ》の編成を始めたとのことです〉

何だと――。耳に手を当てて、思わず立ち止まった。

銃器対策部隊は、本部直轄の狙撃専門の精鋭だ。夕方、南雲から刑事部の幹部は射殺許可を検討していると聞いたが、もう動き出したのか。しかし、一斉捜査に切り替える前に準備を始めるとは、どういうつもりだ？

一筋の閃光が脳内を走り、刑事部の思惑に比留は愕然とした。

刑事部は、今こそが絶好の機会と判断したのだ。一斉捜査となる前に、秘密裏に狙撃班を出動させ、田澤の口を永遠に封じてしまおうという目論見だ。

部隊はいつ動く？　まさか今夜か？　思いどおりにはさせない。田澤の確保まであと少し。こっちが先に田澤を生け捕りにすれば、狙撃班の出番はなくなる。

比留は再び歩を進めた。二人に抜かれて行列の六番目になっていた。右に折れると、昌永橋が見えた。先頭の田澤が橋の中央で手を合わせている。五メートルほど後ろに、万里子、美香と続き、田澤と同じ動作を繰り返している。

比留も昌永橋を渡った。道は左へカーブしている。視線の先には、寺の大きな屋根がそびえていた。ここから廣誓寺までおよそ二百メートルの距離がある。

――何か変だ。

暗い夜道を歩き続けていたせいか、空気の変化を敏感に感じ取れる。音がするわけでも、光が見えるわけでもない。だが、あたり一帯に濃密な空気が流れている。それは進むほど濃くなっていった。

比留は周囲に視線を走らせた。

――あそこか。

留まった視線の先に、マンションがあった。寺と道を挟んだ向かい側にある七階建てのマンション。その五階のバルコニーに黒い影が見えた。

影が動いた。おそらく人の頭。さらに、細長い影が外に向かって伸びていくのを目で捉えて、比留は慄いた。

狙撃手がライフル銃を構えている。あれはジュウタイだ！　しかし、どうしてここに？

思考回路が速度を増して、結論に導いた。冨島は、比留たち極秘捜査班の行動をずっと監視していたのだ。

比留たちが田澤を特定したのは、午後すぐのことだった。捜査が加速度的に進展するときは、犯人逮捕も早くなりがちだ。それは比留だけに限った経験ではない。冨島も同じ。極秘捜査班は田澤確保に想像以上に早く到達する。そんな予感に駆られ、冨島は動いた。

行動はずっと監視されていた。覆面車両が深夜に発進したとの知らせを受け、比留が田澤の動きを摑んでいると冨島は確信した。しかも、深夜に行われる七つ橋渡りの風習は、ある意味、狙撃には持ってこいの場面ともいえる。ジュウタイの部隊長に〝暗黙の命令〟を下した――。

先頭の田澤が左側の門から廣誓寺の境内に入っていく。二番手、三番手の万里子、美香は門の手前あたり。比留はまだ六番手のままだ。

周囲を包む空気の濃度がさらに増した。

バルコニーを見上げると、狙撃手が身を乗り出して頭を低くした。

――隠ぺいのための狙撃など、させてたまるか。

刹那、熱い血が比留の全身を駆け巡った。

かきわけるようにして、前を行く参加者を二人追い抜いた。

万里子と美香がちょうど門をくぐった。二人を危険にさらすわけにはいかない。境内の配置は頭に入っている。入って十五メートルほど進んで本堂の正面だ。

左門の前で境内を見渡した。田澤が本堂に向かって手を合わせている。美香と万里子は石畳の途中で田澤の参拝が終わるのを待っている。

思いのほか、田澤は長く手を合わせていた。

――あれは！

田澤の背中で照準器の赤い点が夜光虫のように動いている。

〈ジュウタイらしき者が、向かいのマンションから狙撃の準備に入っています〉

赤塚も気づいたようだ。興奮を抑え切れない声がイヤフォンから鼓膜に響く。

参拝を終え、両手を下ろした田澤が振り返った。

赤い点が田澤の眉間のあたりで揺れている。

万里子と美香が本堂へ向かって歩き出す。

――二人を押しのけて駆け寄るか？　いや、もう間に合わない。

「田澤！」と比留が叫んだ。

田澤の目つきが急に険を帯びた。

消音設定の銃声がかすかに聞こえた。

バンッ！

壁に着弾したすさまじい音と同時に、本堂の戸がドドッと音を立てて揺れた。

狙撃失敗――。

標的にされた田澤は素早かった。横に飛んで体を回転させていた。その動きは、訓練を積んだ戦闘員のように無駄がなかった。

転がる田澤が美香の足元にぶつかった。すくっと立ち上がった田澤は、よろめく美香の腕を摑んだ。田澤の別の手には、いつのまにか拳銃が握られている。

「きゃあああ」と美香が叫ぶ。

――美香ッ！

比留が前に出るより早く、万里子が美香と田澤の間に入ろうとした。

田澤が拳銃を万里子へ向けた。銃口でマズルフラッシュが光り、天を突き上げるような重い金属音が轟いた。

万里子が弾き飛ばされた。片方の足を両手で押さえて、石畳の上をのたうちまわっている。

甲高い悲鳴が境内にこだました。田澤が美香の腕を引っ張っている。

二人を追いかけようとした瞬間、視界が真っ白に染まった。

人々の悲鳴と絶叫が比留の耳を突き破る。

――またマズルフラッシュか？

銃声は聞こえない。比留は手をかざして素早く周囲を見渡した。塀の上から二つの白い大型ライトが境内を照らしている。

——どういうことだ！

眩しさをこらえて、カッと目を見開いた。寺の正門から男たちが駆け込んできた。捜査員が五人、十人、群れは途切れることなく境内に押し寄せてくる。

——捜査一課？　いつのまにこんな大人数を！

「いやぁあああ！」

声のほうに目を向けた。ライトに照らされた黄色のジャンパーが視界に映った。田澤が美香を抱えて寺の階段を上っている。細身の田澤のどこにそんな力があるのか、羽交い絞めにされた美香の足は宙に浮いていた。

捜査員たちが本堂のほうへと押し寄せていく。捜査員や願掛け参加者がごった返す境内で、比留はすぐに本堂へ近づけない。

階段を上り切った田澤が身を翻した。

「来るな。こいつがどうなってもいいのか！」

捜査員らの動きが止まった。ニヤリと笑った田澤は、銃口を本堂に向けて発砲した。引き戸の錠が吹き飛ぶと、田澤は美香を連れて本堂のなかに入っていく。

「どけっ」

比留は立ち尽くしている捜査員たちを押しのけて階段を駆け上がると、戸の隙間から本堂のなかへ体を滑り込ませた。

広い室内に、外からの白い光が差し込んでいた。自身の影が目の前に大きく伸びている。

左右に目を配るも、田澤と美香の姿は見えない。

「田澤ッ、どこにいる」

「大事な願掛けを邪魔しやがって！　絶対に許さないからな！」

憎悪に満ちた田澤の声が部屋のなかに響き渡る。

大勢の足音が聞こえ、本堂を照らす光を影が覆った。振り返ると、格子戸には捜査員の人影が幾重にも重なっていた。

「下がれ！　このガキを殺すぞ」

バンッと重い銃声。

刹那、体がすくみ、騒がしかった外の足音が消えた。

本堂のなかに再び光が差した。目の前を埃が舞い散っている。どうやら銃弾は天井に当たったらしい。

ウッ、ウッと嗚咽が聞こえてくる。美香の声だ。

硝煙の匂いが鼻腔に入り込んだ。匂いは本尊のあたりから漂っている。

本尊が動いたように見えた。違う。動いたのは、本尊の後ろの影だった。

外からの白い光が、田澤と美香の二人を照らした。

——実の親子の初めての対面が、これだなんて……。

その光景に、比留は愕然とした。田澤は、美香の首を後ろから摑み、こめかみに銃口を当てている。

美香と目が合った。比留は帽子とマスクで顔を覆っていたが、美香は比留だと気づいたらしい。

涙声で「た、助けて」と漏らした。

美香に、お父さんといわせてはいけない。比留は、小さく首を振りながら（お父さん、と呼ぶな）と手で制した。伝わったのか、美香のおびえた瞳のなかに承諾の意が見えた。

田澤が猛獣のような眼差しで比留を睨みつけている。比留が前に進もうとすると、田澤が「動くな」と叫んだ。

「ここから出ていけ。さもないと、コイツの頭に弾を打ち込むぞ！」

田澤が美香の頭に銃口を強く押しつけた。美香が「痛っ」と短い叫び声を上げる。

――脅しではない。こいつはためらいなく人を撃つ。

ある場面が脳内にフラッシュバックした。夢のなかで、赤い目の田澤が美香を襲ったシーンだ。あのときと同じで、田澤の目は殺気に染まっている。十三歳で人を殺した悪魔の魂を宿す男。花の配送をしていた佐藤とは、雰囲気や表情は全くの別人だ。

「早く出ていけ」

「助けてっ」

「静かにしろ」

田澤と美香へ交互に視線を向ける。比留がここを離れれば、籠城して長期戦になる。美香を見捨てて出ていくなどできない。だが対峙し続けることもできない。怒り狂った田澤はためらいなく拳銃を撃ち放つ。どうすればいい？

「何をしている。聞こえなかったのか。コイツを殺して俺も死ぬ。おまえも一緒に殺されたいのか」

「死ぬ必要なんてないだろ」

「ハア？　ふざけるな。おまえたち警察は俺を殺すつもりだろうが！　魂胆はわかっているんだ。中池さんのことが表ざたになっちまったら大変だから、俺一人に罪をなすりつけてしまおうって腹だろうが」

「いや、撃たない。約束する」

「じゃあ、さっきのレーザーポインタは何なんだ」

ウウッと美香が声を漏らした。その両目が比留を見据えている。溜まった涙は揺れ、今にもこぼれ落ちそうだ。

そのとき、一つの情景が脳裏をよぎった。生まれたばかりの美香と初めて視線を合わせたときだ。布に包まれた美香は、しばらく視線をさまよわせていたが、ようやく比留に目を留めた。おどおどしたように頬を震わすと、涙を流して盛大に泣き出したのだった。

あのとき比留の胸に去来した、自分は父親になった、これから命を懸けてこの子を守るという思いがよみがえった。

「提案がある」

「提案？　今さら何だ」

「その子のかわりに俺が人質になる」

「何ィ」

「殺したいなら、俺を殺せ」

田澤の眼差しが一層険しくなる。隠れた意図がないか探ろうとしている目だ。

何の意図もないことを示すために、比留は両腕をゆっくりと上げてみせた。

数秒、黙考した田澤は、短く息を吐くと、美香の肩を押さえつけてひざまずかせた。銃口は美香の後頭部に向いている。

「おまえは、ゆっくりこっちに来い」

いわれるがまま、比留はすり足のように足を前に出した。息をするたび不織布マスクが紙風船のように膨らむ。

床に伸びる長い影が美香と田澤に重なると、「とまれ」と田澤がいった。

互いの距離は約五メートル。田澤は比留を見据えているが、銃口は美香に向けたままだ。もし田澤が急にトリガーをひいたら……。そう思うだけで圧迫感と緊張で息が詰まりそうになる。

「おまえ、東部署の刑事か？」

小さくうなずきながら、比留は思い出した。電話で話した田澤は、俺の顔を知らないといっていた。

「とりあえず背を向けろ」

「――」

据わっている田澤の目から、比留は危険を察知した。こいつは人質交換などする気はない。俺を撃ち殺したあと、美香を人質に籠城を続ける、あるいは美香も殺す気かもしれない。

「おい、何してる。早く後ろを向け」

「まず、その子を解放しろ」

「俺のいうことが先だ」

膠着状態に、比留と田澤の間を流れる空気が重みを増していく。二人の間でひざまずいている美香だけが小刻みに肩を震わせている。

田澤よ、と思わず胸のうちで語りかけた。おまえが銃を向けているのは、おまえの娘だぞ。

「これ以上、じらすんなら、今すぐぶっ放すぞ」

「そんなことをすれば、おまえ後悔するぞ」

「後悔なんてしねえよ。覚悟はできているんだ」

「いや、絶対に後悔する」

「ごちゃごちゃいってねえで、早く背を向けろ。それとも、このガキの頭に穴が開くのが見たいか」

比留は意を決した。田澤を止める方法は、これしかない。

「聞いてくれ。その子は、俺の娘だ」

「ホントか？　面白え」

田澤が口角をつりあげ、銃を構え直した。「そりゃあ、何としても助けたいよなア」

比留は広げていた両腕をそっと頭のほうへ近づけた。

「おい、動くな」

「帽子とマスクをとらせてくれ」

「フッ。いいだろ。変な動きをするなよ」

比留は顔を伏せ気味にして、帽子とマスクを外した。

鼓動が胸を打っていた。比留はゆっくりと顔を上げた。

「ん？　見たことあるな」田澤が少し顔を傾げた。

「俺の声にも、聞き覚えはないか？」

「声？」

「俺は……金沢東部署刑事課長の比留公介だ」

「比留だと……」

瞬間、田澤の顔に驚きが波紋となって広がった。アッと声を発すると、大きく開いた目が美香へと向いた。

「こっちを向けっ」田澤は美香の肩を摑むと、美香を無理やり振り向かせた。

瞬きを忘れるほどの眼差しで田澤が美香を凝視している。やがて、瞳にはおびえに似た色がにじみ、半開きの口は小刻みに震えていた。

「おまえ、名前は？」

恐怖のあまりすぐに声を出せないのか、美香のほうは、あごを小さく揺らしている。

「ほら！　名前は！」

「ひ、ひ、ひる……みか……」

力が抜けたように、田澤の銃を持つ手がだらりと下がった。

その機を逃さず、比留は田澤にぶつかっていった。

拳銃を持つ田澤の手首を真っ先に押さえた。我に返った田澤が比留に摑みかかる。もみ合いながら祭壇に突っ込んで倒れると、仏具がぶつかり合う派手な金属音が鳴り響いた。

田澤の手から拳銃が落ちた。上の体勢をとった比留はすばやく拳銃をもぎ取ったが、ズブッという鈍い音とともに太ももに強烈な痛みが走った。

「えぐってやる」

脳天を突き抜けるような激痛に、比留はうめき声を上げた。だが拳銃は離さない。

田澤が刃物を引き抜いた。比留は、空いている左手で、ナイフを握る田澤の手を床に押さえつけた。

しかし、田澤の動きは早かった。頭を横に振って比留の手にかみついた。錐で刺されたような鋭い痛みに、比留はたまらず手を振りほどいた。

「ペッ」

田澤は血の混じった唾を吐くと、比留の体めがけてナイフを勢いよく突き出した。

「キャアア」と美香が叫ぶ。

体を背けたが間に合わなかった。焼け火箸で貫かれるような痛みが脇腹を襲い、比留は倒れ込んだ。

さらに田澤がナイフで脇腹をえぐる。比留は激痛にあえぎながらも、拳銃を持つ手だけは離さなかった。これを奪われたら、即、死が訪れる。

田澤が比留の腹の上にまたがった。両肩を塞がれてはいけないと、比留は渾身の力で頭を起こし、田澤の鼻に頭突きを食らわせた。

ゴキッと鈍い音がして田澤のあごが天を向く。その隙をついて比留は起き上がろうとしたが、田澤はすぐに体勢を戻して、比留を押し倒した。

ナイフを持つ田澤の手を摑もうとして、反対側から肘が飛んできた。石の塊がぶつかるような衝撃を頬に受けて、比留は床に頭を打ちつけた。

「てめえ……」

田澤の顔は赤いインクをぶちまけたように真っ赤に染まり、鼻血が二本の赤い線になって比留の上体に滴り落ちていく。

田澤が血に染まったナイフを振り上げた。

「死ねえええ」

比留はナイフの先を見つめた。零コンマ一秒の間に思考がフル回転した。何としても生け捕りにしたい。拳銃を放り出して両手で戦うか。だが痛みで体は動かない。

ナイフが迫ってきた。

——もうだめか。

比留はとっさに銃口を田澤の胸の真ん中に向け、引き金を引いた。

重い破裂音が鳴り響き、田澤の体が宙に浮いて反り返った。

天井を見上げた姿勢で田澤が静止した。

黄色いジャンパーの中央部分が、急速に赤黒く色を変えていく。

田澤の頭がゆっくり前に落ちた。

大きく開いた両目は比留を見ている。田澤の体がぐらりと傾いた。倒れていく瞬間、言葉を発したように見えたが、銃声で麻痺した比留の鼓膜に声は届かない。

体へ感じる圧が消えると、比留の視界は急速に狭まっていった。

もはや四肢の感覚はなかった。

ただ天井を見上げて、畳を踏み鳴らす無数の足音を背中で受け止めていた。

意識がなくなる直前、「お父さん」と呼ぶ美香の声が聞こえた。

＋＋

「比留さん。体温計りますね」

耳元で声をかけられて、目を覚ました。

昨日、集中治療室から個室に移った。集中治療室には、十日間いたらしい。その間、おぼろげながら美香の顔を何度か見た気もしたが、それが夢なのか、現実なのか、判別できなかった。

テレビや新聞はまだ目にしていない。田澤がどうなったのか、事件を警察はどう発表したのか、何も知らされていない。

検温が終わり、看護師と入れ替わりで「おい、どうだ」と男の声がした。

監察官の相部だった。

上体を起こそうとして、無理するなと止められた。

美香と病院関係者以外と会うのは、入院後初めてだった。相部は笑みを浮かべようとしているが、どこかぎこちなかった。

「心肺停止って聞いたときは、もうだめかと思った。だけど、さすがデビルといわれるだけのことはあるな」

寺から運び出されてすぐに緊急手術を受けた。田澤の刃物の先は、比留の内臓深くまで達していた。手術の間、二度、心臓の動きが止まったが、五時間に及ぶ手術は成功し、比留は一命をとりとめた。

「田澤は、どうなったんですか」

「死亡した」相部が静かにいった。「治療するまでもなく、即死だった」

田澤の胸を撃ち抜いた。あれで生きていることはないと思っていた。だが、はっきりと田澤の死を宣告されると、心が漂流した。

「あの状況では、あれしか方法はなかった。警察官なら、誰もがそうした」

相部は、比留ではなく、自分にいい聞かせているようだった。

皮肉な結果だ。狙撃班による射殺を阻止するつもりが、比留が自身の手で田澤を射殺してしまった。相部のいうとおり、警察官として問われることはない。しかし――。

美香は、あの惨劇の場面にいた。そして、比留が実父を殺すところを見てしまった。

「新藤は、どうなりましたか」

「起訴されたよ。アポ電強盗の罪でな」

安堵の息を吐いた。新藤は、久本殺害の罪を着せられることはなかった。

「じゃあ、久本殺しは」

「被疑者死亡で不起訴となった」

相部が目を逸らした。その様子から閃くものがあった。

「被疑者は、田澤一人ということですか」

相部があいまいな顔でうなずいた。

上層部の思惑どおり――。中池の罪は表には出なかった。比留が生死の境をさまよっていた十日間のうちに、駐在所襲撃事件は終わってしまった。

「誰も声を上げなかったのですか」

「おまえの部下や刑事部の南雲が、中池のことを明らかにすべきと主張した」

「南雲まで？」

「だが、上層部が強烈な圧力をかけて、彼らを封じ込めた」

にわかに憤りを覚えたが、驚きはなかった。組織防衛のためなら警察上層部は何だってする。口封じのために田澤を射殺しようとしたくらいだ。

今後の警察官人生がどうなるか、覚悟しとけよ。そうほのめかすくらいなら、まだいい。たとえば家族の抱える問題に踏み込んで、脅しをかける。あるいは、出世を餌に懐柔する。よほど強い信念がない限り、反抗するのは不可能だ。

ふと気づくと、相部が探るような目を向けていた。

入院ボケの頭でも気づいた。相部はただの見舞いではない。上層部の命を受けて比留の様子を見に来たのだ。中池の罪を完全に闇に葬るには、比留がどんな態度に出るかにかかっている。

「私は、中池署長が自白した録音データを持っています」

「それをどうするつもりだ」

「正直にいうと……わかりません」

相部は困惑の表情をにじませ、しばしの沈黙のあと、

「俺は、これ以上おまえを支えてやることはできん」といった。

「監察官には十分すぎるほど力になっていただきました」

御前会議で比留の捜査を認めるように具申したのは相部だった。

「まだ、おまえに伝えることがある」

「何でしょう」

「人事異動の内示だ。本来、監察官の俺がいう話でもないが、今日は県警の代表としてここへ来た」

「次は北署の交通課と内々にうかがっています。ここを退院したらすぐに――」

「それはなくなった。おまえは刑事部に復帰する。捜査一課の管理官だそうだ」

相部が感情のこもらない声で続けた。警視昇任ってことになるな。おめでとう――。

喜びは微塵もなかった。駐在員殺しの凶悪犯と命がけで戦い、その功績を認められての栄転。誰の目にもそう映るだろう。だが、実際は違う。警察上層部から飴を渡された。飴の包装紙にはこう書いてある。しゃぶるなら口を閉ざせ。

気持ちがささくれた。手術した脇腹の内側に鈍痛が走った。

わき腹に手を当てながら、比留は目を閉じた。

「俺からは以上だ。今は、しっかり休め」

相部の声が聞こえ、ドアの閉まる音がした。

相部が去ったあと、美香と万里子が部屋に現れた。万里子は車いすに乗っていた。

万里子の足に目を向けると、「これ、公務災害にならないのよ」と万里子が大げさに頬を膨らませた。

「ちゃんと治るのか」

「もちろんよ。ふくらはぎをかすっただけだから。でも、痛かったわ。撃たれるって、あんなに痛いものなのね」

「おまえのおかげで美香は撃たれなかった。礼をいう」

「やめてよ」と万里子が手を振った。「結局、何もできなかったし。もとはといえば、私が七つ橋渡りに美香ちゃんを誘ったりしなければ、あんな怖い目にあうこともなかったわけだから」

「それは、違うわ」と美香が口を挟んだ。「私が行きたいっていったの」

「そうなのか？　どうして参加しようと思ったんだ」

「それは……」

「私が昔話をしちゃったせいよ」

「昔話？」

「警察官になってまだ間もない頃に、千夏と二人で、七つ橋渡りに参加したって話を美香ちゃんにしたの――」

千夏と万里子、それぞれに片思いの人がいた。浅野川に七つ橋渡りという願掛け行事があるというので、二人の恋が成就するよう参加してみようという話になった。

「理由はそれだけじゃないの。しゃべっちゃいけないとか、後ろを振り向いたりしたらいけないとか、なんだかゲームっぽくて、そういうところにも興味が惹かれたってのもあって。もちろん、参加する以上は、約束事をしっかり守ったけどね」

「願いはかなったのか」

「私のほうはだめだったんだけど、千夏のほうは、うまくいったみたい」

万里子が、意味ありげに目を細めたので、比留は目を逸らした。

「その話に、美香ちゃんが興味を持ってしまって。ちょうど三月の彼岸で行事の行われる時期だったし」

「ふうん。それで美香は何を願掛けしたんだ」

「えっと……」

美香がいい淀むと、「ちょっと！」と万里子が鬼マリの顔に変貌した。

「すぐ訊こうとするのは悪い癖よ。だから刑事は嫌われるの」

「わかった。もう訊かん」

「じゃあ、そろそろリハビリの時間だし。行くわね」

万里子は美香に車いすを押してもらい、部屋を出て行った。

窓の外に目を向けた。レースの薄いカーテンの向こう側に別棟の廊下が見える。見舞いに来たらしき、若い母親と小さな娘が花束を携えて歩いていた。

その二人を目で追いながら、比留は考えた。

警察官として……。父親として……。

心はすぐには定まらなかった。美香にすべてを伝えたほうがいいのか？　出生に関することはすべて話す、嘘はつかないと決めた。だが、実父が殺人犯で、美香を殺そうとした人間だと教える必要はあるだろうか。

千夏。いわなくても、いいだろ?

これが最後の嘘。千夏だって許してくれるはず。だが、一抹の不安もあった。寺の本堂で美香を挟んで田澤と対峙したときのことだ。比留が名乗ると、田澤は美香を振り返らせ、その顔を凝視した。あの動作の意味を美香はどう理解したか。

さっき病室に来たときの美香の様子もひっかかった。願掛け行事に参加した理由を尋ねたとき、美香の表情が一瞬歪んだのを見逃さなかった。理由をいえなかったのは、実父との面会を願ったからではないのか。

願いは美香の気づかないうちに叶った。だが、実父とはもう二度と会えない。

別棟の窓に、万里子の車いすを押す美香の姿が映った。

なあ、美香——。

父さんが銃で撃ち殺した男。あれがおまえの実の父親だ。あいつは、駐在所の警察官を殺したが、それだけじゃない。十三歳のときにも人を殺しているんだ。

重過ぎるこの事実を伝えたら、美香は受け止め切れるだろうか。

美香と万里子がリハビリルームに入っていったのを見届けて、室内へと視線を戻した。

ベッド脇の棚に比留の携帯電話があった。七つ橋渡りに参加する直前に電源を切ってから、ずっとそのままだった。

電源ボタンを押すと携帯電話が起動した。幸いまだ電池は残っていた。携帯電話が何度も震えて、さまよっていたメールが届く。受信画面を開いたが、どうでもいいものばかりだ。

目で追っていくうちに、あるメールが目に留まった。

短い文章を何度も読み返した。感情の波が胸のなかでざわざわと音を立て、鼓動が速くなる。

比留は虚空を見つめながら、動悸が収まるのを待った。

携帯電話を元の位置に置く。やがてドアが静かに開いた。美香だった。

「起きてたんだ。寝たほうがいいんじゃない」

まだメールの余韻が残っていた。比留は美香を眺めながら、少しずつ気持ちを固めようとしていた。

「ん？　どうしたの、ぼうっとしちゃって」

「美香」

「なあに」

比留の声音から美香も何か感じ取ったらしく、その表情が硬くなった。

「父さんは……人を殺した。おまえも、見ていたよな」

美香はわずかにうなずくと、澄んだ眼を比留に差し向けた。千夏とよく似た目だった。

「実はな」

――父さんが殺したあの男がおまえの実の父親だ。

そう口にするつもりが、喉の奥が詰まったように声が出なくなった。

美香は、言葉を発することもなくじっと比留を見ている。声を絞り出してでも、伝えなくては。

そのとき、だった。

「話さないで」

「――」

「私がいいというまで……。それまでは、何も話さないで」

比留は双眸を見開いた。

「美香……」

「ちょっと用事を思い出した」

美香は比留から顔を背けて立ち上がると、部屋を出て行った。一瞬見えた横顔は、何かに耐えるように頬が赤くなっていた。

美香は、田澤と自分たちに何かあると気づいている。ただ、それが何なのか、確たる思いには至っていないはず……。

比留は携帯電話を手に取り、さきほどのメールをもう一度見た。

日付は三月二十日。午後十一時五分。

『田澤を説得して自首させます。佐藤』

佐藤《アイツ》が演出家で田澤《オレ》が役者——。反目することなく互いの存在を補完し合う関係と田澤はいっていたが、今回は、意見が合わなかったのかもしれない。

実の娘の存在を知り、佐藤は会いたいと思った。そのために、まずは自首をして罪を償う。比留に送ったメールには、その決意が込められていた。

メールを読むうちに、比留のなかにあった迷いは薄れ、美香に佐藤のことを伝えようと思った。

今はまだ美香の準備ができていない。美香がいいといったとき、すべてを話す。

比留は自身の胸にそう誓った。

浅い眠りに、何度も目が覚めた。

目をつぶるたびに、相部の声が聞こえた。警視昇任ってことになるな。おめでとう。

比留の内面には熱い風が吹いていた。大人しく従う気は、なかった。こんな組織には、もういられない。魂を売るくらいなら、警察官を辞めたほうがマシだとさえ思った。

携帯電話を手に取った。

この思いは誰にぶつける？　冨島じゃない。刑事部長？　いや警務部長か？

小さなランプが点滅している。メール着信の合図。さまよっていたメールがまた届いたか。

表示を見て息が止まりそうになった。佐藤から、もう一通メールが届いていた。

件名、『石川県警　金沢東部署高坂駐在所襲撃事件の真相』

メール本文に目を走らせると、週刊誌のルポ調の文体で、タイトルどおりの内容が記されてあった。昨年八月、中池が県境でひき逃げ事件を起こし、駐在員の久本から脅されていたこと、脅迫から脱するため、中池と旧知の田澤が久本殺害計画を企て、指名手配中のアポ電強盗犯である新藤をニセの犯人に仕立て上げたこと……。

文末には、『証拠映像』というリンクが貼られており、クリックすると、久本が撮影した例の事故直後の映像が流れ始めた。

田澤は、佐藤は、これをどうするつもりなのか。

震える指でスクロールする。まだ終わりではなかった。三行空けて、『比留へ』という書き出しで、文章が続いている。このいい方……メールを送ったのは、佐藤ではなく田澤だ。

『警察は、中池さんの関与を隠ぺいして、俺たち二人だけを犯人にでっち上げるのは、わかっている。このメールが届いたということは、俺は逃げきれず逮捕されたか、最悪、もうこの世にはいないかのどちらかだ。だがな、都合のいい結末で終わるなんて思うなよ』

メールの仕組みに気づいた。送信時間が指定されたものが、届いたのだ。

腹の底で何かがうごめいた。それは警察上層部への怒りとは違う、たとえるなら危険が迫りくる前に動物が感じる防衛本能のようなものだった。

携帯電話の画面が急に切り替わった。電話のコール。

表示は『T新聞長尾』だった。

頭のなかで、赤いランプがまわり始めた。

「比留だ」

〈あー、よかった。電話に出られたってことは、お体はもう大丈夫なんですね〉

軽薄な長尾の顔がまぶたをよぎる。

「何の用だ」

〈実は、駐在所襲撃事件に中池署長が関与していたっていう情報を摑んだんです〉

背中にぞくりと悪寒が走った。

〈もし、それが本当だったら、石川県警が隠ぺいしたっていうことになりますよね。比留課長、真相はどうなんですか？　教えてくださいよ〉

長尾の質問は無視して、「ネタ元は」と尋ねた。

〈そんなの、いうわけないでしょ〉

「田澤洋士か」

へへッと、短い笑い声がした。図星のようだ。

「おまえ、いつ田澤に接触したんだ」

〈比留課長に能登支局長を紹介した日ですよ〉

軽いめまいに襲われた。

支局長から比留が話を聞いた時点では、佐藤から田澤へ改姓していたとまでの情報は得られなかった。駐在所を襲撃した実行犯であるなど、露ほども想像していなかった。

あの段階で、長尾は田澤にたどり着いていたというのか。

「どうして会いに行った」

〈あれだけヒントもらったら、そりゃ、行きますよ〉

――あのときか。

記者室から出てきた長尾と出くわしたことがあった。長尾は比留を避けて、どこかへ出かけようとしていた。

――コイツをみくびっていた。

刑事課長が帳場を出入り禁止になり、取調官が交代となった。その刑事課長からは、三十年前に珠洲市で起きた事件のことを教えるよう依頼された。襲撃事件との関連はないと聞かされても、信じなかった。

能登支局長に連絡を取り、昔の事件のことを詳しく聞いた。支局長は比留に伝えた以上の情報を長尾に教えた。佐藤が金沢の施設に移り住み、今は田澤姓となって暮らしている――。

「おまえ、田澤と何を話したんだ?」

〈相手にしてもらえませんでしたけど、名刺だけは渡しておきました。そしたら〉長尾が興奮した声でいう。〈パクッと食いついてきたんです〉

田澤は、長尾にも送信予約メールを送りつけていた。

〈こんなネタ、一生に一度の場外ホームランですよ。比留課長には、一応、礼をいっておきます。じゃあ、今から県警本部に確認に行ってきますんで〉

「おい、待て」

比留の言葉を待たず、電話は切れた。

場外ホームランですよ。長尾の喜々とした声が耳から離れなかった。

おまえにはホームランかもしれないが、石川県警にとっては、史上最大級の大津波だ。

満足などどこにもなかった。

うちのカイシャは吹き飛ぶかもしれない。

辞めようと思っていたのに。この組織に愛想をつかしたはずなのに。

目を閉じると、白い光がまぶたの裏で何度も瞬いた。無数のフラッシュ。記者たちが机を叩く音……。どれだけ非難を浴びようとも、その場所の先頭に身を置きたかった。

大地が揺れ、波の迫る音が次第に大きくなっていく。

比留は、躰《からだ》の底からふつふつと血が沸き立つのを感じていたのだった。

・初出　「小説推理」二〇二〇年一〇月号、一二月号、
二〇二一年二月号、四月号、六月号

城山真一　しろやま・しんいち

一九七二年、石川県生まれ。金沢大学法学部卒業。『ブラック・ヴィーナス 投資の女神』で第一四回『このミステリーがすごい！』大賞を受賞。他の著書に『二礼茜の特命 仕掛ける』『国選ペテン師 千住庸介』『相続レストラン』『看守の流儀』がある。

ダブルバインド

二〇二一年一〇月二四日　第一刷発行

著者　城山真一
発行者　箕浦克史
発行所　株式会社双葉社
〒１６２－８５４０
東京都新宿区東五軒町３－２８
電話　０３－５２６１－４８１８（営業部）
　　　０３－５２６１－４８３１（編集部）
http://www.futabasha.co.jp/
（双葉社の書籍・コミック・ムックが買えます）
印刷所　大日本印刷株式会社
製本所　株式会社若林製本工場
カバー印刷　株式会社大熊整美堂
ＤＴＰ　株式会社ビーワークス

ISBN978-4-575-24456-4 C0093

好評既刊

十三階の女

吉川英梨

警察庁の公安秘密組織「十三階」。この組織はときに非合法な捜査も厭わない。若き刑事・黒江律子は北陸新幹線爆破テロを起こした「名もなき戦士団」を殲滅するため、ハニートラップまで駆使して捜査にまい進する。

双葉文庫　本体七一三円＋税

河原を駆け上がり、中池のマンションへと向かった。ここからだと、十分ほどでたどり着く。住宅街の生活道路を走り抜けていくうちに、遠くで赤いランプがまわっているのが見えた。マンションが見える位置で立ち止まった。

「ヘタレ女め」

道路沿いに並ぶ住宅の塀に前蹴りを食らわせて、来た道を引き返した。

困ったことになった。

今晩、どうしてもやらなくてはいけないことがある。金沢を離れるのはそれが終わってからだ。こんなこともあろうかと、最低限の荷物をまとめておいてよかった。

再び川沿いを走った。

途中で立ち止まり、携帯電話をウエストホルダーから外して手に取った。画面のなかで川面が揺れている。気に入ったアングルでシャッターボタンを何度か押した。

「今宵こそ、彼岸大願、七つ抜け」

男はそうつぶやくと、再び走り出した。

＋＋

目覚ましのアラームが鳴るよりも先に目が覚めた。一晩経っても、比留の神経は高ぶっていた。

湯沸かしポットをセットしていると、テーブルに置いた携帯電話が鳴っていた。

表示されたのは、副署長、塩見の携帯番号だった。

何だろう。嫌な予感が脳裏をよぎった。

「おはようございます。どうされましたか」

〈中池署長が遺体で発見された〉

「どういうことですか」

〈通報があってな。自殺らしい。今、自宅のマンションへ向かっているところだ〉

中池が自殺——。

すべての思考を遮断するかのように、比留の脳に暗幕が下りた。